李健吾译文集 VI

上海译文出版社

莫里哀喜剧全集 卷二

1933年冬,北平盔甲厂家院内

湖南人民出版社 1982 年初版《莫里哀喜剧》第二卷

目 录

太太学堂 ············· 001
    附录:《序》············ 003
太太学堂的批评 ············· 073
凡尔赛宫即兴 ············· 109
逼婚 ············· 143
达尔杜弗或者骗子 ············· 177
    附录:《第一陈情表》、《第二陈情表》、《第三陈情表》 ············· 257
堂·璜或者石宴 ············· 263
爱情是医生 ············· 335
    附录:《与读者》············ 337

・太太学堂・

原作是诗体。1662 年 12 月 26 日首演。1663 年刊印。

序

这出喜剧刚一上演,就有许多人攻击;可是开怀畅笑的观众拥护他,坏话再多,也挡不住它有一个使我满意的成功。

我知道有人希望我这回拿它付印①,来一篇序,回答回答评论家,解释解释我的作品;我对称赞它的人,毫无疑问,很是感激,他们以为我应该反驳别人的见解,维护他们的见解;不过,关于这方面的话,大部分我已经放进一篇对话的论文了,虽然我还不知道怎样处理这篇论文才好②。我想到写这篇对话,或者,像人家说的,这出小喜剧,是在戏上演了两三场以后。有一天黄昏,我在一家公馆,说起这种想法;有一位贵人③才名素著,辱蒙见爱,对计划马上表示相当好感,不但要我写,而且自己也要写;想不到过了两天,他真掏出一篇东西给我看,说实话,文思高妙,不是我写得出来的,只是有些地方,太夸奖我了,我怕演出来,马上会有人讥笑我,说戏里的誉扬,是我求出来的。我原来已经动笔了,表示尊重,也就没有写完它。我不晓得拿它写成什么,可是天天有许多人催我写出来;也正由于自己思想不定,我才没有拿批评里的话放进序来,防备有一天我决计用它。万一非演不可,我再说一遍,也只是某些人心怀不满,一味苛求,得罪公众,我帮公众出气罢了。因为,就我来说,喜剧演出成功,我就认为相当出气了。我希望我今后写出来的东西,他们一视同仁,一般看待,假定此外也都一样。

---

① 1663 年 3 月 17 日成书。
② 即《太太学堂的批评》,是剧于 1663 年 6 月 1 日上演。
③ 这位"贵人",传说系出入才子社会的杜·毕意松 Du Buisson 修道院院长。

人物

阿尔诺耳弗　　也就是德·拉·树桩先生。

阿涅丝①　　阿尔诺耳弗抚养的天真姑娘。

奥拉斯　　阿涅丝的情人。

阿南　　乡下人、阿尔诺耳弗的听差。

尧尔耶特　　乡下女人、阿尔诺耳弗的女仆。

克立萨耳德　　阿尔诺耳弗的朋友。

昂立克　　克立萨耳德的妹夫。

奥隆特　　奥拉斯的父亲、阿尔诺耳弗的挚友。②

地点

城里一个广场。③

---

① "阿涅丝" Agnès 的字义是羔羊。在这出喜剧里,它和 exprès(第二幕第四场,字义是"特意")、frais(第四幕第六场,字义是"凉")、accès(同上,字义是"接近")押韵,而 frais 又与 près(第五幕第六场)押韵,说明"阿涅丝"在当时读"阿涅"。现代法国演出这出喜剧,如路易·茹外 Louis Jouvet 的演出(1936年),不顾韵脚,仍读"阿涅丝"。

② 1734 年版增补一个人物:公证人。

③ 1734 年版改为:"巴黎郊区的一个广场。"根据当时的舞台装置记录,"舞台前部有两所房子,此外是一个城市广场。"

第 一 幕

第 一 场

克立萨耳德,阿尔诺耳弗。

克立萨耳德　你说,你来就为了娶她?
阿尔诺耳弗　是的,我打算明天成亲。
克立萨耳德　这儿只有你我,我想,我们可以一块儿谈谈,不怕有人听见。你愿意我以朋友资格,把真心话讲给你听吗?我听了你的计划,为你耽足了心思。娶太太这事,不管你从哪一个角度考虑问题,反正在你是一种很冒失的举动。
阿尔诺耳弗　你说得对,我的朋友。也许府上的事,你怕舍下也有。我相信,只有你这种脑壳,才以为绿帽子是世上婚姻必不可少的专有品。
克立萨耳德　绿帽子不绿帽子,全看造化,谁也难保谁不戴,我看,只有傻瓜才在这上头操心。不过我为你耽心的倒是许多可怜丈夫受的那种冷嘲热讽。因为我不说你也知道,大人物、小人物,没有一个当丈夫的能逃得过你的批评;因为你最大的乐趣,就是每到一个地方,便拿人家的私情勾当到处嚷嚷……

阿尔诺耳弗　很好。像本地丈夫这样有耐性的，世上还有第二个城市？难道我们没有看见他们，不分贵贱高低，个个在家里受气？有的攒下钱来，太太受用不说，还叫送他绿帽子的人一块儿受用；有的比较走运，可也不见得就少丢脸，他看见天天有人给太太送礼，心里没有丝毫吃醋的意思，因为太太告诉他说，送礼由于器重她的才能①。有的吵翻了天，一点也不起作用；有的心平气和，听其自然，看见公子驾到，恭恭敬敬，接过他的手套和斗篷。有的太太，有一般妇女的狡猾，假意对她忠心的丈夫，泄露她情人的秘密，丈夫信以为真，不但高枕无忧，而且可怜这位情人枉费心机，其实人家没有枉费；有的女人乱花钱，怕人疑心她的财路不明，就说她是耍钱耍来的，傻瓜丈夫感谢上帝她赢了钱，也不想想她是怎么一个耍法。总之，处处是讽刺的材料；作为观众，我也好不笑？当着这些活王八，我能不……？

克立萨耳德　对；可是笑话旁人，也该提防旁人笑话自己。世人就爱闲言闲语，议论眼前的事，飞短流长，津津有味；可是尽管天花乱坠，我听了那些流言，却从来没有幸灾乐祸，沾沾自喜过。我在这方面，相当有节制。有些丈夫，贪图安逸，凡事容忍，我也实在看不下去，不过有些情形，我虽然反对宽大，却也没有意思张扬出去；因为话说回来，必须提防自己变成讽刺的对象。我们根本就不应该夸夸其谈，说什么这件事这样做相宜，那件事这样做欠妥。所以

---

① 原文 vertu 有"德行"（对妇女而言）、"贞节"等涵义，但由于意大利语言当时在上层社会的影响，并有广泛的"才能"mèrite 的涵义。

>　　万一我的脑壳背运，也遇到尘世上这种丢脸的事，我几乎拿稳了，按照我的作法，旁人掩口笑笑，也就心满意足了；说不定我会捡到这种便宜：有些善心人，还会说我一声可惜哩。可是亲爱的朋友，你就两样了：我不妨对你再说一遍，天晓得你冒多大的风险。你对苦命的丈夫，一向不留口德，活像一条疯狗，见人就咬，所以你就该凡事仔细，不作旁人的笑柄。万一你让人家抓住一点点小辫子，就得当心人家会在闹市辱骂你……

阿尔诺耳弗　我的上帝！不劳操心，我的朋友。谁能在这上头扳倒了我，真算得上有本事啦。女人给我们绿帽子戴，用的诡计和阴谋，还有她们用什么样的妙算糊弄丈夫，我全知道；我对这种意外，早就有了防备。我娶的这个姑娘，天真到了极点，我的脑壳可以免戴绿帽子了。

克立萨耳德　你真就以为一个傻瓜女人……

阿尔诺耳弗　娶一个傻瓜，就为自己不当傻瓜①。我真诚相信，嫂夫人十分贤德；不过一个女人灵巧，并非好兆，我就知道有些男人，娶太太娶得太有才分，等于自讨苦吃。我呀，娶太太会娶一位女才子？一开口，不是小会②，就是小巷③；写情书，不用散文，就用诗体；来客不是侯爵，就是才子；而我名为太太的丈夫，活像一位背时的圣者，无人理睬。不，不，我不要有才学的女子；女人写文章，知道的

---

① "傻瓜"在当时有"王八"的意思。
② "小会"cercle 的座次是半圆形，主人坐在当中。这是 17 世纪宫廷社会一种聚会形式。
③ "小巷"ruelle 是另一种 17 世纪宫廷社会里的聚会形式。主人在床上半坐半卧，把卧室当作会客室，床的一侧留给仆人走动，另一侧所谓"小巷"，有各式椅、凳，专供客人使用。

就比不该知道的多。我要我的女人不怎么有学问,就连什么是韵脚,也不知道。万一有人非和她"玩筐子"①不可,轮到问她:"你往里头放什么?"我要她回答:"放一块奶油蛋糕。"一句话,我要她一无所知。老实对你说了吧,对她说来,懂得祷告上帝、爱我、缝缝纺纺,也就够了。

克立萨耳德 那么,你的偏好是一个蠢女人了?

阿尔诺耳弗 正是,我宁可爱一个傻里傻气的丑八怪,也不爱一位才华出众的俏佳人。

克立萨耳德 有才,有貌⋯⋯

阿尔诺耳弗 只要有德就好。

克立萨耳德 可是话说回来,你怎么能要一个傻瓜懂得什么叫作有德呢?而且一辈子和一个傻瓜待在一起,我相信,也就够腻人的了。这且不说,你以为你就保险自己不戴绿帽子了吗?有才思的女人,可能不守妇道,不过起码她也得敢作敢为。蠢女人寻常没有意思做,也没有想到做,可是就把坏事做下来了。

阿尔诺耳弗 对于这种高谈阔论,我的回答就像庞达格吕艾耳回答巴女尔吉的话一样:劝我娶一个不是傻瓜的女人,你就开导吧,你就鼓励吧,你一直讲到圣灵降临节,讲到无话可讲,你也只有干瞪眼,休想说服得了我。②

克立萨耳德 我再也不劝你就是了。

---

① "玩筐子"是一种风雅的联字游戏,回答的字一定要和"筐"corbillon 这个字押韵。

② "你就开导吧⋯⋯"见于拉伯雷的《巨人传》第三卷第五章。巴女尔吉认为社会治安,需要人人是债户,没有能说服庞达格吕艾耳。

阿尔诺耳弗　各人有各人的作法。我找太太，和我干别的事一样，要照自己的想法做。我觉得自己够阔的了，我相信，很可以挑一个靠我活命的太太，处处看我的脸色，事事受我的挟制，也绝不会怪罪我，财产和门第都不如她的娘家。从她四岁起，我看见她在一群孩子当中，一副温柔和端庄的模样，就对她有意。她是一个穷人家女儿，家境困窘，我动了问她母亲要她的念头；善良的乡下女人，晓得了我的心思，也很乐意摆脱她的负担。我把她搁在一家小修道院，和世人断绝往来，按照我的方针，把她教养成人，这就是说，要求她们加意照拂，尽可能把她变成一个白痴。感谢上帝，我的希望没有落空。她长大了，心地十分简单，总算上天有眼，成全我的愿望，给了我一个称心如意的太太。所以我又把她接出来，只是我的住宅随时有各色人等进出，必须预防周到，我让她住在一个僻静地方，就是这所房子，这儿没有一个人来看我。我怕她的善良天性受害，我给她雇的下人，也都像她一样朴实。你一定问我，"说这话干什么？"我说这话，无非是叫你知道，我已经先有过提防了。事情的结果就是：我以知己朋友的资格，请你今天和她一块儿用晚饭，我希望你能细看她一眼，看看我的选择有没有道理。

克立萨耳德　我同意来。

阿尔诺耳弗　你和她谈过话以后，就可以看出她是什么长相，她有多么天真了。

克立萨耳德　听了你方才的话，这方面就不会……

阿尔诺耳弗　我的话还跟不上实在情形。我赞叹她处处天真，有时候说起傻话来，活活把我笑死。有一天（谁能相信这是真的？），她很苦恼，过来问我，那副傻相，世上就没有第二份：小孩子是不是从耳朵眼里生出来。

克立萨耳德　阿尔诺耳弗先生，我很高兴……

阿尔诺耳弗　看你！怎么老爱叫我这个名字？

克立萨耳德　啊！叫惯了这个名字，不由自主，就顺嘴溜出来啦。我从来想不起叫你德·拉·树桩先生。人都四十二岁了，谁给你出的这个鬼主意，想起改名换姓，拿你田庄上一棵烂了的老树身子，当作领主姓名，在社会上用？

阿尔诺耳弗　不说这所房子是用这个名字出面的，就是在我听来，拉·树桩也比阿尔诺耳弗中听。①

克立萨耳德　抛开祖先的真名实姓不用，换上一个不见经传的名姓，多不应该！许多人爱这个调调儿；我就晓得有一个乡下人，叫作胖子·彼耶，（我没有意思将他比你，你不要误会。）全部产业也只有那么一小块地，他在周围挖了一道烂泥沟，就大模大样，把自己叫作德·海岛先生。

阿尔诺耳弗　这一类例子，你就免了吧。反正我姓定了德·拉·树桩。我有我的理由，我觉得好听，叫我另一个名字，就是成心跟我过意不去。

克立萨耳德　可是有许多人还一时记不住，我就看见有人给你写信……

阿尔诺耳弗　人家不知道，我也就由它去了，可是你……

克立萨耳德　行。我们别尽在这上头吵啦。我以后多加小心，练熟了嘴，光叫你德·拉·树桩先生好了。

---

① 阿尔诺耳弗这个名字，来自中世纪的圣者阿尔诺耳弗 Saint Arnolphe，不知道什么缘故，这位圣者在中世纪变成王八丈夫的护神。这个名字，他嫌不"中听"，是可以意会的。

阿尔诺耳弗　　再见。我敲门去了，我问一声好，也就是说我回来了。

克立萨耳德　　（走开。）①说真的，我看他是一个十足的疯子。

阿尔诺耳弗② 有些事他有一点想不通。也真是怪事，人人固执成见，死不让步！③喂！

第 二 场

阿南，尧尔耶特，④阿尔诺耳弗。

阿　　南　　谁在敲门？

阿尔诺耳弗　　开门。⑤十天没有见到我，我想，见了我，一定喜欢得不得了。

阿　　南　　谁在外头？

阿尔诺耳弗　　我。

阿　　南　　尧尔耶特！

尧尔耶特　　什么事？

阿　　南　　开门去。

尧尔耶特　　你去。

阿　　南　　你去。

尧尔耶特　　说真的，我不去。

---

① 1734年版增改："（旁白，走开。）"
② 1734年版增添："（一个人。）"
③ 1734年版增添："（他叩他的家门。）"
④ 1734年版指出，阿南和尧尔耶特在房内。
⑤ 1734年版增添："（旁白。）"

阿　　南　　我也不去。

阿尔诺耳弗　　你们两下里一客气，我在外面可进不来啦！喂，喂，我求你们啦。

尧尔耶特　　谁在打门？

阿尔诺耳弗　　你们的主人。

尧尔耶特　　阿南！

阿　　南　　什么事？

尧尔耶特　　是老爷。快开门去。

阿　　南　　你开去。

尧尔耶特　　我在扇火呐。

阿　　南　　我怕我的麻雀飞出去，叫猫吃了。

阿尔诺耳弗　　你们两个人，谁不开门，谁就四天不给饭吃。啊！

尧尔耶特　　我跑过来开门，你来干什么？

阿　　南　　凭什么该你开，不该我开？好滑稽的战料①！

尧尔耶特　　给我走开。

阿　　南　　偏不，你自己走开。

尧尔耶特　　我要开门。

阿　　南　　我呀，也要开门。

尧尔耶特　　你开不成。

阿　　南　　你也开不成。

尧尔耶特　　你也不成。

阿尔诺耳弗　　我现在真得有好耐性才成！

阿　　南②　　老爷，应门的是我。

---

① 他错把"战料"当作"战略"用了。
② 1734年版增添："（上场。）"

尧尔耶特[①]　是我、您的女用人。

阿　南　不看在老爷分上,我就……

阿尔诺耳弗　(挨了阿南一记耳光。)混账!

阿　南　对不起。

阿尔诺耳弗　看看这个蠢才!

阿　南　老爷,全怪她……

阿尔诺耳弗　两个人全给我住嘴,想着回我的话,别尽胡闹啦。好,阿南,家里人都怎么样?

阿　南　老爷,我们[②]……老爷都[③]……托福上帝,我们……

〔阿尔诺耳弗三次从阿南头上摘下他的帽子。[④]

阿尔诺耳弗　目无尊长的蠢才,在我面前回话,谁教你戴着帽子的?

阿　南　你做得对,是我错。

阿尔诺耳弗　(向阿南。)去喊阿涅丝下来。[⑤](向尧尔耶特。)我不在家,她是不是闷闷不乐?

尧尔耶特　闷闷不乐?没有。

阿尔诺耳弗　没有?

尧尔耶特　有的。

阿尔诺耳弗　那么为什么……?

尧尔耶特　是呀,骗你不得好死,她时时刻刻盼你回来;门前过来马呀、驴呀、要不骡子呀,她总以为是你。

---

① 1734年版增添:"(上场。)"
② 1734年版增添:"(阿尔诺耳弗从阿南头上摘下他的帽子。)"
③ 1734年版增添:"(阿尔诺耳弗又摘下他的帽子。)"
④ 1734年版增添:"(第三次摘下阿南的帽子,扔在地上。)"
⑤ 阿南下。

第 三 场

阿涅丝,尧尔耶特,阿尔诺耳弗。

阿尔诺耳弗 手里拿着活计!这是一个好表示。好!阿涅丝,我出门回来啦,你很开心吧。

阿涅丝 是呀,感谢上帝,先生。

阿尔诺耳弗 我又看见你,也很开心。看样子,你这一向都好吧?

阿涅丝 只有跳蚤,夜晚闹得我睡不好。

阿尔诺耳弗 啊!没有好久,就有人给你捉跳蚤了。

阿涅丝 那你就趁了我的心啦。

阿尔诺耳弗 我也这么想。你在做什么活?

阿涅丝 我在给自己做睡帽。你的睡衣和睡帽罩儿全做好了。

阿尔诺耳弗 啊!这就对啦。好,上楼去吧。不必难过,我马上就回来,还有要紧事告诉你。(都下去了。)时代的女英雄们哟,有学问的太太们哟,高谈情意和优美感情的妇女们哟,所有你们的诗词、你们的传奇、你们的书信、你们的情书、你们的全部学问,我敢说,没有一样比得上这种诚实、坚贞的无知。

第 四 场

奥拉斯,阿尔诺耳弗。

阿尔诺耳弗　　我们决不应该看重财富；只要名声清白……我看见了谁？
　　　　　　他不是？……是的，我看错了人。不对。是看错了。不，
　　　　　　是他。奥……

奥拉斯　　　阿……

阿尔诺耳弗　　奥拉斯。

奥拉斯　　　阿尔诺耳弗先生。

阿尔诺耳弗　　啊！我高兴极了！你来了多久？

奥拉斯　　　九天。

阿尔诺耳弗　　真的？

奥拉斯　　　我一来，就到府上看您，可是没有见着。

阿尔诺耳弗　　我下乡了。

奥拉斯　　　对，有两天啦。①

阿尔诺耳弗　　哦！孩子们长得真快，这才几年工夫！记得我看见你的时
　　　　　　候，还不到这么高，想不到而今已经是一表堂堂了。

奥拉斯　　　净长个子啦。

阿尔诺耳弗　　可是令尊奥隆特、我器重和尊敬的亲爱的好朋友，请问，
　　　　　　在干什么？在说什么？②身子一直好？他晓得，他样样
　　　　　　事，我都关心。我们四年没有见面了。

奥拉斯　　　尤其糟的是，我想，彼此也不通信。③阿尔诺耳弗先生，
　　　　　　他比我们快活多了。我有他一封给您的信。不过他后来有
　　　　　　一封信给我，说他也要来，什么缘故，我还不晓得。您知
　　　　　　道，您有一位同乡，在美洲待了十四年，发了大财，新近
　　　　　　回到本地吗？

---

① "两天"应作十天。1734 年版改为"十天"。
② 1666 年版，改为："如今在干什么？"取消："在说什么？"
③ 有些版本，把这句话交给阿尔诺耳弗连下去讲，似更相宜。

阿尔诺耳弗	不知道。信上没有说起他的姓名？
奥拉斯	说他叫昂立克。
阿尔诺耳弗	不认识。
奥拉斯	家父对我讲，说他回来了，倒像我和他非常熟识一样；信上说：他们一道儿上路，来办一件要紧事，什么事，信上却又没有说起。①
阿尔诺耳弗	看见他，我一定要乐坏了，我要好好儿招待招待他。（读过信后。）朋友之间，写信不必这么客气，根本用不着这些客套。他信上即使一字不提，你也可以像用自己的钱一样，用我的钱。
奥拉斯	我这人是一个实心眼儿，顺风扯旗，现在正缺一百皮司陶②。
阿尔诺耳弗	说真的，你这样做，是看得起我。好得很，我身上就有这笔钱。你连钱包也拿去吧。
奥拉斯	应该……③
阿尔诺耳弗	别闹这一套啦。好啊！你觉得这城市怎么样？
奥拉斯	人烟稠密，房屋富丽，我相信种种娱乐，一定也很出色。
阿尔诺耳弗	寻欢作乐，因人而异；不过就所谓风流人物来说，他们在本城会感到心满意足的，因为本城妇女好的就是搔首弄姿。棕色头发、金黄色头发，个个女子心性随和，而丈夫又都最好说话。这是一种帝王消遣；我常常就拿我看见的

---

① 1734 年版增添："（奥拉斯把奥隆特的信交给阿尔诺耳弗。）"
② 皮司陶 Pistole 是西班牙和意大利的一种金币，在法国与金路易价值相等，值十到十二法郎，1665 年 12 月 16 日，明令定为十一法郎。
③ 根据下面阿尔诺耳弗的话："别闹这一套啦。"可以推知奥拉斯没有说完的话是："应该立一张借据"。

	偷情勾当，当作一出好戏看。也许你已经弄到了一个女的。还是你没有交上桃花运？像你这样的男子，比金子还要打动人心，相貌堂堂，是制造王八的好手。
奥拉斯	不瞒您说，我在本城已经有了一桩风月好事，两家相好，我不得不据实以告。
阿尔诺耳弗①	妙啊！又是一个有趣的故事；我的笔记本要添新材料了。
奥拉斯	可是一定要请您守秘密。
阿尔诺耳弗	哦！
奥拉斯	这一类事，您也不是不知道，一走露风声，就要全功尽弃。我现在索性就都对您明说了吧：我爱上本地一位美人儿。我那些小殷勤，开头很见效，我顺顺当当就接近她了。我说这话，不是夸口，也不是贬低她的身份，不过这也是真的，我是一帆风顺，马到成功。
阿尔诺耳弗	（笑。）女的是谁？
奥拉斯	（指阿涅丝的住宅给他看。）您这儿看见的这所房子，墙是红的，②里面住着一位年轻姑娘。她什么也不懂，原因是有一个男人，荒谬绝顶，禁止她和世人往来，可是别瞧她愚昧无知，那是人家要她这样愚昧无知，她出脱得却也实在俏丽动人；那副惹爱生怜的多情模样，就是铁石人见了，也狠不下心去。这颗风姿绰约的爱情小星星③，说不定您也见过：她的名字叫作阿涅丝。

---

① 1734年版增添："（旁白）"。
② "房子点缀着转红的葡萄枝叶。季节虽然还好，但是秋天来了。'红'会不会表示红砖，具有路易十三时代的建筑外表？两个意思都可以用。"（阿尔纳风 Jacques Arnavon：《莫里哀的太太学堂》。）
③ "星星"是当时风雅社会流行的一种庸俗比喻。

阿尔诺耳弗　　（旁白。）啊！气死我啦！

奥拉斯　　那个男的，人家叫他德·拉·树身，要不就叫他德·拉·树桩，到底叫什么，我没有很搁在心上。据说，他很阔，不过头脑不算怎么清楚。人家对我说起他来，像说一个滑稽人。您不认识他？

阿尔诺耳弗　　（旁白。）活要人命！

奥拉斯　　哎！您怎么不说话呀？

阿尔诺耳弗　　哎！是的，我认识他。

奥拉斯　　他是一个疯子，对不对？

阿尔诺耳弗　　哎……

奥拉斯　　您说什么？什么？哎？是说对？妒忌到了好笑的地步？是傻瓜？我看，人家对我形容他的话，是形容对了。总之，可爱的阿涅丝把我征服了。我不骗你，她那副小模样真惹人爱。一位绝世佳人，受这种怪人管制，简直罪过。所以尽管这醋缸子管得严，我要尽我的全部力量，以我的热烈愿望，把她夺过来。我向您冒昧借钱，就是为了完成这正义的举措。您比我还明白，我们再怎么努力，也离不了金钱，金钱是一把万能钥匙，人人见了这块勾魂的东西，眉开眼笑，在情场上像在战场上一样，保证胜利。我觉得您像在难过：莫非您心里不赞成我的计划？

阿尔诺耳弗　　不，我是在想……

奥拉斯　　我们谈了这半天，您该累了。再见。回头我再到府上来谢您。

阿尔诺耳弗[①]　　啊！真就……！

[①] 1734年版增添："（以为只有自己一个人）。"

| 奥拉斯 | （回来。）我再说一遍：求您当心，千万不要泄露我的秘密。

〔他下。

| 阿尔诺耳弗 | 我觉得心里真……！
| 奥拉斯 | （回来。）尤其是，不要告诉家父知道，他也许要生我的气的。
| 阿尔诺耳弗 | （以为他又要回来。）哦！……哦！这半天谈话，我真叫难受！从来没有人像我这样心烦意乱过。他多大意，多性急，把这事情讲给我本人听！他虽然不清楚另一个名字也就是我，可是谁从来像这冒失鬼这样热狂的？不过我尽管难受，也该约制一下自己，把我担心受惊的事弄明白，让他喋喋不休，把话叨叨出来，探听清楚他们私下的往来，再作计较。我想，他还没有走远了，想法子赶上他，让他一五一十，把前后经过都讲出来。想到这样做，要有祸事临头，我就浑身打颤，明知问不出好事来，却又非问不可。

第 二 幕

第 一 场

阿尔诺耳弗。

阿尔诺耳弗 我白赶了一趟,没有能追上他,可是我仔细一想,毫无疑问,这样倒好。因为话说回来,我心乱极了,不见得能当着他,不露马脚。我心里万分苦恼,这样一来,就摊出来了;他不晓得的事,他也知道,反而不是我的本意。不过由人摆布,给花花公子谈情说爱大开方便之门,我也不是那种孱头。我要断绝他们的往来,马上晓得他们相好到了什么地步。这事关系到我的名声,不由我不十分关心:就现在的关系来说,我应当把她当作太太看待。她一出丑,我就丢人。总之,她有差错,我就遭殃。嘻!我离开离出了是非!旅行旅出了祸殃!

〔叩门。

第 二 场

阿南，尧尔耶特，阿尔诺耳弗。

阿　南　　　啊！老爷，这回……

阿尔诺耳弗　别作声！两个人全到这儿来：这边，这边。来这儿，倒是来呀，我说。

尧尔耶特　　啊！您的样子好怕人，我的血都不流啦。

阿尔诺耳弗　我不在家，你们就这样服从我，两个人就这样狼狈为奸欺骗我呀？

尧尔耶特①　哎呀！老爷，我求您行行好，别把我吃了。

阿　南　　　（旁白。）我敢说，一定疯狗把他咬了。

阿尔诺耳弗②　呜佛！③我一脑门子的祸事，急得话都说不来啦。我出不来气，巴不得脱光了，一丝不留。④该死的东西，那么，你们居然放一个男人进来？……⑤你想溜啊！应该马上……⑥你要是动一动啊……我要你们告诉我……哦！……对，我要两个人都……⑦谁动，我就打死谁！这个男人怎么混进家里的？哎！说呀，快，赶快，马上，趁早，别发愣，你们说不说？

---

① 1734 年版增添："（跪在阿尔诺耳弗面前。）"
② 1734 年版增添："（旁白。）"
③ 他精神过于紧张，出长气："呜佛！"
④ 1734 年版增添："（向阿南和尧尔耶特。）"
⑤ 1734 年版增添："（向要逃的阿南。）"
⑥ 1734 年版增添："（向尧尔耶特。）"
⑦ 1734 年版增添："（阿南和尧尔耶特站起来，还想溜走。）"

阿南和尧尔耶特 啊！啊！

尧尔耶特① 我吓晕啦。

阿　南② 我吓死啦。

阿尔诺耳弗③ 我出了一身汗：先换一口气；我得吹吹风，散散步。他还是小孩子的时候，我就看到他，谁知道他长大了来这一手儿？天呀！我心里好难过！我想，我顶好还是和颜悦色，从她自己嘴里，套出和我有关的事来。想法子压压我的怒火。④忍耐呀，我的心，急不得，急不得。⑤起来，进去，叫阿涅丝下来。站住。⑥他们会对她讲，我在发脾气，她就有了防备了，还是我自己找她下来的好。⑦你们在这儿等着我。

第 三 场

阿南，尧尔耶特。

尧尔耶特 我的上帝！看他多凶啊！他那双眼睛，盯着人看，吓坏了我，简直吓死我了；我从来没有见过一个人有这么难看的。

---

① 1734 年版增添："（又跪在阿尔诺耳弗面前。）"
② 1734 年版增添："（又跪在阿尔诺耳弗面前。）"
③ 1734 年版增添："（旁白。）"
④ 1734 年版增添："（旁白。）"
⑤ 模拟悲剧格调。
⑥ 1734 年版增添："（向阿南和尧尔耶特。）"
⑦ 1734 年版增添："（向阿南和尧尔耶特。）"

阿　南	我对你说过了,是那位先生把他惹的。
尧尔耶特	可是他见了什么鬼了,那样蛮不讲理,要我们把女当家的在家里看守起来?他为什么要把她藏得严严的,不许外人挨近?
阿　南	因为这事让他吃醋。
尧尔耶特	可是他从哪儿来的这种怪想法呀?
阿　南	是从……是从他吃醋上来的。
尧尔耶特	对;可是为什么吃醋?为什么动怒?
阿　南	因为吃醋……尧尔耶特,你听明白了,是这么一回事……就是……让人不放心……把房子四周的人赶走。我给你打个比喻,你就清楚了。你端着一碗汤,来了一个饿鬼,要喝掉你那碗汤,你不单生气,还要揍他,你说,对不对?
尧尔耶特	对,这话我懂。
阿　南	吃醋完全跟这一样。女人确实就是男人的汤。一个男的看见别人有时候也想尝尝他的汤呀,马上就大发雷霆。
尧尔耶特	对;可是为什么有人就不是这样子啊?我就看见有些男的,看见太太和漂亮的先生在一起,反而显得高兴。
阿　南	那是因为有人闹恋爱,并不这么贪,只肯一个人独吞。
尧尔耶特	我要是没有看错人的话,是他又回来啦。
阿　南	你看对啦,是他。
尧尔耶特	看他那副苦相儿呀。
阿　南	那是因为他难过呀。

第 四 场

阿尔诺耳弗，阿南，尧尔耶特。

阿尔诺耳弗① 有一个希腊人，对奥古斯督皇帝讲：遇到我们动怒的时候，我们首先就该背背我们的字母表，这期间，肝火熄了，不该干的事也就免了。②这是一个有用而又合理的建议。我对阿涅丝的事情，就是遵照他的劝告做的。我拿散步作借口，特意把她叫到这个地方，根据我这精神近乎失常的人的猜疑，一步一步勾出她的话来，试探她的真心，不动声色，把真相弄明白。过来，阿涅丝。③你们进去吧。

第 五 场

阿尔诺耳弗，阿涅丝。

阿尔诺耳弗　散散步，怪舒畅的。

阿涅丝　　　很舒畅。

阿尔诺耳弗　天气又好！

---

① 1734 年版增添："（旁白。）"
② 这是斯多葛派哲学家阿太诺道路斯 Athenodorus 辞别罗马皇帝奥古斯督时的赠言："陛下，你有气的时候，别说话，也别做事，先默诵一遍二十四个字母。"
③ 1734 年版增添："（向阿南和尧尔耶特。）"

阿涅丝	很好。
阿尔诺耳弗	有什么新闻吗?
阿涅丝	小猫死啦。
阿尔诺耳弗	糟糕;不过有什么办法? 我们全有一死;人各为己。我下乡的期间,有没有下雨?
阿涅丝	没有。
阿尔诺耳弗	你闷不闷?
阿涅丝	一点也不闷。
阿尔诺耳弗	这九天,也许是十天,你还做了些什么?
阿涅丝	六件睡衣,我想,还有六顶睡帽罩儿。
阿尔诺耳弗	(沉吟了一下。)亲爱的阿涅丝,人世间无奇不有。听听那些流言蜚语看,人人说短道长:有些街坊对我讲,我在外期间,有一个陌生的年轻人到家里来过,你不但允许他相见,还耐心听他唠叨来的;不过我并不相信这些闲言闲语,我敢打赌说,这不是真的……
阿涅丝	我的上帝,别打赌,你准输。
阿尔诺耳弗	什么? 真有一个男人……?
阿涅丝	千真万确。我敢发誓,他几乎就没有离开过我们的家。
阿尔诺耳弗	(旁白。)她说这话,诚诚恳恳的,在我看来,至少表示她天真无邪。①不过阿涅丝,我记得我好像禁止你见生人来的。
阿涅丝	是的;我见是见了他,不过你不明白我为什么见他;你是我的话,一定也会见他的。
阿尔诺耳弗	也许会吧。不过你说说看,到底是怎么一回事。

---

① 1734 年版增添:"(高声。)"

阿涅丝	可真出奇啦，简直令人难以相信。我在阳台上做活，乘凉，就见旁边树底下，来了一个好看的年轻人，看见我在望他，马上对我行礼，深深一躬；我怕失礼，我这方面也就还他一躬。他忽然对我又是一躬，我呐，也就赶快照样陪上一躬。接着他又鞠第三个躬；我也连忙还他第三个躬。他去了来，来了去，也不嫌烦，每回对我总是深深一躬；我呐，目不转睛，望着他走来走去，也一个又一个躬回他。不是天色黑了下来啊，我就要老这样还礼还下去啦。因为我不愿意示弱，让他小看我，说我不如他礼数周到，落个心里不痛快。
阿尔诺耳弗	很好。
阿涅丝	第二天，我站在门口，有一个老婆子，走到我跟前，这样讲道："我的孩子，愿上帝保佑你，让你长久这样标致！他给了你一个美人身子，并非叫你把它瞎糟蹋了。你应该知道，你伤了一个人的心，人家眼下正在抱怨你呐。"
阿尔诺耳弗	（旁白。）啊！撒旦[①]的走狗！可恶的死鬼！
阿涅丝	我大吃一惊道："什么，我伤了人！"她就说："是啊，伤啦，的确伤啦；就是昨天看见你在阳台的那个男的。"我就说："哎呀！怎么会的？难道是我失手掉下什么东西，砸了他不成？"她就说："不是的，坏事的是你的眼睛，是你看他把他看病了的。"我就说："哎呀！我的上帝！这可真是再也想不到的祸事，难道我的眼睛还会害人不成？"她就说："是啊，我的姑娘，你不晓得，你的眼睛有毒，能把人毒死的。别的话也就不必说了，反正可怜的人在等死就

---

① 犹太教和基督教传说里的魔鬼。

是了。"善心的老婆子接着又道："你要是狠了心，不肯救他呀，他也就只有两天好活啦。"我就说："我的上帝，那我可真要难过死了。不过他要我怎么救他啊？"她对我道："我的孩子，他希望得到的，也不过是有福分见见你，和你谈谈话。你的眼睛害了他，还得你的眼睛治好他，也只有你的眼睛能救他。"我就说："哎！好吧；既然这样，他乐意看我多少回，就来看我多少回好了。"

阿尔诺耳弗 （旁白。）啊！该死的巫婆！害人精，冲你这些善心的诡计，就该下地狱！

阿涅丝 他就这样见到了我，把病治好了。你倒是说说看，我该不该这样做？我见人难过，就自己难过；我见小鸡死，自己就哭；你说，我能见死不救，落个良心不安吗？

阿尔诺耳弗 （低声。）坏都坏在她天真无邪。也怪我自己粗心大意，出门不托人照管这善良的女孩子，由着坏人千方百计勾引。我怕死鬼色胆包天，一不做，二不休，干出不妙的事来，不是玩玩就好歇手的。

阿涅丝 你怎么啦？看样子，你是不是有点儿不开心？我把事情说给你听啦，难道我做错了不成？

阿尔诺耳弗 没有什么。倒是，那回见面以后，年轻人来看你，又怎么来的，你讲给我听听。

阿涅丝 哎呀！你要是知道他多开心，我一见他，他病去得多快，他送了我一个好看的首饰匣子，给我们的阿南和尧尔耶特赏钱，你也一定会爱他，像我们一样，说……

阿尔诺耳弗 对。他一个人和你在一起的时候，又怎么来的？

阿涅丝 他发誓说他爱我，那份儿痴情，简直数一无二，对我说的话，再动听不过，说的事情也是什么都比不上。我每回听

> 他说话，心里那份儿受用呀，就说不出里头有什么东西在打动我。

阿尔诺耳弗　（旁白。）嗜！我问底细问出了苦恼，而且只有问话的人，一个人受这份儿活罪！（向阿涅丝。）除去这些话、这种种小意思之外，他有没有做过别的亲爱表示？

阿涅丝　哦！多着呐！他拿起我的手和胳膊，香呀香的，就没完没了。

阿尔诺耳弗　他有没有，阿涅丝，动你别的地方？（见她在发愣。）呜佛！

阿涅丝　哎！他动……

阿尔诺耳弗　什么地方？

阿涅丝　我的……

阿尔诺耳弗　嗯！

阿涅丝　那……

阿尔诺耳弗　你是说？

阿涅丝　我不敢说，你也许要生我的气的。

阿尔诺耳弗　我不生气。

阿涅丝　会的。

阿尔诺耳弗　我的上帝，不会的！

阿涅丝　那你赌咒。

阿尔诺耳弗　好吧，我就赌咒。

阿涅丝　他动我的……你要恼的。

阿尔诺耳弗　不会的。

阿涅丝　会的。

阿尔诺耳弗　不会，不会，不会，不会。见鬼哟，怎么这么蘑菇！他动你的什么？

阿涅丝　　　他……

阿尔诺耳弗　（旁白。）真把我急死！

阿涅丝　　　他动我那条扎头带子：他把你给我的那条扎头带子拿走了。说真的，我没有办法叫他不拿。

阿尔诺耳弗　（平静下来。）带子的事，不必说了。我要知道的是，他除了香你的胳膊以外，有没有做别的事？

阿涅丝　　　怎么？还有别的事好做？

阿尔诺耳弗　不是的。不过他说他有病要你治，他没有问你要别的法子治吗？

阿涅丝　　　没有。他要是问我要的话，你明白，我为了救他，会什么也答应他的。

阿尔诺耳弗　①总算上天有眼，我还没有做赔本生意。我要是再犯错误呀，我就由人作践好了。不说了。②阿涅丝，这是你不懂事的结果。过去的事，说也无益，我也就不说什么了。我知道，这风流家伙说话媚你，一心就为骗你，骗到了手，又取笑你。

阿涅丝　　　哦！绝不会的：他说这话给我听，说了总有三十回以上了。

阿尔诺耳弗　啊！你不知道，他的话就相信不得。总之，你要晓得，收人家的首饰匣子、听这些恶少瞎扯淡、懒洋洋的，任凭他们香手、调情，就犯下了滔天大罪。

阿涅丝　　　你说什么，犯罪？请问，有什么理由？

阿尔诺耳弗　有什么理由？理由就是：早就明文规定好了，上天看见行

---

① 1734 年版增添："（低声，旁白。）"
② 1734 年版增添："（高声。）"

	为不轨,就怫然大怒。
阿涅丝	大怒?有什么大怒的必要?唉呀!这事可真适意啦,可真好受啦!先前我不晓得这些事,现在尝到了味道,快活得不得了,我觉得真有意思啦。
阿尔诺耳弗	是的,这种种柔情蜜意、这些甜言蜜语和这些温存的爱抚是一种莫大的快乐,不过必须经过正当手续才成;结婚以后,这种快乐就不算犯罪了。
阿涅丝	结婚以后,就不算犯罪啦?
阿尔诺耳弗	不算啦。
阿涅丝	那就赶快让我结婚吧,我求你啦。
阿尔诺耳弗	不单你盼望,我也盼望:我回来就为了你结婚。
阿涅丝	能行吗?
阿尔诺耳弗	能。
阿涅丝	你可真叫我称心啦!
阿尔诺耳弗	我就知道你会喜欢结婚的。
阿涅丝	你希望我们、我们两个人……
阿尔诺耳弗	一点也不错。
阿涅丝	真这样的话,我要把你疼成什么了啊!
阿尔诺耳弗	哎!我也一样疼你。
阿涅丝	我这个人,旁人开玩笑,我是一点也听不出来的。你说话当不当真?
阿尔诺耳弗	当真,回头你就明白啦。
阿涅丝	我们回头结婚?
阿尔诺耳弗	对。
阿涅丝	什么时候?
阿尔诺耳弗	今天晚上。

阿涅丝　　　（笑。）今天晚上？

阿尔诺耳弗　今天晚上。你是不是听了这话才笑的。

阿涅丝　　　是呀。

阿尔诺耳弗　我要的就是你能称心如意。

阿涅丝　　　哎呀！我不知道怎么感激你才好，和他结婚，我可称心啦！

阿尔诺耳弗　和谁结婚？

阿涅丝　　　和……那儿。①

阿尔诺耳弗　那儿……那儿不和我相干。你挑丈夫未免挑得有点太急。一句话，我给你看中的，是另一个人。至于那位先生。不必再提啦。②他说他害病，那是哄你的话，就算他害病吧，哪怕害死，从今以后，我请你和他完全断绝关系。他再来家里，你表示礼貌，就照准他的脸，老实不客气，关上大门。他要是敲门的话，你从窗口扔下一块石头砍他，他就再也不敢来了。阿涅丝，你听明白我的话没有？我藏在一个墙角儿，看着你做。

阿涅丝　　　哎！人家那样好看！这也……

阿尔诺耳弗　啊！啰嗦！

阿涅丝　　　我狠不下这个心……

阿尔诺耳弗　不许唠叨啦。上楼去吧。

阿涅丝　　　什么？你要……

阿尔诺耳弗　够啦。我是主子，我把话吩咐下来啦：去吧，服从。

---

① "那儿" là 指奥拉斯常走来走去的树林那边。
② "不必再提啦" là, 由于各种版本标点不同，因而有了两种解释：一种认为指着前边的"那儿"，可以译为"那儿那位先生"；一种即"不必再提啦"。

第 三 幕

第 一 场

阿尔诺耳弗,阿涅丝,阿南,尧尔耶特。

阿尔诺耳弗 是啊,一切顺利,我甭提有多喜欢啦。你们一丝不走,照着我的吩咐做。勾引良家妇女的恶少,处处受打击,这就是有贤明导师的好处。阿涅丝,你是天真无邪,上了坏人的当。你看你,想也没有想到,让人家作弄到这般地步。不是我开导你,你就要一直走上地狱和毁灭的大路。我太清楚这些花花公子的作风了:他有漂亮的膝襜①,有许多带子和羽毛,假头发大大的,牙齿好看,谈吐十分销魂,可是你听我说,魔鬼的爪子就在底下藏着。他们是真正的撒旦,张开大口,饿狼一般,专吃妇女的名声。②不过你这一回,幸而营救及时,清清白白,就逃出来了。我看见你朝他扔石头,这块石头粉碎了他的种种心计。我叫你准

---

① "膝襜"(canons)是灯笼裤在膝盖的地方的装饰品,主要是由花边和各种颜色的带子组成,这是当时的时尚。
② 1682年版指出:从"不是我开导你"到"专吃妇女的名声"演时删去。可能是为了避免"地狱"字样,索性连下几句也一同删掉。

	备结婚,看你扔石头的模样,我越发觉得喜事不该再拖延下去了。不过有几句话,你听了对你有益,我还是先说了的好。①搬一张凳子到外头来。你们要是……
尧尔耶特	你吩咐的话,我们都记住啦。我们先前是受了那位先生的骗,不过……
阿　南	他要是再进得来呀,我就把酒戒了。这家伙还是一个坏蛋;前回他给了我们两个金艾居②,原来分量不足。
阿尔诺耳弗	照我的口味,备好晚饭。我方才说起我们的婚书,你们两个人,随便哪一个人,回头回来,去把公证人请来,他就住在十字路口拐角的地方。

第 二 场

阿尔诺耳弗,阿涅丝。

阿尔诺耳弗　　（坐下。）放下你的活计,听我讲话。头扬起来点儿,把脸转过来。这儿,③我讲话的时候,看着我这儿,句句话全要牢牢记在心上。阿涅丝,我娶你当太太,你就该一天一百回,庆幸自己时来运转,想念自己出身低微,同时称道我的慈心,把一个穷乡下姑娘,从下贱身份,高升为资产阶级的体面太太,当我的配偶,享受鱼水之乐。许多人

---

① 1734 年版增添:"(向阿南和尧尔耶特。)"
② 艾居(écu)最先是一种金币,值六法郎,1655 年停止铸造;路易十四时期,改铸银币,值三法郎。
③ 1734 年版增添:"(指着他的额头。)"

家小姐,和我门当户对,因为我一心要抬举你,就谢绝了这些亲事。所以我说,你就应该常常想着:不是嫁我嫁得体面,世上就没有你立脚的地方,也只有这样,你才会勉励自己,对得起我抬举你的地位,念念不忘你的出身,小心在意博取我的欢心,不辜负我的一片好意。①阿涅丝,婚姻非同儿戏,作太太,并非为了你不守规矩,寻欢作乐。你们女人活在世上,就只为了服从:大权都在胡子这面。社会虽然男女各半,可是各半不就等于两下相等:一半高高在上,一半低低在下;一半管理,一半但凭吩咐;好比兵士遵守纪律,服从上级长官,听差服从主人,孩子服从父亲,品级最低的小修士服从他的师父,都跟不上太太伺候丈夫那样应当柔和、依顺、低声下气和必恭必敬,因为丈夫就是她的长官、她的领主和她的主人。丈夫望着她,神色肃然,她的本分就是赶快低下头去,正眼不敢相望,除非他青眼相加,有好脸子赏她。眼下女人不大懂得这种道理,可是你不要跟坏榜样学。那些妖娆女子,伤风败俗,艳闻传遍全城,你是学不得的。也不要漫不经心,任凭魔鬼诱惑,就是说,听信恶少的谎话。阿涅丝,你要想着,我抬举你当我的内助,等于拿我的名誉给你经管:名声这种东西经不起碰,一碰就伤,所以千万儿戏不得。地狱里有滚水锅,女人不干正经,扔在锅里,就再也出不来了。我对你讲这番话,并非信口开河,你一定要记牢了,用心揣摩。你要是听我的话,不学妖娆女子,你的灵魂就永远像一朵白净的百合花。可是万一不守妇道,玷辱

---

① 1682年版指出:从"许多人家小姐,"到"我的一片好意。"演时取消。

　　　　　　名声，你的灵魂就会变得像炭一般黑：人人把你看成一个狰狞怪物，你会有一天，变成魔鬼的吃食，永生永世，在地狱里挨煮：但愿上天开恩，不让你受这份活罪！行一个礼。一个女孩子，快要出嫁了，就该把我这些话背熟了，好比初学修行的人，应当在修道院背熟弥撒课程一样。我这衣服口袋里有一篇重要文字，（他站起来。）教你怎么样当太太。我不晓得作者是谁，不过一定是个好人。我要你把它看作你唯一的读物。拿去吧。念给我听听，看你念得对不对。

阿涅丝　　　（读。）"婚姻格言又名妇道须知，附每日课题。

　　　　　　"格言第一　女人经正当仪式，与男子同床共枕，今日风尚虽异，亦应牢记在心：男子娶妻只为自己。"

阿尔诺耳弗　文字的意思，我以后给你解释；目前光念念也就成啦。

阿涅丝　　　（继续。）

　　　　　　"格言第二　妻为丈夫所有，装扮自应尽如其意，冶容仅为丈夫，他人如以为丑，一笑置之可矣。

　　　　　　"格言第三　眉来眼去，香水、铅华、香膏，并无数美容脂粉，均应抛置一侧。凡此种种，日日败坏名声；何况搔首弄姿，初与丈夫无涉。

　　　　　　"格言第四　名誉所在，必须冠戴出门，并不得眉语眼笑，诚以取悦丈夫，不应取悦他人。

　　　　　　"格言第五　有客求见丈夫，为妻不妨一会，此外任何男子，依礼不得出迎。浮浪子弟有事但求夫人，未免不利先生。

　　　　　　"格言第六　有人送礼，务须飨以闭门，诚以世风不古，不望报者绝无其人。

"格言第七　即使深感不便，桌上亦应不备墨水、纸、笔并其他文具。家中书写，务须养成良好习惯，概由丈夫出面。

"格言第八　所谓风雅集会，实即伤风败俗之地，日日腐蚀妇女心灵，自应严加取缔，诚以阴谋对付丈夫，每在此等场所进行。

"格言第九　女人爱惜羽毛，务须戒赌，视为不祥之物，诚以赌局多变，女人走投无路，往往将身下注。

"格言第十　女人切忌出游，并在郊外用饭，智者有言，女人应邀野餐，总是丈夫赔钱。

"格言第十一……"①

阿尔诺耳弗　回头你一个人念完它，我再逐字逐句给你解释。我想起一件小事来，我只有一句话讲，不会久待的。进去吧，这本书保存好了。公证人要是来了的话，叫他等我一下好了。

第 三 场

阿尔诺耳弗。

阿尔诺耳弗　娶她当太太，在我非常得法。我将来照着我的心思，把她调理出来，好像手里一块蜡，我喜欢什么样式，就捏成什么样式。她太天真，我不在家的时候，险些受人欺骗。不过说实话，太太在这方面，宁可有缺陷，也比没有缺陷

---

①　1682年版指出：演出时只读格言第一、第五、第六与第九，其余不读。

强。对症下药,并不困难:头脑简单,接受教训,反而容易。即使误入歧途,三言两语,就能立刻让她再走正路。可是一位太太,爱好风雅,就完全另是一回事了,我们的命运,是好是歹,只看她的高兴。她做出了决定,别想她能回心转意;我们循循善诱,也只是白费唾沫。她卖弄才情,奚落我们的箴言,花言巧语,把她的过错往往说成道德,而且千方百计,达到她罪恶的目的,就连最精明的男子,老于世故,也会上当。你左一挡,右一闪,精疲力竭,也躲不过她的中伤:有才情的太太,就是一个诡计多端的魔鬼,她心血来潮,就会悄不作声,宣判我们的名声死刑,我们的名声也只有眼睁睁等死。谈起这事来,许多正人君子,全有话讲。反正我那位冒失鬼,他开心不了:这正是他太爱唠唠叨叨的报酬。这也正是我们法兰西人常犯的毛病:他们交了好运,守口如瓶,总嫌憋闷;他们好的就是无聊的虚荣心,宁可上吊,也要讲给别人知道。嗜!女人一定是鬼迷了心,才看中了这些没有头脑的子弟,才……倒说,他来了,我先一字不提,试探一下他扫兴到了什么程度。

第 四 场

奥拉斯,阿尔诺耳弗。

奥拉斯 我从府上出来。命里注定我在府上看不见您。不过我多去几回,总有一回……

阿尔诺耳弗	哎？我的上帝，这种无谓的客套，你我就免了吧。我最讨厌这些繁文缛礼，照我的话办，早就取消了，这是一种要不得的习惯，大部分人，就有三分之二的时间，在这上头瞎糟蹋掉了。不用客气，戴上帽子吧。好！你寻花问柳，怎么样了？奥拉斯先生，怎么样得意，可以见告吗？方才我想着旁的事，没有留心听，后来回味一下，我不但欣赏你旗开得胜，进展迅速，而且事情本身，我就关心。
奥拉斯	说真的，自从我把心事讲给你听以后，我的恋爱事就出了岔子。
阿尔诺耳弗	嗯！嗯！怎么会的？
奥拉斯	我不走运，美人儿的保护人又从乡下回来了。
阿尔诺耳弗	真糟糕！
奥拉斯	我尤其懊恼万分的，就是他晓得了我们两下里的私情。
阿尔诺耳弗	见鬼，他怎么会这么快，就晓得了这事？
奥拉斯	我不清楚；不过这是事实。我正打算照平常看她的时间去拜望我的小佳人，就见女用人和听差，看见我来，声调和脸色都变了样，堵住我的去路，一面说着："走开，少啰嗦，"一面就蛮不讲理，赏了我个闭门羹。
阿尔诺耳弗	闭门羹！
奥拉斯	闭门羹。
阿尔诺耳弗	未免岂有此理。
奥拉斯	我想隔着门缝跟他们说话；可是任我说什么，他们只是回答："老爷吩咐卜来，不许你进来。"
阿尔诺耳弗	他们真就没有开门？
奥拉斯	没有。阿涅丝站在窗口，也证实这位主人回来了，因为她不但声色俱厉地赶我走，还拿起一块石头砍我。

阿尔诺耳弗	怎么,一块石头?
奥拉斯	一块老大的石头,她拿它来欢迎我。
阿尔诺耳弗	见鬼哟!这简直是玩儿命!我看你的事情不妙。
奥拉斯	说的是呀,他这一回来,我可遭殃啦。
阿尔诺耳弗	你相信我,我确实为你难过。
奥拉斯	这家伙打乱我的全盘计划。
阿尔诺耳弗	是的。不过这也算不了什么,会有法子挽回全局的。
奥拉斯	要克服醋缸子的严密看守,就非用计试试不可。
阿尔诺耳弗	在你还不容易。何况说到最后,姑娘爱你。
奥拉斯	当然。
阿尔诺耳弗	你会达到目的的。
奥拉斯	我也这样希望。
阿尔诺耳弗	石头打乱了你的计划,不过你也不必因此就惊慌失措。
奥拉斯	这还用说。我当时立刻就明白,我的对头躲在里面,自己不出头,操纵一切。可是有一件事,你听我说,不单你想不到,就是我也没有想到:原来是这位年轻美貌的姑娘,人家以为她头脑简单,绝干不出什么来,岂知竟干出惊人的事来。应当承认:爱情是一位伟大的导师,教我们重新做人;由于它的教诲,我们的习性,往往在刹那之间,就完全改观;它摧毁我们天性中的故障,马到成功,仿佛奇迹一般;它让守财奴立时乐善好施,胆小鬼勇不可当,粗人彬彬有礼;它让最迟钝的人心思灵活,最无知的人也能随机应变。是的,阿涅丝就是这样一种奇迹的现成例子。因为她虽然斩钉截铁,拒绝我再看她,说什么:"走开,我不要见你;你要说的话,我全晓得;这就是我的回答,"可是使你惊奇的那块小石头,或者铺路的碎石子,带了一

	封信，掉在我的脚跟前。妙的就是这封信，和她的话，和她扔下来的小石头，全有呼应。您想不到她有这一手儿吧？爱情有本事启发思路，对不对？您能否认强烈的爱情能在人心发生神奇的作用？您对妙计和这封信有什么想法？哎！您能不佩服这种心计？在整个儿这场趣事之中，我那位醋缸子扮了一个什么角色，您不也觉得好笑？您说呀。
阿尔诺耳弗	是的，很好笑。
奥拉斯	那您就笑它一笑吧。（阿尔诺耳弗勉强笑了一声。）这家伙一开始就对我的爱情有了戒备，把家变成阵地，拿石头作为防御的武器，好像我要大举进攻一样。他要打退我，却又怕了一个出奇，鼓动全家的人跟我对垒；他要女孩子完全无知，偏偏就是这完全无知的女孩子，用他想出来的兵器，就在他眼面前，把他骗了！就我来说，尽管他回来，对我的恋爱很是不利，可是实对您说，我觉得这事好笑得不得了，我不想到便罢，一想到就要开怀大笑；我看，您没有笑够。
阿尔诺耳弗	（勉强笑了笑。）才不，我尽力笑来的。
奥拉斯	不过作为朋友，我得给您看看那封信。她心里的话，她全写出来了，话感动人，而且句句善良，句句天真多情，句句真诚，总之，纯洁的自然表现出了爱情的第一次创伤。
阿尔诺耳弗	（低声。）鬼丫头，你学写字原来是为了写这种东西；其实教你写字，就不是我的本意。
奥拉斯	（读信。）
	"我想给你写信，我不知道从哪儿写起。我有些心事，希望你也知道；不过我不晓得怎么样讲给你听，因为

我不信我的话会做得到。我现在晓得人家一直要我不懂事，因为是才晓得，所以我直怕把话说错了，说些我不该说的话。说实话，我不知道你有没有害我，可是我觉得人家要跟你作对，我就难过得要死；没有你，我就活不下去，跟你在一起，我就很开心。也许不该说这种话，可是临了，我又不由自己不说，我希望这话就是说了，也没有什么不好。人家老对我说：青年男子全是骗子，不该听他们讲话，你对我讲的话全是糊弄我的；不过我告诉你，我怎么也想不透你是这种人；你的话太感动我了，我不能相信这是谎话。你老老实实告诉我，是不是谎话；因为你晓得，我没有意思害人，所以你要是骗我的话，你就太不应该了，我想我会难受死的。"

阿尔诺耳弗[①]　哼！狗丫头！

奥拉斯　您怎么啦？

阿尔诺耳弗　我？什么事也没有。我在咳嗽。

奥拉斯　您几时见过语句比这更多情的？天性更美的？权力再滥用，管教得再可恨，照样挡不住天性流露。狠心毁坏这种可贵的品质，难道不是罪大恶极，该当处罚？故意把这颗明光闪闪的心灵，投入无知和愚蠢之中，难道不是罪大恶极，该当处罚？爱情开始在撕破罗网；我要是运气好，照我所希望的，能遇见这畜牲、这大坏包、这刽子手、这流氓、这野蛮家伙⋯⋯

阿尔诺耳弗　再见。

奥拉斯　怎么，这么快就走？

---

① 1734年版增添："（旁白。）"

阿尔诺耳弗　我猛然间想起了一桩急事。

奥拉斯　不过人家把她看得严严的,您知道不知道,有什么人能出入这家的?朋友之间,你帮我,我帮你,也是人之常情,所以我才冒昧问您。他家里人都在提防我;我方才发现,我说什么好话,也不中用,女用人和听差就是不理。我有一个老婆子可以相帮,说实话,心眼儿比什么人也灵,起初很帮了我一阵子忙,可是可怜的女人,死了有四天了。您能不能替我想想办法?

阿尔诺耳弗　没有,的确没有;即使我没有,你也想得出来的。

奥拉斯　那么,再见吧。您看,我什么也没有瞒着您。

第 五 场

阿尔诺耳弗。

阿尔诺耳弗　我在他面前受够了活罪!痛苦到了极点,还得闷在心里!什么?一个天真无知的女孩子,心眼儿会这样灵活!贼丫头,她对我装出一副傻样子来,不然呀,就是魔鬼帮她想出了这条诡计。反正这封恶毒的信要了我的命就是了。我看坏小子已经抓住她的心,把我顶掉,在里头待下来了。我又是伤心,又是苦恼万分。人家偷了她的心,我受双重罪:爱情和名声都受到打击。我气的是,我的位子让人夺了去;我气的是,我的安排无济于事。我晓得,她不守规矩,应当受到惩罚,我只要由她自作自受,断送一生,我也就报了仇。可是丢掉心上人,并不好受。天呀!我是经过多次考虑才挑上她的,怎么还会这样迷恋她的美貌!她没有父母,没有亲友,没有钱财;她辜负我的关切、我的恩爱、我的情意;可是她干下对不起我的勾当,我还是爱她,爱到难分难解的地步。傻瓜。你羞也不羞?啊!我恨死了,我气死了,简直想打自己一千记耳光。我想进去看看,也就是看看她干下这样黑心事,拿什么脸见人。天啊!免了我这顶绿帽子戴吧,万一注定了我非戴不可,至少也把某些人有的刚强之气给我,应付应付这些意外变故吧。

第 四 幕

第 一 场

阿尔诺耳弗。

阿尔诺耳弗 我承认自己走到什么地方,也是坐立不安,心里千头万绪,七上八下,就不晓得怎么样才能从里从外,打消纨袴子弟的种种努力。负心的东西见了我,就像没事人一样,她干下了这种丢人的事,满不在乎,我却为她几乎死在眼前,可是看着她,你会说:不和她相干。我越见她安详,越觉得自己肝火上升;心头怒火又像滚油一般,浇旺我的爱情火焰。我对她又怨、又气,恼恨万分,可是我从来没有见她像现在长得这样美,她的眼睛对我也从来没有像现在这样透亮,引起我这样强烈的欲望:我要是背了运,真丢脸的话,我觉得我一定会没有活命的。什么?我那样有情有义,那样小心谨慎,把她教养成人,从小收留在家,一往情深,满腔热望,将心寄托在她日新月异的花容月貌上,十三年来,又疼又爱,以为她是我的,难道我耗尽心血,只为一个她钟情的小荒唐鬼,从我眼面前,过来把她抢走?何况她和我也算一半夫妻!家伙,不成!家伙,不成!小傻瓜,我的朋友,你白费心思。不是我徒劳无功,就是,说真的,我让你希望落空:你想耍笑我呀,干脆就是不成。

第 二 场

公证人,阿尔诺耳弗。

公证人	啊!那不是他!您好。您希望立婚书,在下来得正是时候。
阿尔诺耳弗	(没有看见他。)怎么办?
公证人	应当按照一般形式办。
阿尔诺耳弗	(没有看见他。)我要事前考虑周到。
公证人	对您不利的地方,我不会写上去的。
阿尔诺耳弗	(没有看见他。)必须提防种种意外。
公证人	交给我办,不会错的。害怕上当,实物不到手,您不在婚书上签字,也就成了。
阿尔诺耳弗	(没有看见他。)我怕走漏风声,这件事传遍全城。
公证人	这好办!防止张扬出去,并不困难,我可以背地里写您的婚书。
阿尔诺耳弗	(没有看见他。)可是这笔账我跟她怎么算啊?
公证人	您给她的财产,按照她给您带进门来的财产给。
阿尔诺耳弗	(没有看见他。)我爱她,使我很为难的正是这种爱情。
公证人	遇到这种情形,丈夫可以多给太太财产的。
阿尔诺耳弗	(没有看见他。)有了这种事,我怎么待她合适?

045

公证人	根据惯例，未婚夫立在未婚妻名下的财产，应当是未婚妻带进门的财产的三分之一；但是愿意多给，可以多给，惯例也算不了什么。
阿尔诺耳弗	（没有看见他。）倘使……
公证人	（阿尔诺耳弗开始看见他。）关于未亡人的特殊权益，双方可以一同协商的。我是说，未婚夫可以照自己的意思，指定由未婚妻承受。
阿尔诺耳弗	（看见了他。）哎？
公证人	他很爱她，情愿表示好感，可以多给她财产，采用指赠方法，也就是所谓预先指定方法，在她死后，丧失效力；或者丈夫不收回，直接由她的亲生子女继承；不然就按照惯例，根据愿望，做出不同的决定；不然就在婚书上，明文规定，写明赠送，由一方承受或者由未亡人承受。您耸肩膀干什么？难道是我胡说八道，还是我不懂婚书形式？谁教得了我？我敢说，没有人。难道我不知道，成为夫妇，根据惯例，动产、钱财、不动产与婚姻期间的收入，除非一方做出不要的声明，全是共同所有吗？难道我不知道，未婚妻的财产，有三分之一成为双方共有，以便……
阿尔诺耳弗	对，这是事实，你全知道；可是谁问你来的？
公证人	就是你自己啊。你用不着耸肩膀，做鬼脸，拿我当傻瓜看待。
阿尔诺耳弗	看他这张狗脸，简直是害了黑死病！再见：要你住口不讲，只有这个办法。
公证人	难道不是你请我来立婚书的？
阿尔诺耳弗	不错，我请你来的；不过婚礼延期举行，到时再奉请好了。看这鬼东西，就叽里咕噜个没完！

公证人　　我想他是疯了，我相信我的想法是对的。

第 三 场

公证人，阿南，尧尔耶特，阿尔诺耳弗。

公证人[①]　不是你为你的主人请我的？
阿　南　　是我。
公证人　　我不晓得你把他当什么人看，不过马上就去告诉他，说我说的：他是一个头号儿疯子。
尧尔耶特　我们一定告诉。

第 四 场

阿南，尧尔耶特，阿尔诺耳弗。

阿　南　　老爷……
阿尔诺耳弗　过来；你们是我真正忠心的好朋友，我有话告诉你们。
阿　南　　公证人……
阿尔诺耳弗　改天再谈他吧。有人想破坏我的名声，你们说，你们的主人要是坏了名声的话，你们该多丢人啊！你们以后，什么地方也不敢露脸了，人人看见你们，都要指指点点，议论

---

① 1734年版增添："（走到阿南和尧尔耶特面前。）"

	你们。事情对我和对你们一样有关系,所以你们一定要分外当心,千万不能让这轻薄少年……
尧尔耶特	您方才已经教过我们怎么对付他。
阿尔诺耳弗	千万别理他那些花言巧语。
阿　南	嗯!那当然了。
尧尔耶特	我们晓得怎么样对付他。
阿尔诺耳弗	万一他走来,娇声娇气地说什么:"阿南,我的好人,我快死了,救救我吧。"
阿　南	你是一个傻瓜。
阿尔诺耳弗	好。(向尧尔耶特。)"尧尔耶特,我的小宝贝,我觉得你又温柔,又好看。"
尧尔耶特	你是一个笨蛋。
阿尔诺耳弗	好。(向阿南。)"一个正正经经、规规矩矩的计划,你觉得怎么不好?"
阿　南	你是一个坏蛋。
阿尔诺耳弗	好极。(向尧尔耶特。)"我在受活罪,你不可怜我,我就死定了。"
尧尔耶特	你是一个蠢蛋、一个不要脸的东西。
阿尔诺耳弗	好极。"我不是一个空口求人的人,人家帮我忙,我再也忘记不了;现在,阿南,你先拿着这个,买杯酒喝;尧尔耶特,这个给你,买条衬裙。(他们两个人伸手拿钱。)这不过是我表表心的一点小意思。话说回来,我求你们帮忙的事就是:我能见见你们的标致主妇。"
尧尔耶特	(推他。)找旁人去。
阿尔诺耳弗	好。
阿　南	(推他。)走开。

阿尔诺耳弗	好。
尧尔耶特	（推他。）快滚。
阿尔诺耳弗	好。喂！够啦。
尧尔耶特	我做得对不对？
阿　南	您是不是要这样做？
阿尔诺耳弗	对，好极，除去钱，你们不该拿他的。
尧尔耶特	我们忘了这一点。
阿　南	您要我们现在再来一遍吗？
阿尔诺耳弗	不用啦。够啦。两个人全进去吧。
阿　南	您只要说一声，我们就再来一遍。
阿尔诺耳弗	我说了，用不着。进去，我要你们进去。钱，你们留着吧。去吧，我就来。处处留神，把事给我办好了。

第 五 场

阿尔诺耳弗。

阿尔诺耳弗	我们这条街，拐角地方有一个修鞋的，我去找他暗地里守望，就万无一失了。我要永远把她关在家里，严加看管，尤其是，不许卖带子的女人、做假头发的女人、梳整头发的女人、做手绢的女人、做手套的女人、卖旧货的女人进来。这些女人不干正经，天天帮人作偷情勾当。总之，我饱经世故，晓得那些鬼把戏。我的对头想带口信或者捎条子进来呀，得有通天的本事。

第 六 场

奥拉斯，阿尔诺耳弗。

奥拉斯 总算我有造化，又在这儿遇见您啦。我方才险些逃不出来：您不相信，我可以发誓给您听。我离开您，没有料到，望见阿涅丝独自一个人，来到阳台上，靠近旁边的树乘凉。她比手势给我，想法子走到楼底下，溜到花园，把门给我开开。可是我们两个人才一走进她的房间，她就听见她的醋缸子在楼梯上走动；仓促之间，措手不及，她只得把我关在一只大衣橱里头。说着说着，他就进来了。我看不见他，可是我听见他大踏步走来走去，闷声不响，不时发出一声可怜的叹息，有时候使劲捶桌子，揍一条跟着他走的小狗，信手乱丢手边的东西。姑娘装饰壁炉的花瓶，他也一生气，砸碎了。她使的计，候补王八一定是得了风声。最后，我的心烦意乱的醋缸子，走上走下，没有地方好出气，也不说有什么在折磨他，走出了房间。我也就走出了衣橱。我们怕他再来，不敢再在一起多待：这太危险了。不过今天晚上，靠后半夜，我可以不声不响，悄悄溜进她的房间。我的记号是一连咳嗽三回，阿涅丝听见声音，就打开窗户，放下一架梯子，把我接上楼去。您是我唯一的朋友，我愿意告诉您知道。快乐有人分担，也就分外快乐；一个人再怎么幸福，没有外人知道，心里也不满足。我想，我的事情顺利，您也一定开心。再见，我做必要的准备去了。

第 七 场

阿尔诺耳弗。

阿尔诺耳弗 什么？恶运一味和我为难，就连喘气的时间也不给我？难道只见他们接二连三，用计打乱我的严密布置？我一个中年人，居然会上一个傻丫头和一个愣小子的当？二十年来，我以精通世故的哲人的身份，观察丈夫们的凄凉命运，细心钻研使最慎重的丈夫也陷入不幸的种种变故。我想娶太太，又要保证自己不和别人一样也戴绿帽子，就利用他们出乖露丑的经验，做好万一的准备。为了实现这高贵的计划，我相信，人类智慧所能想到的策略，我都用上了。我在这些问题上，积了一些经验，有了一些知识，经过二十多年的摸索，不蹈无数前人的覆辙，然而好像命里注定了世上没有一个男子可以例外一样，我临了发现自己也是一样丢脸！啊！残酷的命运，你兑不了现！他追求的姑娘还是我的。短命的恶少即使偷去了她的心，至少我还阻止得了他占有她的身子。他们今天晚上约好了幽会，不见得会像他们想的那样称心如意。我固然是日暮途穷，可是知道了他们谋我的暗计，这冒失鬼打算害我，拿自己的情敌当作知己，在我也是一种快乐。

第 八 场

克立萨耳德，阿尔诺耳弗。

克立萨耳德 好！我们用过晚饭再散步？

阿尔诺耳弗 不，我今天不吃晚饭。

克立萨耳德 你怎么变卦啦？

阿尔诺耳弗 求你原谅我吧：我手上有旁的事。

克立萨耳德 你决定了的婚事，不举行啦？

阿尔诺耳弗 少管闲事。

克立萨耳德 啊！啊！这么暴躁！什么事让你这么不开心？老朋友，难道你的好事有了波折不成？我一看你的脸，差不多也就明白了。

阿尔诺耳弗 随它什么波折，反正我比某些人高明，不像他们那样忍气吞声，看着情人们来到跟前。

克立萨耳德 你这人见识很高，可是在这方面，总是大惊小怪，似乎世上没有别的荣誉可求，全部幸福单看它了。这确实是一件怪事。叫你看来，和这一比，一个人吝啬、粗鲁、狡诈、恶毒、卑鄙，都算不了一回事；一个人不管怎么样过活，只要不当王八，就算体面。我索性打破沙锅问到底吧：你为什么相信我们的名声好坏，只靠这种偶然事故？横祸飞来，怪也只好怪横祸，一个天性善良的人，有什么好怪自己的？我说，娶太太就娶太太好了，你为什么要人把自己的毁誉，都算在意中人的账上？她对我们负心就负心好了，你为什么要人把耻辱看成一个狰狞可怖的妖怪？一个人戴不戴绿帽子，满好学学正人君子，付之行云流水，命里要来的事，既然谁也提防不了，变故到来，就该无动于衷才好。总之，世人的诋毁，都不相干，痛苦不痛苦，只看应变的方法对不对头。因为困难当前，你想安然走过，就该像处理旁的事情一样，不走极端。有些人有点儿太老好人，碰到这一类事，沾沾自喜，一来就说起太太的相好，逢人称道，夸他们有才分，不但表示密切关心，还回回参加他们的野餐、他们的聚会，不顾外人耻笑，公然在中间出现：这种作法根本欠妥当，你犯不上跟他们学。可是另一种极端，也不见得可取。我不赞成和太太的相好交朋友，我也反对那些乱吵乱闹的人：心里有气，不管三七二十一，吵翻了天，人人注目，活像他们生怕旁人不知道似的。除去这两种作法以外，还有一种慎重的人应变的正当作法。只要处理得好，即使太太真正岂有此理，也没有什么可惭愧的。总之，即使外人议论也罢，当王八这件事，看上去还并不那么可怕。你听我说，凡事朝好处想，才见聪明。

阿尔诺耳弗　　听过阁下的宏论，王八丈夫协会应当全体向你道谢。而且谁听了，谁一定踊跃入会。

克立萨耳德　　我的话不是这种意思，因为这正是我所不赞成的；不过命里注定我们要娶太太，我说，我们就该像掷骰子一样，你要的点子偏不来，那你就必须多使心计，然后头脑冷静，在谈笑自如之中，转败为胜。

阿尔诺耳弗　　这就是说，整天好吃好睡，不拿这事放在心上，看作等闲。

克立萨耳德　　你把话说得轻飘飘的，其实不瞒你说，你怕这种变故怕得要死，可是我在人世经见的事，比起这种变故来，有许多还要可怕,简直还要糟糕多了。有些贤惠太太,芝麻大的小事,也穷发脾气。这些凶悍的泼妇,赛过母夜叉,一来就把她们那副从一而终的面孔摆出来,仗着自己没有怎么丢我们的脸,便自以为有权小看男人,于是就拿对我们始终不渝作理由,要我们事事受她们节制。你以为我选一样来做的话,宁可当这种女人的丈夫,也不照着你说起的那种丈夫去做吗?老朋友,我再说一遍,你要知道,事实上,王八不王八,都是自己弄出来的;有人为了某些原因,就许希望当王八,而当王八,也和干旁的事一样,有它的乐趣。

阿尔诺耳弗　你有兴致当王八,我可没有心思奉陪。与其现这种眼,还不如……

克立萨耳德　我的上帝!别发誓,应了誓就不好了。命里注定你是王八,你再提防也无济于事,没有人在这上头问你讨主意的。

阿尔诺耳弗　我,会当王八?

克立萨耳德　你简直疯了!成千上万的人当王八,——我可没有不尊重你的意思,——你在面貌上、勇敢上、财产上、门第上,就没有一样比得上。

阿尔诺耳弗　我呀,也不希罕比。不过这种玩笑话,一句话,我不爱听,请你就免了吧。

克立萨耳德　你在大生其气。我回头会晓得原因的。再见。你记住好了:在这问题上,不管你的名声要你怎么做,只要你一发誓,说你决不会当王八,你就已经当了一半了。

阿尔诺耳弗　我呀,还要发誓,说我不会当王八,而且马上就去想一个好办法,对付这种变故。①

---

① 1734年版增添:"(他去叩他的大门。)"

第 九 场

阿南,尧尔耶特,阿尔诺耳弗。

阿尔诺耳弗　朋友们,现在我求你们帮帮我的忙。我晓得你们爱我,可是这一回,你们得把爱我的心思做出来。你们给我出力办事,放心好了,一定会有犒劳的,你们知道的那个人,——可别讲出去,——我打听出来,他今天晚上想跟我捣乱,架起梯子来,爬到阿涅丝房间。所以我们三个人一定要埋伏好了等他来。我要你们一个人拿一根大棍子,等他快要上到末一级的时候,(我这时正好打开窗户,)你们两个人就给我狠狠地揍这坏蛋一顿,打疼他的脊梁背,想着就寒心,以后再也不敢来了就好,可是千万不要说起我的名字,也别露出来我在背后指使的痕迹。你们有没有聪明帮我出这口恶气?

阿　　南　老爷,单只打他一顿,您交给我们办好了。打的时候,手劲儿大不大,您到时候看好了。

尧尔耶特　我的手呀,看上去,没有那么结实,可是也不会轻易就饶了他的。

阿尔诺耳弗　进去吧,千万别走漏风声。①这对世人,等于上一堂有用的课。本城当丈夫的,人人像我这样招待太太的相好,王八数目就不会那么多了。

---

① 1734 年版增添:"(一个人。)"

第 五 幕

第 一 场

阿南，尧尔耶特，阿尔诺耳弗。

阿尔诺耳弗 坏东西，你们干什么下那么重的手？
阿　南 老爷，我们是照您的吩咐做的。
阿尔诺耳弗 你们想拿这话搪塞，不顶事。我吩咐你们打他，我可没有吩咐你们打死他。我叫你们乱棍齐下，打他的脊梁背，并没有叫你们打他的脑壳。天呀！我怎么就这么背时，惹下这种乱子！出了人命，我能怎么样？进去吧，千万别露口风，说是我胡里胡涂吩咐你们干的。①天这就要亮，我去想想办法，看怎么样才免得了这场祸事。哎呀！我怎么得了？他父亲听到凶讯，要说什么呀？

---

① 1734 年版增添："（一个人。）"

第 二 场

奥拉斯，阿尔诺耳弗。

奥拉斯① 我得弄清楚这人是谁。
阿尔诺耳弗② 谁料想得到……③请问，是谁？
奥拉斯 是您，阿尔诺耳弗先生？
阿尔诺耳弗 是我。可是你是谁？……
奥拉斯 是奥拉斯。我到府上找您，有事求您。您一大清早就出了门！
阿尔诺耳弗 （低声。）④一团糟！是妖法？还是闹鬼？
奥拉斯 说实话，我正在左右为难，不知道怎么办好，多谢上天大发慈悲，让我在紧急关头，遇见了您。我来告诉您：一切顺利，我说什么也不敢预料会这么顺利，中间还出了一个岔子，几乎要前功尽弃。她约我幽会，我不晓得怎么会惹起了人家的疑心。我正要爬到窗口，岂知大出意外，就见影影绰绰，有几个人，恶模恶样，冲我举起胳膊，我一失脚，就掉下去了。我受了点轻伤，可是我这一摔，倒少挨几十棍子打了。我猜我那位醋缸子，也在这些人中间，他们以为我摔下去，是他们打的，我摔疼了，在地上躺了许久，没有动静，他们真还以为把我打死了，马上就惊惶失

---

① 1734 年版增添："（旁白。）"
② 1734 年版增添："（以为就是自己一个人。）"
③ 1734 年版增添："（奥拉斯撞在他身上，他没有认出他来。）"
④ 1734 年版改作："（低声，旁白。）"

措了。夜晚静悄悄的，我所见他们说话的声音，你怪我不该行凶，我怪你不该行凶，抱怨不走运，当时没有一点灯亮，他们蹑手蹑脚，过来摸我是不是死了。黑漆漆的夜晚，我装的像不像一个死人模样，我不说，您也明白。他们还当我真死了，心惊肉颤，躲到别的地方去了。我正打算走开，就见阿涅丝慌慌张张往我这边来了：她不晓得我是假死，急得不得了。因为这些人的话，立时传进她的耳朵，所以她赶着乱糟糟的当儿，防守松懈，就轻轻易易，逃出了房间。她见我没有受伤，那份儿高兴，就没有法子形容。我对您说什么好？总之，这可怜的姑娘，感情用事，怎么也不肯回去，一心一意要跟我走。单看一下这种天真的作为，您就明白一个疯子，伤天害理到了什么程度，万一我如今不怎么爱她的话，她会冒多大的风险。可是我爱她的心太真纯了，我宁可死，也不要骗她。我看她国色天香，应该加意爱护，除了死，我和她是什么也拆散不了的。家父晓得了这事，我料定要生气的，不过我们将来找机会让他息怒，也就成了。我既然贪恋她如花似玉的姿色，在人世上也就很可以知足了。我晓得您为人可靠，守口如瓶，这才求您玉成我的好事，把她留在府上，躲过一两天，再作计较。您晓得，像她这样一位姑娘，和一个男孩子在一起，旁人看到，要起老大疑心的。您不但要藏严了她，不让人看见，还得防人找到她。我信得过您为人慎重，把话全告诉了您；我把您看作一位热心朋友，所以也只把我的心上人托付给您一个人。

阿尔诺耳弗　你放心，我一定效劳就是。

奥拉斯　您真肯帮我这个大忙？

阿尔诺耳弗　愿意得很,你放心好了。我有这个机会效劳,十分愉快。托天之福,我得到这个机会,我从来做事,没有像这回这样兴高采烈过。

奥拉斯　我对您的种种恩典,真是万分感激!我先还怕您说我,不过您见识广,人情熟,晓得怎么样原谅年轻人的痴情的。我有一个听差,在那边拐角的地方陪着她。

阿尔诺耳弗　天蒙蒙亮了,我们怎么办,才会万无一失?我从这儿把她带走,就许有人看见;你来舍下,听差又会说长道短的。万全之策,就该在一个比较隐僻的地方,把她交给我。去我花园的小巷子倒也方便,我在那边等她就是了。

奥拉斯　您料事如神,我照办就是。我一把她交给您,我就立刻不声不响走开。

阿尔诺耳弗　(一个人。)啊!三心二意的命运,你害苦了我,现在总算有了这难得的妙事,你可以将功赎罪了!

〔他拿斗篷蒙住了脸。

第　三　场

阿涅丝,阿尔诺耳弗,奥拉斯。

奥拉斯①　我带你去的地方,是一所安全的房子,你用不着担心。和我住在一起,反而坏事。你进这个大门,跟人走就是。

〔阿尔诺耳弗拿她的手,她没有认出他来。

---

①　1666 年版增添:"(向阿涅丝。)"

阿涅丝　　你干什么离开我?

奥拉斯　　亲爱的阿涅丝,非离开不可。

阿涅丝　　那我求你尽早回来。

奥拉斯　　我的痴情就够催我回来的。

阿涅丝　　我看不见你,就高兴不起来。

奥拉斯　　我离开你,也是一样无精打采。

阿涅丝　　哎呀!真是这样的话,你就别走了吧。

奥拉斯　　什么?我都爱疯了你,你还不相信!

阿涅丝　　是啊,你不像我这样爱你。(阿尔诺耳弗拉她。)啊!①他拚命拉我。

奥拉斯　　亲爱的阿涅丝,那是因为你我在这地方叫人看见,会出事的。这位好朋友拉你走,是由于关怀我们、谨慎热心的缘故。

阿涅丝　　可是跟一个生人走……

奥拉斯　　不用害怕:你和他在一起只有好。

阿涅丝　　我倒以为和奥拉斯在一起再好不过。

奥拉斯　　我也……

阿涅丝　　(对拉他的人。)等一下。

奥拉斯　　再见:天亮了,我得走。

阿涅丝　　那我什么时候再能看到你啊?

奥拉斯　　一定不会久的。

阿涅丝　　等到那时候,我要心焦死了!

奥拉斯②　　感谢上天,我的幸福不再有波折,现在我可以高枕无

---

① 1734年版增添:"(向奥拉斯。)"
② 1734年版增添:"(走开。)"

忧了。

第 四 场

阿尔诺耳弗，阿涅丝。

阿尔诺耳弗 （拿斗篷蒙着脸。）①来吧，我为你准备好的住处不是这儿，还在旁的地方。我打算把你搁到一个牢靠地方。②你认识我吗？

阿涅丝 （认出他来。）哎呀！

阿尔诺耳弗 鬼丫头，你根本不要在这儿看见我，所以看见我，吓作一团。我打乱了你的恋爱计划。（阿涅丝张望奥拉斯，看能不能望见。）别指望你的相好救你啦，他去远了，救不了你了。啊！啊！还这么年轻，就在捣鬼！你一副天真烂漫的模样，好像世上只此一家，问我小孩子是不是从耳朵眼里出来，可是你懂得晚上约人幽会，悄不作声，要跟相好逃跑！家伙！你和他说起话来，喊喊喳喳，就没完没了！显见你是进过什么好学堂的喽。是什么鬼东西忽然一下子教你教出来的？难道你就不怕遇见鬼怪？还是这位相好晚上壮了你的胆子？啊！混账丫头，居然这样负心？胡作非为，满不拿我的前后恩情搁在心上，你这条小蛇，我在胸口暖和你，可是你一恢复知觉，就忘恩负义，起心害你的

---

① 1734年版增改："（藏在斗篷内，改换声音。）"
② 1734年版增添："（露出本相来。）"

恩人！

阿涅丝　你凭什么骂我？

阿尔诺耳弗　我的确不大应该。

阿涅丝　我做的事，我看不出有什么不好。

阿尔诺耳弗　跟相好偷跑，不是丑事是什么？

阿涅丝　人家对我讲：情愿娶我作太太。你对我讲：想不犯罪，就该成亲。我是照你的话办啊。

阿尔诺耳弗　对。不过我的意思是我娶你作太太，我似乎把话对你也交代得够清楚的啦。

阿涅丝　对。不过干脆把话对你直说了吧，和他成亲，比和你成亲，更合我的心思。和你成亲，又痛苦，又气闷；你把婚姻描绘成一个可怕的样子。可是婚姻上了他的嘴啊，哎呀！就喜盈盈的，让人直想成亲。

阿尔诺耳弗　啊！贱骨头，那是因为你爱他呀！

阿涅丝　是的，我爱他。

阿尔诺耳弗　你有脸对我说这话！

阿涅丝　是真事，我有什么不该说的？

阿尔诺耳弗　不识好歹的东西，你该爱他吗？

阿涅丝　哎呀！我能不爱他吗？全是他招我招的。我没有朝这上头想，就已经这样儿啦。

阿尔诺耳弗　可是就该收起你那春心才是。

阿涅丝　逗人喜欢，怎么收啊？

阿尔诺耳弗　你晓得不晓得我不喜欢？

阿涅丝　我？简直不晓得。这对你有什么不好？

阿尔诺耳弗　也真是的，我就该欢天喜地才是。这么说来，你不爱我喽？

阿涅丝　　　你?

阿尔诺耳弗　　对。

阿涅丝　　　哎呀！不爱。

阿尔诺耳弗　　怎么，不爱！

阿涅丝　　　你要我撒谎不成?

阿尔诺耳弗　　不要脸的小姐，为什么不爱我?

阿涅丝　　　我的上帝，你不该怪罪我：你为什么不像他一样招人爱呀？我想，我没有拦着你吧。

阿尔诺耳弗　　我使足了力气，可是我的心血完全白费了。

阿涅丝　　　说实话，他在这上头比你在行，因为他不费什么事，就招人爱。

阿尔诺耳弗① 看这乡下丫头多会议论，多会答话！家伙！女才子会有她话多？啊！我看错了她，不然就是，说真的！一个傻丫头在这上面，比最聪明的男人也知道的多。②你既然口才出众，能说善道的小姐，请问，我用了许多年月，花钱带大你，难道就为了他消受?

阿涅丝　　　放心吧。他会还你的，一个小钱也短不了你的。

阿尔诺耳弗③ 她有些话，我听了，只有气上加气。④混账丫头，你欠我的情分，他再有能耐，难道也还得了?

阿涅丝　　　我欠你的情分，不像你想的那么多吧?

阿尔诺耳弗　　把你从小带大，也好说不算什么?

阿涅丝　　　你在这上头，可真辛苦啦！我各方面受的教育，也真漂亮

---

① 1734 年版增添："（旁白。）"
② 1734 年版增添："（向阿涅丝。）"
③ 1734 年版增添："（低声，旁白。）"
④ 1734 年版增添："（高声。）"

|||啦！你以为我真就得意洋洋，看不出自己是一个傻瓜吗？想到这上头，连我自己都脸红；我要是有能耐的话，在我这年龄，我怎么也不要人把我当胡涂虫看。

阿尔诺耳弗　你不要愚昧无知，难道你倒愿意不惜任何代价，跟恶少学？

阿涅丝　当然。我现在这点知识，就是跟他学的：我欠他的情分，我想，比欠你的情分多多了。

阿尔诺耳弗　听了这撒野的话，我不晓得有什么拦着我，不捶她一顿。看她那副冷模冷样，我就有气，只有给她几拳头，我才称心。

阿涅丝　哎呀！你高兴打，你就打吧。

阿尔诺耳弗[①]　听了她这句话，加上她那一看，我的怒气不知道去了什么地方，心又软了，又有了情义，她干的负心勾当，我也看开了。恋爱这事也真古怪，这些忘恩负义的东西，男人就这样舍不得丢！人人晓得她们有缺点，转举妄动，无法无天，心眼儿又坏、又活，世上就数她们软弱无能，就数她们虚情假意。可是尽管这样，人为这些畜牲什么也干。[②]得！我们就和好了吧。好，小贱人，我全饶你，还照样儿疼你。单看我这样儿看你、这样儿仁德，你也该知情知义爱我才是。

阿涅丝　我巴不得事事如你的意，我要是能办得到的话，这对我又算得了什么？

阿尔诺耳弗　我的好小心肝，只要你肯，你就做得到。（他叹了一口

---

① 1734年版增添："（旁白。）"
② 1734年版增添："（向阿涅丝。）"

气。）单只听听这声叹息，就知道我多爱你；单只看看我这要死的模样，张望张望我这可怜的身子，你也就该回绝毛小子和他爱你的心思。他一定是拿妖法迷住了你，可是你和我在一起，比和他在一起，会快活一百倍的。你顶爱打扮的花枝招展一般，好，我把话说在前头，你就老这样下去好了。我白日黑夜疼你、摸你、香你、舔你。你高兴怎么做，就怎么做：我用不着解说，这话也就够明白的了。（旁白）痴情把我带到哪儿去啦？① 总之，我爱你的情义，就没有东西可以相提并论。负心丫头，你还要我拿什么证据给你看？你要看我哭？你要我打自己一顿？你要我揪下一边头发来？你要我弄死自己？你要什么，你说吧。狠心丫头，只要你相信我爱你，我什么也干。

阿涅丝 算啦，你絮叨了这半天，我一点儿也不感动：奥拉斯两句话，都比你感动人。

阿尔诺耳弗 啊！你太欺人，也太气人。你这倔强丫头，我只好照我的主意办啦。我马上送你出城。你不要我，我只好出此下策：只有把你关到修道院的黑屋子，我才出得了这口恶气。

第 五 场

阿南，阿尔诺耳弗。②

---

① 1734 年版增添："（高声。）"
② 1734 年版，上场人物改为："阿南，阿涅丝，阿尔诺耳弗。"

065

| 阿　　南 | 老爷，不晓得怎么会的，阿涅丝和尸首像是一道儿走了。 |
| 阿尔诺耳弗 | 这不是她。去把她关到我的房间。①他不会到那儿找她的。再说，也就是关半小时。我去找一辆车来，送她去一个稳当地方。②当心把门关好，眼睛千万别离开她。③换换地方，说不定她爱他的心思就淡下来了。 |

第 六 场

阿尔诺耳弗，奥拉斯。

| 奥拉斯 | 啊！我痛苦得不得了，向您求救来了。阿尔诺耳弗先生，祸从天降，我走到了绝路。我受到极不公道的狠命打击。他们要把我和我心爱的美人拆散了。家父连夜赶来，已经在附近住下啦。往简单里说吧，他干什么来，先前我说我不知道，原来是他信也不写，就给我订了婚，他到本地来就为了办喜事。您一直为我的事耽心，想想看，对我说来，还有什么事比这更不如意的。昨天我对您讲起的那位昂立克，就是祸事的根源。他和家父来，简直害苦了我：您不晓得，他要把他的独养女儿死塞给我。他们话一出口，我就险些晕了过去。家父说起要来看您，我没有心思再听下去，担惊受怕，马上赶在前头先来了。我求您别对他讲起我那当子事，免得他受刺激，气上加气。他顶听您 |

---

① 1734 年版增添："（旁白。）"
② 1734 年版增添："（向阿南。）"
③ 1734 年版增添："（一个人。）"

		的话,您设法劝劝他,把这门亲事帮我打消掉。
阿尔诺耳弗	成。
奥拉斯	您劝他推迟一下日子,以朋友资格,玉成我的好事。
阿尔诺耳弗	一定效劳。
奥拉斯	您是我唯一的希望。
阿尔诺耳弗	很好。
奥拉斯	我把您当作我的真正父亲。您对他讲:在我这年龄……啊!我看见他来啦。我想到一些理由供您用,让我说给您听。

〔他们退到舞台一个角落。

第 七 场

昂立克,奥隆特,克立萨耳德,奥拉斯,阿尔诺耳弗。

昂立克	(向克立萨耳德。)我一看见你,旁人就是不说破,我也认得出你是谁来。你们兄妹的长相,活脱脱就像一个模子出来的。自从我和你那位可爱的妹妹结婚以来,她对我始终不渝,可恨天公不作美,死在外乡了,不然的话,我们一道儿回国,经过多年苦难,又和亲故聚首一堂,说说笑笑,欢欢喜喜,我要乐成什么了啊。只是人死不能复活,命里注定的事,也挽回不了,所幸我们相爱一场,她还给我留下了一个女儿,你我就聊且乐天知命,拿这唯一的爱情果实来安慰自己吧。她是你的近亲,我不得你的同意,就做主把她许配与人,也是不对的。我看中了奥隆特的世

	兄，这门亲事本身体面，不过光我中意没有用，也得你喜欢才成。
克立萨耳德	选女婿选得这样得当，还要问我赞成不赞成，简直是拿我的判断能力不当一回事了。
阿尔诺耳弗	（向奥拉斯。）对，我要竭诚帮忙。
奥拉斯	您要当心，再来一次打击……
阿尔诺耳弗	你放心好了。①
奥隆特	（向阿尔诺耳弗。）啊！我们的拥抱充满了友情！
阿尔诺耳弗	见到了你，我觉得十分愉快！
奥隆特	我来这儿……
阿尔诺耳弗	你做什么来，你不说，我也知道。
奥隆特	已经有人告诉你啦。②
阿尔诺耳弗	是的。
奥隆特	那就更好啦。
阿尔诺耳弗	世兄心上已经有了人，所以对于你提起的这门亲事，根本反对，甚至于求我劝你把亲事退了。我呐，也没有什么好劝告的，除非是劝你拿出父亲的权威来，不许婚礼拖延下去。年轻人应当严加管教，我们纵容他们，反而害了他们。
奥拉斯③	啊！奸细！
克立萨耳德	他不情愿，我觉得倒也不必逼他。我相信我的妹丈会同意我的看法的。
阿尔诺耳弗	什么？让儿子摆布自己？难道你倒愿意父亲优柔寡断，没

---

① 1734年版增添："（阿尔诺耳弗离开奥拉斯，过去拥抱奥隆特。）"
② 1682年版，句号改为问号。
③ 1734年版增添："（旁白。）"

有法子叫孩子服从？应当是父亲管儿子，今天可真妙啦，儿子管父亲！不，不，他是我的知心朋友，他的名声就是我的名声：话说出了口，就得坚持到底。他现在应当意志坚定，勒令儿子恪尽孝道才是。

奥隆特 你说得对。关于这门亲事，我担保你，他会服从的。

克立萨耳德 （向阿尔诺耳弗。）我意料不到，你对这门亲事的成功，比我们谁都着急，我简直猜不出来你的动机是什么……

阿尔诺耳弗 我知道我做的事，说我该说的话。

奥隆特 对，对，阿尔诺耳弗先生是……

克立萨耳德 他讨厌这个称呼；我已经对你说过了，他要人叫他德·拉·树桩先生。

阿尔诺耳弗 没有关系。

奥拉斯[①] 我听见了什么！

阿尔诺耳弗 （转向奥拉斯。）对，秘密就在这儿：我该怎么做，我不说，你也可以明白了。

奥拉斯 我心里这份儿乱呀……

第 八 场

尧尔耶特，昂立克，奥隆特，克立萨耳德，奥拉斯，阿尔诺耳弗。

尧尔耶特 老爷，您不在跟前，我们就看不住阿涅丝；她直想逃走，

---

① 1734 年版增添："（旁白。）"

说不定会跳窗户的。

阿尔诺耳弗　　把她带出来，我打算这就带她走。①你不要难过：长年享福，人会得意忘形的；常言说得好，有福轮流享。

奥拉斯②　　天啊！还有什么痛苦，比得上我的心酸！从来有谁像我这样呼吁无门的！

阿尔诺耳弗　　（向奥隆特。）赶快举行婚礼吧，我是不请自到，一定观光。

奥隆特　　我也正是这个意思。

第 九 场

阿涅丝，阿南，尧尔耶特，奥隆特，昂立克，阿尔诺耳弗，奥拉斯，克立萨耳德。

阿尔诺耳弗　　（向阿涅丝。）来吧，美人儿，来吧，谋反的丫头、不服管教的东西。他是你的相好，你不妨情意绵绵，深深一躬，权作报答。再见。③事情有点儿出乎你的意外；不过天下的有情人，也不是个个儿称心如意的。

阿涅丝　　奥拉斯，你就让人把我这样带走吗？

奥拉斯　　我心如刀割，连我在哪儿，我都不知道。

阿尔诺耳弗　　走吧，话匣子，走吧。

---

① 1734 年版增添："（向奥拉斯。）"
② 1734 年版增添："（旁白。）"
③ 1682 年版增添："（向奥拉斯。）"一般多将动作放在"再见"之前，把"再见"的句号改成逗号。

阿涅丝	我偏不走。
奥隆特	到底是怎么一回事,说给我们听听。我们全看愣了,谁也摸不着头脑。
阿尔诺耳弗	等我闲下来,再奉闻吧。眼下就再见啦。
奥隆特	你打算到哪儿去?你对我们说话的样子,就像我们不够朋友。
阿尔诺耳弗	我已经劝过你,不管他反对不反对,快办喜事。
奥隆特	对,你全听说了,可是要办喜事,还有你没有听说的,那就是:可爱的安皆莉克,往年私嫁昂立克先生,养了一个女儿,这个女儿如今就在府上,所以你方才那番话,到底是什么意思?
克立萨耳德	我看了他的作法,也很诧异。
阿尔诺耳弗	什么?……
克立萨耳德	舍妹私嫁,生了一个女儿,瞒住全家人不让知道。
奥隆特	她丈夫怕人查出底细来,就给女儿改名换姓,送到乡下抚养。
克立萨耳德	这期间命运和他为难,他不得不离开故乡,远走高飞。
奥隆特	他在外洋,经历了千辛万苦。
克立萨耳德	他在本国不是受人欺骗,就是有人妒嫉,可是到了海外,他辛辛苦苦,发了大财。
奥隆特	回到法兰西,他马上就找抚养女儿的那个女人。
克立萨耳德	这个乡下女人老老实实告诉他,在她四岁上,把她给了你。
奥隆特	她这样做,一方面是自己穷苦不过,一方面也听说你仁慈可靠。
克立萨耳德	他听了这话,又是兴奋,又是愉快,就把这个女人带到本

	地来了。
奥隆特	总之,你回头就会在这儿看见她,当面把话交代明白。
克立萨耳德	你听了这话,心里难过,我猜出了八九成。不过你在这上头,也不好说你背运:你认为不当王八是无上幸福,那么不结婚,才是不当王八的真正法子。
阿尔诺耳弗	(非常激动,话也说不出来了,只好走开。)哦!①
奥隆特	他怎么一声不响,就溜掉了?
奥拉斯	啊!爸爸,这惊人的秘密,您回头就全知道。我和这位美人相爱,有约在前,所以不遵父命,也就是为了她的缘故:我以为您一定会生气的。谁晓得机缘凑巧,您想作成的好事,这儿已经做了,原来她就是您找寻的姑娘。
昂立克	我一看见她,就起疑心,心里也一直在激动。啊!女儿,我说不出来有多快活。
克立萨耳德	妹夫,我和你一样,打心里快活。不过这儿不是谈这种话的地方,我们还是回家畅谈吧,一方面把这些秘密解说清楚,一方面酬谢我们的朋友费心养育之情,另一方面,也感谢上天,凡事逢凶化吉。

---

① 1734年版,把"哦!"改为"鸣佛!"。事实上,莫里哀本人演出,根据当时的资料,就已经采用"鸣佛!"了。"鸣佛!"本剧共用三次,参看第二幕第二场和第五场,都在阿尔诺耳弗心情最紧张的时候。根据舞台传统,阿南和尧尔耶特都学他说"鸣佛!"然后下场。

· 太太学堂的批评 ·

原作是散文体。1663 年 6 月 1 日，星期五，在巴黎首演。

人物

余拉妮①
艾莉丝②
克莉麦娜
嘉劳般　　　跟班。③
侯爵④
道琅特　　　骑士。
李希达斯　　诗人。

---

① 根据欧皆（Auger）的注释：余拉妮的口吻说明，她比艾莉丝年长，应当是堂姊。这个角色可能由德·柏立夫人扮演。
② 扮演这个角色的是阿尔芒德·拜雅尔，莫里哀的新婚夫人。这可能是她第一次演戏。艾莉丝的性格，在《愤世嫉俗》里面，得到充分发展，衍成赛莉麦娜。
③ 根据1734年版，嘉劳般在人物表上是末一名，同时在"跟班"后面有这样一行，"景在巴黎，在余拉妮住宅。"
④ 根据代浦瓦（Despois）的解说：这个丑型侯爵，应当由莫里哀本人扮演。

第 一 场

余拉妮，艾莉丝。

余拉妮	什么？妹妹，你也一直没有人看望你？
艾莉丝	一个人也没有。
余拉妮	这可真叫出奇啦，我们两个人今天一整天冷冷清清的。
艾莉丝	我也觉得出奇，平日不是这样的。感谢上帝，府上成了宫廷懒汉的安乐窝。
余拉妮	说实话，我嫌下午太长。
艾莉丝	我呀，倒嫌太短。
余拉妮	那是因为，妹妹，有才的人就爱寂寞。
艾莉丝	啊！才字不敢当；你知道，我不存那种奢望。
余拉妮	就我来说，我承认，我喜欢人多。
艾莉丝	我也喜欢，不过，我喜欢有所选择；一般过访，也还罢了，可是有些人看望你，受不了你也得受，单冲这个，我就常常高兴一个人待着。
余拉妮	单只招待中意的人，未免过分挑剔。
艾莉丝	不问青红皂白，一律招待，未免过分殷勤。
余拉妮	我欣赏懂事的人，对那些瞎闹的人，我也引以为乐。
艾莉丝	说真的，和瞎闹的人在一起，三言两语过后，你就腻烦了，下次再来，他们中间有一大半人，也就乏味了。可是，说到瞎闹的人，我倒想起你那位讨厌的侯爵来了，你好不好把他给我打发掉？你以为他长年胡诌，我受得了，就老拿他来磨难人？

余拉妮　　眼下时兴这种语言，宫里拿它当谈笑资料。

艾莉丝　　这些人整天挖空心思，说这种听不懂的双关话，真也无聊透顶。菜市和毛拜广场①的陈词滥调，不三不四，也当宝贝似的，夹七夹八，在卢佛宫说起，可漂亮啦！王公大人打趣打到这上头，格调真高！一个人卖弄才气，走到你跟前，说什么："夫人，你在王家广场②一站，人在巴黎三古里③开外，就眉飞色舞，望见你了，原因是梅肥村④相离三哩远！"难道这话不别致、不聪明？想出这些俏皮隐语的人，难道不该得意？

余拉妮　　没有人说这聪明；学这种语言的人，中间就有一大半，自己也明白这滑稽。

艾莉丝　　千辛万苦，就为说些蠢话；拿定主意，就为瞎开玩笑：越发无聊了。依我看来，也就越发不该原谅了。我要是法官的话，从严惩处这些胡诌的先生，一个也逃不脱我的板子。

余拉妮　　说起这话，你就冒火，还是别说了吧。倒说，我约好了道琅特和我们一起用晚饭的，我看，他来迟了。

艾莉丝　　说不定他忘了，所以……

---

① 毛拜 (Maubert) 广场，在巴黎第五区，从中世纪起，就是巴黎小市民和流浪汉的主要活动场所，暴动往往从这里开始。
② 王家广场 (la place Royale) 在巴黎第四区，现在叫做渥吉广场 (place des Vosges)。
③ 每古里 (lieue) 合 4.445 公里。
④ 原文是 Boneuil 村，谐 de bon oeil (眉飞色舞) 音。村在巴黎东南，全名是 Bonneuil-sur-marne，在塞纳河与马恩河之间。

第 二 场

嘉劳般，余拉妮，艾莉丝。

嘉劳般	太太，克莉麦娜看你来了。
余拉妮	哎！我的上帝！怎么她来啦？
艾莉丝	你抱怨一个人冷清，上天派她罚你来了。
余拉妮	快去，就说我不在家。
嘉劳般	已经说您在家了。
余拉妮	是哪个傻瓜说的？
嘉劳般	是我，太太。
余拉妮	见你的鬼！我要好好儿收拾你这小坏家伙一顿，看你还自作主张不！
嘉劳般	我去告诉她，太太，您想出门。
余拉妮	站住，笨蛋，你已经说错了话，就请她上来吧。
嘉劳般	她还在街上和一个男人讲话。
余拉妮	啊！妹妹，她赶这时候看我来，可真别扭！
艾莉丝	这位太太天生有点儿别扭，也是真的；我一向一百二十分厌恶她；她自命什么都懂，其实，别看她有贵人身分，再蠢不过。
余拉妮	看你把她说的。
艾莉丝	得啦，得啦，她也就配我这么说；我说这话，还是客气，不然呀，有的是话形容。就说女才子吧，单从顶坏的意思来看，难道世上还有比她更是所谓女才子的？
余拉妮	可是她一口否认这种名称。

艾莉丝	对,她否认名称,可是她抹杀不了事实;因为说到临了,她里里外外都是;不单这个,她还是世上顶爱装模作样的女人。她的身子七歪八扭,活脱脱就像拼出来的,她的屁股、她的肩膀和她的头,一动一动的,仿佛有弹簧在底下顶着。她说话总是一副有气无力的呆腔呆调,翘起嘴来显着嘴小,眼珠滚来滚去,表示眼睛大。
余拉妮	低点儿声吧,万一她听见了……
艾莉丝	不会的,不会的,她还没有上来。我一直记着那天黄昏,她听人说起达蒙有名气,有著作,想见见他。你晓得这位先生,人家说话,天生懒得搭腔,她却当作才子,请他用饭。个个对他抱着热望,眼睛睁大了看他,好像他自成一格,与众不同一样。可是他在众人当中,显出十足傻相。他们满以为他谈笑生风,口才出众,句句奥妙,别人有话,他也一定应对如流,就连要酒喝,也会来上一句俏皮话,逗得满座欢笑。可是他不言不语,大失众望;女主人不满意他,就像我不满意女主人一样。①

---

① 一般以为达蒙是莫里哀的自画像。1663 年 8 月,道漏·德·维塞 Donneau de Visé 的小喜剧《日兰德·或者太太学堂的真正的批评与批评的批评》Zélinde ou la Véritable critique de l'École des femmes et la critique de la critique 成书问世。一个花边商人形容艾劳米尔 Elomire (影射莫里哀) 在他的店铺道:

"阿尔吉蒙 夫人,我没有能够满足你的期望,非常难过;我下去以后,艾劳米尔连一句话也没有说。我发现他靠住我的店面,姿势就像一个人在做梦。他的眼睛盯牢了三四位买花边的贵人;他的模样像在用心听他们说话,看他的眼神,他像要一直看进他们的灵魂深处,看看他们没有说的话都是一些什么;我甚至于相信,他带着笔记本子,拿他的斗篷遮好了,不叫人看见,写下他们说的最中听的话。

"奥立阿 也许是一管铅笔吧,他拿铅笔画下他们的脸相,打算照原样在戏台子上扮演出来。 (转下页)

余拉妮	别说了。我这就到屋子门口接她。
艾莉丝	还有一句。我直盼她和我们方才说起的侯爵结婚:一个女才子,一个胡诌的人,正好一对活宝!
余拉妮	你要不要给我住嘴?她来了。

第 三 场

克莉麦娜,余拉妮,艾莉丝,嘉劳般。

余拉妮	你可真是来晚了……
克莉麦娜	哎!我的亲爱的,你赶快赏我一个座儿坐吧,求求你啦。
余拉妮①	快移一张椅子过来。
克莉麦娜	啊!我的上帝!
余拉妮	出了什么事?
克莉麦娜	我可支不住啦。
余拉妮	你怎么啦?
克莉麦娜	我要晕过去。
余拉妮	头不舒服?

(接上页) "阿尔吉蒙 就算他没有在笔记本上画出来,我相信他也嵌在他的想象里了。他是一个危险人物;有人带着他们的手走路,不过我们说起他来呀,还可以说:他带着他的眼睛或者他的耳朵走路。

"奥立阿 人人开始对他不表信任,我就知道有些人不愿意再请他到家里来了。"维塞的用意是诽谤,但是也相当刻画出了莫里哀的现实主义的观察精神。布洛塞特 Brossette 在他的关于布瓦洛的杂记 Bolaeana 里面,同样说起:"代普赖欧先生自始至终景仰莫里哀,一直把他叫做'静观人'le Contemplateur。"不过,也有人(例如柏赖 René Bray)就不相信莫里哀笔下的达蒙是他自己。

① 根据1734年版,补加:"(向嘉劳般。)"

克莉麦娜	不。
余拉妮	你要人帮你松松带子①?
克莉麦娜	我的上帝,不要。啊!
余拉妮	你到底哪儿难受?你什么时候开始的?
克莉麦娜	我难受了三小时多,我是在王宫开始难受的。
余拉妮	怎么?
克莉麦娜	也是我倒楣,方才我看了《太太学堂》那出七拼八凑的坏戏。我到现在还觉得恶心,直要晕过去,我看我半个多月也不会好起来。
艾莉丝	说的也真是呀,病来如箭。
余拉妮	我不晓得妹妹和我是什么体质,不过,前天我们也看这出戏来的,两个人看完回来,都好好儿的,身子结实得什么也似的。
克莉麦娜	什么?你们看过?
余拉妮	是啊;从开幕看到闭幕。
克莉麦娜	我的亲爱的,难道你们没有闹抽筋?
余拉妮	感谢上帝,我的身子没有那么娇嫩;就我来说,我倒觉得这出喜剧,与其说是给人添病,不如说是帮人治病。
克莉麦娜	啊!我的上帝!你在说什么呀?一个人富有常识,怎么也会说出这种话来?像你这样排斥理智,也好不受惩罚?这出喜剧,废话连篇,说真的,哪一个好打趣的人,能够欣赏啊?拿我来说,我告诉你们,整个儿一出戏,一滴刺激胃口的东西,我也没有找到。"小孩子是不是从耳朵眼

---

① 指"束腰"带子,往往在背后打结。

	里生出来",我觉得趣味下流;"奶油蛋糕"让我恶心①;想着那碗"汤",我就要吐②。
艾莉丝	我的上帝!经你一说,话可文雅啦!我先还以为这出戏好来的;不过夫人说起话来令人口服心服,看书的方式也令人无比愉快,你就是不愿意,也得同意她的见解。
余拉妮	我可没有那么好说话;我就说说我的想法吧,我认为这是作者写的最有趣的一出喜剧。
克莉麦娜	啊!你说这话,我也就是可怜你。鉴别力这样低,我可不应你。一出戏随时随地毁谤贞节,时时刻刻玷污想象,难道规矩女人也会喜欢?
艾莉丝	看你把话说得多么漂亮呀!夫人,想不到你竟是一位铁面无私的批评家,可怜的莫里哀有你做对头,也算倒了楣了!
克莉麦娜	听我的话,我的亲爱的,你就认真改改你的见解吧。哪怕是为了爱惜你的名声也好,千万别对人说起你喜欢这出喜剧。
余拉妮	你说戏上海淫,我就看不出来。
克莉麦娜	哎呀!从头到尾海淫。我发现句句色情、猥亵,正经女人看这出戏,我认为不脸红也得脸红。
余拉妮	别人看不出,单单你看得出,想必你有什么妙法儿吧。因为拿我来说,我就什么也没有看到。
克莉麦娜	那是因为你不肯看,一定是的。因为,感谢上帝,色情就

---

① "小孩子是不是从耳朵眼里生出来"和"奶油蛋糕",见于《太太学堂》第一幕第一场。
② "汤",见于《太太学堂》第二幕第三场。

> 明明摆在眼面前嘛，一点遮盖也没有，赤裸裸的，多不怕羞的眼睛也看不下去。

艾莉丝　　啊！

克莉麦娜　是的，是的，是的。

余拉妮　　那就请你指一个你所谓色情的地方给我看。

克莉麦娜　哎呀！指给你看，有必要吗？

余拉妮　　有。你看不下去的地方，我只要你举出一个地方来，也就成了。

克莉麦娜　不看别的，单看阿涅丝说人家动她的那场戏①，不也就够了吗？

余拉妮　　好！你觉得它怎么猥亵？

克莉麦娜　啊！

余拉妮　　请问？

克莉麦娜　哎哟！

余拉妮　　倒是说呀？

克莉麦娜　我没什么好对你说。

余拉妮　　拿我来说，我就看不出有什么不好。

克莉麦娜　你可真糟。

余拉妮　　我倒觉得，就该说成真好才是。人家要我看什么，我就看什么，人家没有要我看的，就不该死乞白赖地瞎折腾，看那没有要看的东西。

克莉麦娜　女人的名节……

余拉妮　　女人的名节不在于假模假式。比规矩女人还要守规矩，也不见得合适。在这上头，装腔作势，比在什么上头也

---

①　这里指的是《太太学堂》第二幕第五场。

糟。事关名节，就分外苛细，鸡蛋里面挑骨头，看什么也不顺眼，最天真的话也有恶意，不相干的事也要生气：我看没有比这再滑稽的了。相信我的话，女人乔支乔张，就算不得贤德女子。她们的严厉，来路不明，她们那些假招子是装出来的，不但不给人好感，反而成为话柄，惹人批评。一个人有了错儿，落到别人眼里，别人只有开心。也好，我举一个例子看。有一天，有几位妇女在看这出喜剧，正对我们的包厢，演戏中间，她们装模作样，不是回过头去，就是藏起脸来，四面八方，评头品足，人人在说她们的怪话；她们不这样做，也就不会惹出这些议论来了。就连那些跟班，也有人扯开了嗓子喊：她们的身子，只有耳朵干净。

克莉麦娜　　总而言之，看这出戏，也就是瞎了眼，才像什么也看不出来。

余拉妮　　戏上没有的事，就不该瞎看。

克莉麦娜　　啊！我再说一遍，我认为色情刺目。

余拉妮　　我呀，偏不同意。

克莉麦娜　　什么？我们说的阿涅丝说话的地方，不明明就在诲淫吗？

余拉妮　　当然没有。她说的话，就没有一句本身不是极其正经的。如果你以为还有别的什么的话，猥亵的是你，不是她，因为她大不了也不过是说：人家动她的扎头带子。

克莉麦娜　　啊！你高兴说成扎头带子，随你！可是说到这个"那"，她住了口，这不是平白无故搁上去的。这个"那"，勾起奇奇怪怪的念头。这个"那"一百二十分胡闹；你爱怎么说，就怎么说，反正这个"那"，犯嫌越礼，你想回护，

	也回护不了。
艾莉丝	真的,姐姐,我赞成夫人这话,反对这个"那"。这个"那",犯嫌越礼,到了极点,你就不该回护这个"那"。
克莉麦娜	"那"的意思好淫啦,简直听不下去。
艾莉丝	夫人,你说什么?
克莉麦娜	夫人,我说淫。
艾莉丝	啊!我的上帝!淫。我不晓得这个字是什么意思,不过,我觉得这个字妙不可言①。
克莉麦娜	你看,你自己的本家姊妹也赞成我。
余拉妮	哎!我的上帝!她是一个话匣子,想也不想,就出了口。你听我讲,她那些话,就相信不得。
艾莉丝	啊!你这人可真恶毒啦,居然要夫人疑心我!万一她信了你的话,看我还有立脚的地方嘛。夫人,难道我就这么背运,你真这样看我?
克莉麦娜	不,不。她那些话,我就没有搁在心上,她说你不诚恳,我偏不信。
艾莉丝	啊!夫人,这话你就说对了。我觉得你是世上最可爱的人,你嘴里出来的话,我完全同意,句句觉得中听。你信得过我这些话,才对得住我。
克莉麦娜	哎呀!我说话从来不带假。
艾莉丝	夫人,我一看就看出来了,你什么也是自自然然的。你的语言、你的声调、你的眼色、你的脚步、你的姿态和你的打扮,我就不知道有什么高贵风采吸人。我是眼睛带鼻子在研究你,心上整个是你,试着学你,样样照着

---

① 根据1734年版,补加:"(站在屋门口。)"

	你做。
克莉麦娜	夫人,你在寻我的开心。
艾莉丝	没有的话,夫人,谁寻你的开心做什么?
克莉麦娜	夫人,我不配人学。
艾莉丝	哦!夫人,才配!
克莉麦娜	夫人,你夸奖我。
艾莉丝	夫人,一点也不是。
克莉麦娜	夫人,你就开恩饶了我吧。
艾莉丝	夫人,我已经开恩饶了你啦,我心上的话,有一半儿还没有说呐。
克莉麦娜	啊!我的上帝!别说啦,求求你。你这么一来,我可诚惶诚恐啦。(向余拉妮。)总而言之,我们这儿有两个人反对你,聪明人不好一意固执的……

第 四 场

侯爵,克莉麦娜,嘉劳般,余拉妮,艾莉丝。

嘉劳般	先生,请您站住。
侯 爵	你一定是不认识我。
嘉劳般	才不,我认识您;可是,您别进去。
侯 爵	啊!吵什么,小跟班!
嘉劳般	没有要您进去,硬要进去,就不应该。
侯 爵	我要见见你的女主人。
嘉劳般	我告诉您,她不在家。

侯　爵　　她明明在房间。

嘉劳般　　对，在房间；可是，她不在家。

余拉妮　　那边怎么啦？

侯　爵　　夫人，是你的跟班在瞎闹。

嘉劳般　　我告诉他，夫人，您不在家，他偏要进来。

余拉妮　　你为什么对先生说我不在家？

嘉劳般　　您有一天怪我，不该告诉他您在家来的。

余拉妮　　看这没礼貌的东西！先生，他说的话，我求你别信他的。他是一个没有头脑的小傻瓜，拿你错看成别人了。

侯　爵　　夫人，我早就看出来了；不是看在你的分上，我会教训他怎么接待贵人的。

艾莉丝　　阁下这种敬意，家姊非常承情。

余拉妮　　不懂规矩的东西，端一个座儿过来。

嘉劳般　　那边不有一个？

余拉妮　　移到前头。

〔小跟班粗手粗脚地推动座椅①。

侯　爵　　你的小跟班，夫人，看不起我。

余拉妮　　的确是他不该。

侯　爵　　说不定是我面相难看，这才罪有应得吧②？哈！哈！哈！哈！

艾莉丝　　等他长大了，他就辨别得出上流人了。

侯　爵　　夫人们，我打断你们的谈话，你们在谈什么？

余拉妮　　谈喜剧《太太学堂》。

---

① 根据1734年版，补加："（……推动座椅，并下。）"
② 根据1734年版，补加："（他笑。）"

侯　爵	我正看完戏出来。
克莉麦娜	好！先生，请问，你觉得怎么样？
侯　爵	完全胡闹。
克莉麦娜	啊！听你这话，我真高兴！
侯　爵	这是世上顶坏的戏了。什么，见鬼！我几乎找不到一个座位；在门口还差点儿闷死，脚叫人踩过来踩过去，从来没有过的事。请你们看看我的膝襜①和我的带子乱成了什么。
艾莉丝	单冲这个，《太太学堂》就要不得。你贬它贬得有道理。
侯　爵	依我看来，这样坏的一出喜剧，还从来没有人写过。
余拉妮	啊！我们等了好久道琅特，总算来啦。

第 五 场

道琅特，侯爵，克莉麦娜，艾莉丝，余拉妮。

道琅特	请别起来，也别中断谈话。你们说的这出戏，四天以来，差不多成了巴黎家家户户的谈话资料，而且意见分歧，从来没有看见这样好玩过。因为，说到最后，我听见有人贬这出喜剧，可是同样一个地方，我又听见有人拼命称赞。
余拉妮	我们这位侯爵先生，就说了这出喜剧许多坏话。
侯　爵	不错，我觉得可憎，家伙！可憎，极其可憎；所谓可憎的

---

① "膝襜"是膝盖底下一种装饰品，很宽很长，镶花边，白颜色，非常妨害走路。

可憎。

道琅特　可是我，我的亲爱的侯爵，我觉得你的看法可憎。

侯　爵　什么？骑士，你打算给这出戏撑腰？

道琅特　对，我打算撑腰。

侯　爵　家伙！我保证它可憎。

道琅特　不是有产者的保条①。不过，侯爵，请你讲讲凭什么理由，你这样看这出喜剧？

侯　爵　因为可憎。

道琅特　对。

侯　爵　可憎，因为可憎。

道琅特　这样一说，也就没有什么好说的了：我是官司输定了。不过，还是指点指点我们，对我们说说戏上的缺点吧。

侯　爵　我晓得什么？我听都懒得去听。不过，活见鬼！我晓得我从来没有看过再坏的东西。还有道立拉斯，坐在一旁，和我的看法一样。

道琅特　了不起的权威人士，这下子你可来头大了。

侯　爵　只要看看池座不停地哄笑，也就明白了。我用不着别的证明它没有价值。

道琅特　有些风度高雅的先生，不许池座也有常识，哪怕戏好得不得了，发现自己和池座在一起笑，就觉得有气。难道，侯爵，你也是其中一位？前不久，我看见一位朋友，坐在戏台子上②，由于这样做，成了滑稽人。他听这出戏，从开幕到闭幕，严肃到了极点，碰到别人发笑的地方，就皱眉

---

① 向人借钱，请资产阶级人物出保条，担保如期归还，表示可靠。
② 贵人喜欢出较高代价（半个金路易），坐在舞台两侧看戏。

头。听见哄堂大笑，他就耸耸肩膀，一副悲天悯人的神情，望着池座；有时候，他望着池座发脾气，大声嚷嚷："笑吧，池座！笑吧！"我们这位朋友的气性，成了另外一出喜剧。他大大方方演给全场看，众口同声，认为谁也演不过他。侯爵，我求你注意，也求别人一样注意：常识在戏上没有固定地点，半个金路易和十五个苏的区别①，对欣赏也毫无作用，站着也好，坐着也好，谁也可能有不正确见解。总之，一般说来，我相当信任池座的称赞，原因是：他们中间，有几位能按规矩批评一出戏，但是更多的人，却照最好的批评方式来批评，就是，就戏论戏，没有盲目的成见，也没有假意的奉承，也没有好笑的苛求。

侯　爵　骑士，你怎么成了池座的辩护人？家伙！我听了，倒也高兴。我一定会让他们晓得你是他们的朋友的。哈！哈！哈！哈！哈！哈！

道琅特　你爱怎么笑，就怎么笑吧。我拥护常识，可是我忍受不了我们那些马斯卡里叶侯爵②的异想天开。看见这些人不顾贵人身分，把自己变成滑稽人，我就有气；看见这些人一窍不通，总在肆口裁判一切，我就有气；看见这些人看到坏的地方喊好，好的地方却不声不响，我就有气；看见这些人看油画，或者听音乐会，褒也好，贬也好，全不对头，胡扯艺术名词，不是加以歪曲，就是用错地方，我就有气。哎！家伙，先生们，住口吧，上帝既然没有给你这份辨别事物的知识。别让自己变成听你说话的人的笑料

---

① 半个"金路易"等于五法郎。二十"苏"等于一法郎。前者是包厢和台上特席的票价。"十五个苏"是池座站着看戏的票价。
② 马斯卡里叶侯爵，指《可笑的女才子》的假侯爵。

侯　爵	了吧,你就想想自己一言不发,倒许有人相信自己聪明,也就成了。
侯　爵	家伙!骑士你说这话……
道琅特	我的上帝!侯爵,我这话不是说给你听,而是给另外十多位出入宫廷的先生们听的。他们轻举妄动,玷辱宫廷,人民看在眼里,真还以为我们个个都是一般模样。就我来说,我尽力把自己区别出来,而且一有机会,就尽情取笑,希望他们临了会得聪明过来。
侯　爵	请问,骑士,你看李桑德有没有才情?
道琅特	当然有,而且很高。
余拉妮	这是谁也否认不得的。
侯　爵	问问他对《太太学堂》的意见吧,他会告诉你,他不喜欢的。
道琅特	哎!我的上帝!有许多人,就因为才情太高,倒害了事。他们正因为眼睛亮,反而看不清楚,甚至于发现自己和别人见解雷同,就会生气,因为他们就爱独断独行。
余拉妮	不错,我们的朋友显然就是其中一位,他要有话先说,别人恭恭敬敬地候他判决。他没有称赞,你先称赞,等于谋害他的知识,于是他就公开报复,站到反对方面。凡是知识问题,他要大家首先向他请教;我敢说,作者在上演以前,先拿戏给他过目,他会认为是唯一无二的杰作的。
侯　爵	阿拉曼特侯爵夫人,你说怎么样?她到处讲它要不得,还说它充满色情,简直看不下去。
道琅特	我说,她这样做,和她的新作风倒也相称。我还说,有些女人太在名节上做文章,变成了滑稽人。这些女人眼看老境就要到来,想找东西弥补弥补失去的年华,以为摆出一

副正经模样,凡事吹毛求疵,就顶替得过她们的少艾和美丽。我们这位夫人有才情,可是学这些坏样子学坏了,学得比哪一个女人也过分,别人从来看不出猥亵的地方,单她眼尖,有本事发现。人家还讲,这位夫人挑剔我们的语言,要它改头换面,可是她这一苛求不要紧,几乎没有一个字,不是去头,就是斩尾,因为她发现某些字音撩拨人心。

余拉妮 骑士,我看你疯了。

侯　爵 说到最后,骑士,你喜欢的喜剧,说不好的那些人,你以为挖苦一顿,也就辩护了。

道琅特 不见得;我不过是嫌这位夫人有些庸人自扰……

艾莉丝 话别说急了,骑士先生,除去她以外,就许有人也抱同样见解。

道琅特 至少我晓得你不是,因为你看戏的时候……

艾莉丝[1] 不错,可是我换了看法;夫人说起她的看法,理由十足,我就改了主意,投到她那边去了。

道琅特[2] 啊!夫人,请你宽恕我;为了尊重你,只要你愿意,我说过的话,我统统撤销。

克莉麦娜 我愿意你这样做,不是为了尊重我,而是为了尊重理智;因为,说到最后,再怎么看,这出戏根本也就辩护不出一个什么名堂来,我就想象不出……

余拉妮 啊!作家李希达斯先生来了。他来得再巧不过。李希达斯先生,你自己取一把椅子过来,坐到这儿。

---

[1] 根据1734年版,补加:"(指着克莉麦娜。)"
[2] 根据1734年版,补加:"(向克莉麦娜。)"

第 六 场

李希达斯，道琅特，侯爵，艾莉丝，余拉妮，克莉麦娜。

李希达斯	夫人，我来迟一步；不过，我必须在侯爵夫人府上读我的戏，我先前对你提过；我听赞扬听入了神，自己就没有感到会多呆一小时。
艾莉丝	指望作家留下来，赞扬顶有效验。
余拉妮	李希达斯先生，你倒是坐呀；我们晚饭后读你的戏。
李希达斯	献演的时候，在座的人都一定出席，而且答应我竭力捧场来的。
余拉妮	我信得过。不过，我再说一遍，请你坐下。我们正在议论一桩事，我希望继续下去。
李希达斯	我想，夫人，你哪一天也会留一个包厢的。
余拉妮	到时看。我们还是请接着往下讲吧。
李希达斯	夫人，我不妨提醒你一声，包厢差不多全预订出去了。
余拉妮	那太好了。话说回来，你来的时候，可把我吓坏了，因为人人跟我作对。
艾莉丝[①]	开头他在你那边，不过，现在他晓得夫人是反对派的领袖，我想，你也就只好另讨救兵了。
克莉麦娜	不，不，我不要冷落令姐，我允许他的才情和他的感情一致。
道琅特	夫人，有了你的允许，我就放胆为自己辩护了。

---

① 根据1734年版，补加："（向余拉妮，指着道琅特。）"

余拉妮	不过先让我听听李希达斯先生的意见。
李希达斯	夫人,关于什么事?
余拉妮	关于《太太学堂》。
李希达斯	啊,啊。
道琅特	你觉得怎么样?
李希达斯	我没有什么话好说;你知道,在我们作家之间,谈起彼此的作品来,就该特别细心才是。
道琅特	不过,单我们自己讲讲,也没有关系。你觉得这出喜剧怎么样?
李希达斯	先生,我?
余拉妮	真的,你的看法说给我们听听。
李希达斯	我觉得很好。
道琅特	当真?
李希达斯	当真。凭什么不?难道真还不是唯一无二的杰作?
道琅特	哼,哼,李希达斯先生,你是一个大滑头:你心里的话,你不说出来。
李希达斯	不见得吧。
道琅特	我的上帝!我晓得你的。我们就别装假了吧。
李希达斯	哈,哈,哈。
道琅特	真的,你干脆就说,这出喜剧要不得好了。
李希达斯	行家也确实不赞成来的。
侯 爵	真的,骑士,看你丢人的吧,这回有你挖苦的啦:哈,哈,哈,哈!
道琅特	再接再厉,我的亲爱的侯爵,再接再厉。
侯 爵	你看,学者站在我们这边。
道琅特	李希达斯先生的批评,的确非同小可。不过李希达斯先

	生要原谅我：我听了这话，并不认输。方才我斗胆反对①夫人的见解，我驳他的见解，想必不会怪我唐突吧。
艾莉丝	什么？你有夫人、侯爵先生和李希达斯先生作对，你还敢抗拒？哟！瞧你多不识相呀！
克莉麦娜	拿我来说，我就不明白，有些人明明懂事，怎么会带头袒护这出岂有此理的戏。
侯　爵	活见鬼！夫人，从开幕到闭幕，没有一个地方不糟糕。
道琅特	侯爵这话讲的痛快。一脚踢开，再方便不过。经你这样一判决，威风凛凛，我看，什么事也完蛋了。
侯　爵	家伙！旁的演员也都在看戏，就骂它骂了一个体无完肤②。
道琅特	啊！我再也没有话好讲了：你对，侯爵。旁的演员既然说坏，当然就该相信。他们全是有识见的人，说话不存私心。再也没有什么好说的了，我投降就是。
克莉麦娜	投降也罢，不投降也罢，这出戏伤风败俗，对妇女无礼讽刺，我知道，你再劝我，我也听不进去。
余拉妮	就我来说，我没有一点生气的意思，戏上的话，我也决不硬往自己头上套。这类讽刺直接打击风俗，只在无意之中，捎带上了个别人士。箭头指向一般，我们犯不着自己往上碰。可能的话，我们就利用利用戏上的教训也好，可是不要自作聪明，以为正指我们自己。舞台上搬演的种种滑稽画面，人人看了，都该不闹脾气。这是一面公众镜子，我们千万不要表示里面照的只是自己。以为戏上责备

---

① 根据1734年版，补加："（指着克莉麦娜。）"
② "旁的演员"指其他剧团的演员，特别是布尔高涅府的演员，参看《可笑的女才子》。他们成了莫里哀的死对头，参看《凡尔赛宫即兴》。

	自己，不免有气，等于当众给自己加上罪名。
克莉麦娜	就我来说，我不是因为戏上可能牵涉到我，这才说起。戏上那些女人，逾闲荡检，我想，我在社会上，一向循规蹈矩，倒也不怕人家影射。
艾莉丝	当然，夫人，他们就是想影射你，也影射不上。你的行为，有目共睹，没有惹人议论的地方。
余拉妮①	所以，夫人，我也不是冲你才说那些话的；好比戏里的讽刺一样，我是就一般而言。
克莉麦娜	夫人，我相信你。不过，这话不谈也罢。戏上有一个地方，糟蹋我们女性，我不晓得你们怎样看待，我对你们说，把我可气得不得了，作者真正可恶，居然拿我们叫做"畜牲"②。
余拉妮	这话他派给一个滑稽人讲，你不也听见了吗？
道琅特	再说，夫人，难道你不晓得，情人的咒骂，向来就无所谓？爱情有温柔，也有狂暴？而且，碰到同样情形，男子会说出最古怪的话、还要难听的话来，可是女人听了，往往反而当成恩爱表示？
艾莉丝	你爱说什么，就说什么，反正我消化不了，还有夫人方才说起的那碗"汤"和那块"奶油蛋糕"，我一样听不下去。
侯　爵	啊！真的，对，"奶油蛋糕"！我方才就注意到了："奶油蛋糕"！夫人，你提醒我"奶油蛋糕"，我多感激你呀！

---

① 根据1734年版，补加："（向克莉麦娜。）"
② 见于第五幕第四场，阿尔诺耳弗旁白："人为这些畜牲什么也干。"

	诺曼底的苹果，也不见得够应付"奶油蛋糕"吧①？"奶油蛋糕"，家伙！奶油蛋糕！
道琅特	好！你说"奶油蛋糕"，是什么意思？
侯　爵	家伙！骑士，"奶油蛋糕"。
道琅特	到底是什么意思？
侯　爵	"奶油蛋糕"！
道琅特	你的理由说给我们听听。
侯　爵	"奶油蛋糕"！
余拉妮	不过，我看，你也该说说清楚啊。
侯　爵	"奶油蛋糕"，夫人！
余拉妮	你觉得这怎么不好？
侯　爵	我，什么也不觉得。"奶油蛋糕"！
余拉妮	啊！我可不问啦。
艾莉丝	侯爵先生一出手，你们只有弃甲丢盔的份儿。不过，我倒希望李希达斯先生，也来上三拳两脚，打得个个告命求饶。
李希达斯	责备不是我的习惯，我对别人的作品一向就相当宽大。骑士先生对作者表示好感，我没有意思破坏，不过，有人告诉我，这类戏就算不得什么喜剧，这些小玩意儿比起正经戏的美丽来，还隔着很远很远哪。今天人人就好这个，大家抢着去看，可是就在全巴黎欣赏这些无聊东西的时候，就见伟大作品，冷冷清清，难得有人去看。我告诉你的，有时候想到这上头，我就伤心，觉得这是法兰西的

---

① 观众对某演员，有所不满，当时往往朝台上扔苹果打他。诺曼底 normandie 是出产苹果的省份。

	耻辱。
克莉麦娜	的确这样，公众欣赏力受到很坏的影响，本世纪变得一百二十分贱。
艾莉丝	贱这个字，又是妙不可言。夫人，这是你造出来的吗①？
克莉麦娜	哎！
艾莉丝	我就说来的。
道琅特	李希达斯先生，你真就以为全部才情和全部美丽只在正经诗里头，滑稽戏是胡闹东西，一点也值不得赞扬吗？
余拉妮	拿我来说，我就不这样想。悲剧写好了的话，确实了不起；不过，喜剧也有它可爱的地方，我认为这一个不见其就不比另一个难写。
道琅特	当然，夫人。说到难写不难写，你往喜剧方面添上一句"难写多了"，也不见其就错。因为，说到最后，发一通高贵感情，写诗斥责恶运，抱怨宿命，咒骂过往神明，比起恰如其分地表现人的滑稽言行，在戏台上轻松愉快地扮演每一个人的缺点，我觉得要容易多了。你描画英雄②，可以随心所欲。他们是虚构出来的形象，不问逼真不逼真；想象往往追求奇异，抛开真实不管，你只要由着想象海阔天空，自在飞翔，也就成了。可是描画人的时候，就必须照自然描画。大家要求形象逼真；要是认不出是本世纪的人来，你就白干啦。总而言之，在正经戏里面，想避免指摘，只要话写得美，合情合理就行，但是临到滑稽戏，这就不够了，还得诙谐；希望正人君子发笑，

---

① "贱"S'encanaille 在当时还是一个新字。
② "英雄"指剧中主要人物。

克莉麦娜	事情并不简单啊。
克莉麦娜	我相信正人君子中间有我一份；可是我看的这出戏，一句逗我笑的话，我也没有听到。
侯　爵	真的，我也没有。
道琅特	说到阁下，侯爵，我并不觉得奇怪：原因是你在戏上没有听见有人胡诌。
李希达斯	真的，先生，人在戏上听见的，可也并不高明；在我看来，戏上的诙谐，全部相当平淡。
道琅特	宫廷可不这样想。
李希达斯	啊！先生，宫廷！……
道琅特	说完了好了，李希达斯先生。我看你的意思是说，宫廷在这上头是外行；你们作家先生，赶上作品失败，寻常没有地方好躲，就怪时代不公道，廷臣缺乏识见。李希达斯先生，请你明白：廷臣也跟别人一样，长着一双好眼睛；一个人戴威尼斯花边和羽翎，也像戴短假辫子和又小又平的胸缀①一样聪明；你的全部剧作的最高考验就是宫廷的评论；你想成功，就该研究宫廷的爱好；任何地方也跟不上宫廷的评价那样正确；宫廷有的是学者，这且不提，单说人在宫廷，出入上流社会，根据简单、自然的常识，就会形成一种才情，看起事来，比起书呆子长锈的全部知识，

---

① 贵族爱在衣服上缀饰花边，意大利花边比较价昂，特别风行一时，"威尼斯花边"由于最轻、最透明，尤其受人欢迎。羽翎在当时也是一种名贵的装饰品，在《可笑的女才子》里面，马斯卡里叶说："一根羽翎花我一块金路易。"《太太学堂的批评》上演二十天之后，当局颁布明令，禁止衣服上缀花边以及一切真假金、银装璜。当时上等人全戴假辫子，讲究的是又长又大的假辫子。胸缀 rabat 是一种平整的衣领，缀花边，正当颔下，贴在上胸。"戴短假辫子和又小又平的胸缀"，显然是李希达斯之流的作家们的装饰。

	不知道要精细多少。
余拉妮	不错,你在宫廷即使呆不长久,可是,天天有许多事在你眼前过来过去,你也就养成了解的习惯,尤其是关于说说笑话,怎么说就漂亮,怎么说就拙笨,太容易养成了。
道琅特	宫廷也有滑稽人,这我承认。大家也看得出来,我头一个冲他们开炮。不过,真的,其中就有许多是职业才子;扮侯爵固然好玩,不过,我倒以为,扮扮作家才更好玩。他们的道学假招子、他们的滑稽推敲、他们的思想掩护、他们对赞扬的渴求、他们对名望的交易、他们的攻守同盟、他们的精神战争、他们的散文与诗的比斗,还有他们拿笔害人的恶习,一件一件在戏台上搬演出来,那才有趣。
李希达斯	先生,莫里哀交鸿运,有你这样一位热心的保护人。不过,还是回到本题来看,问题全在他的戏是好是坏,说到这上头,我就可以随手指出无数明显的缺点来。
余拉妮	也是怪事,你们诗人永远谴责人人抢着去看的戏,只有没有人看的戏,你们这才夸好。你们对前一种戏显出不可克服的仇恨,而对后一种戏,显出难以想象的情义。
道琅特	这是因为和落难的人们站在一道,表示自己见义勇为。
余拉妮	不过李希达斯先生,我就没有看出那些缺点来,求你就说给我们听听吧。
李希达斯	精通亚里士多德和贺拉斯的那些人,一下子就看出这出喜剧违反艺术的全部法则。
余拉妮	我告诉你,我同这些先生没有来往,也不懂什么叫做艺术法则。

道琅特	你们就是那些妙人,口口声声法则,天天折磨外行,吵得我们不能安宁。听你一说,艺术法则好像成了世上顶大的秘密;其实,这不过是一些得来并不费力的心得罢了。人读这类诗,发生快感,于是常识就根据可能打消这些快感的东西,做出这些心得来。同样的常识,从前做出这些心得来,现在没有贺拉斯和亚里士多德帮忙,也天天轻而易举,做了出来。我倒想知道,在所有法则之中,最大的法则难道不是叫人欢喜?一出戏在戏台子上演出,既然达到目的,难道不是顺大路走下来的?难道你倒愿意,观众在这上头全错,人人判断不来自己得到的快感?
余拉妮	这些先生有一件事,我注意到了,就是最爱说起法则的人,也比别人多知道法则的人,写出来的戏反而没有人夸好。
道琅特	所以,夫人,他们的争论,杂乱无章,人就不该注意才是。因为,说到最后,如果照法则写出来的戏,人不喜欢,而人喜欢的戏不是照法则写出来的,结论必然就是:法则本身很有问题。所以,他们想拿这种奥妙东西拘束公众的爱好,我们蔑弃的也正是这种奥妙东西。我们谈论戏的好坏,只看它对我们所起的作用。让我们诚心诚意把自己交给那些回肠荡气的东西,千万不要左找理由,右找理由,弄得自己也没有心情享受吧。
余拉妮	就我来说,我看戏只看它感动不感动我;只要我看戏看得很开心,我就不问我是不是错,也不问亚里士多德的法则是不是禁止我笑。
道琅特	这正像一个人,吃到一种上等酱油,还要翻翻《法兰西食

余拉妮	谱》这本书①，看照上面的方子，是不是还是好的。 正是这样；我纳闷，有些事，我们明明体会出来了，就是有些人，穿凿的可古怪啦！
道琅特	夫人，这些穿凿，莫名其妙，你觉得古怪，也是应该的。因为，说到最后，如果真有这事的话，我们也就不会相信自己了；我们自己的感觉，样样事做不了主，就连吃什么、喝什么，没有专家先生们的允许，我们也不敢再说一声好了。
李希达斯	总而言之，先生，你的全部理由只是：你喜欢《太太学堂》。你一点也不在乎它合不合法则，只要……
道琅特	且慢，李希达斯先生，我没有讲过这话。我说，伟大的艺术是叫人欢喜，这出喜剧是为看戏的人写的，看戏的人既然喜欢，我觉得在它这就够了，此外，也就不必在意才是。不过，我同时照样坚持：它不违反你说起的任何一条法则。感谢上帝，我像别人一样，也用心念过这些法则；我也许能轻而易举，证明我们上演的戏，没有一出比它再合规格的了。
艾莉丝	拿出勇气来，李希达斯先生！你要是后退的话，我们就吃败仗了。
李希达斯	什么？先生，"普洛塔斯"、"艾彼塔斯"、"派立派细"②……？
道琅特	啊！李希达斯先生，你这些艰深字眼，我们听不懂，求你

---

① 《法兰西食谱》Cuisinier français (1651 年)，在当时很有名，作者是拉·法奕 La Varenne。
② "普洛塔斯" Protase、"艾彼塔斯" épitase、"派立派细" Péripétie，全是希腊字，参看下文道琅特的调侃。

	别这样渊博了吧。你就把话说通俗些，也好叫人听懂。你以为一个希腊字，会给你的理由添分量？难道你觉得说"入题"、"开展"和"结束"，不像说"普洛塔斯"、"艾彼塔斯"和"派立派细"一样好吗？
李希达斯	这是术语，许可用的。不过，你不爱听这些字样，我就换一个方式说话好了。我求你干脆回答一下我这几个问题吧。一出戏根本违反戏之所以为戏，也好算戏？因为，说到最后，戏剧诗这个名字是从一个希腊字来的，意思是"动"，表示这种诗的性质含在动作里头；可是这出喜剧没有动作，一切含在阿涅丝或者奥拉斯的叙述里头。
侯　爵	哈！哈！骑士。
艾莉麦娜	话说得聪明，真是一语中的。
李希达斯	有些话逗人笑，特别是那句"小孩子是不是从耳朵眼里生出来"，还有比这再笨的，或者，往准确说，再下流的？
侯　爵	很好。
克莉麦娜	啊！
李希达斯	听差和女用人在房子里面那场戏①，难道不是又长又腻，根本不适当？
侯　爵	对。
克莉麦娜	的确。
艾莉丝	有道理。
李希达斯	阿尔诺耳弗给奥拉斯钱，是不是太随便？他既然是戏里的滑稽人物，正人君子的动作怎么也好给他？
侯　爵	好。话讲得妙。

---

① 见于《太太学堂》第一幕第二场。

克莉麦娜	高明。
艾莉丝	神乎其神。
李希达斯	难道那段讲道和那些"格言",不但滑稽,而且根本侮辱我们对教理的尊敬①?
侯　爵	说得好。
克莉麦娜	恰到好处。
艾莉丝	再好不过。
李希达斯	最后,这位德·拉·树桩先生,被写成一位懂事的先生,在好些地方非常严肃,可是,临到第五幕,他对阿涅丝解释他的热狂的爱情,却又眼睛拼命转,气叹得滑稽,泪流得荒唐,把人人逗笑,不也太可笑,太过分?
侯　爵	家伙!神乎其神!
克莉麦娜	奇迹!
艾莉丝	万岁!李希达斯先生。
李希达斯	我怕你们腻烦,许多别的毛病,也就不提了。
侯　爵	家伙!骑士,这下子你遭殃了。
道琅特	看吧。
侯　爵	真的,你遇见对手啦!
道琅特	也许。
侯　爵	回答,回答,回答,回答。
道琅特	我就回答。他……

---

① 有些人攻击莫里哀,捏造罪名,以为"格言"影射《旧约》的十诫,亵渎神圣,希图激起教会和信士的反感。根据朗松 G. Lanson 教授的解释,"格言"主要是借用代马奈 Desmarets de Saint-sorlin (1596—1676) 在当时发表的《宗教著述》oeuvres Chrétiennes 里面的一首诗,翻译圣·格奈格瓦 Saint Grégoise de Nazianze (330—约390) 的《妇规》Préceptes de mariage de Saint Grégoire de Nazianye, envoy's à Olympias le jour de ses noces。

侯　爵	回答呀，我求你啦。
道琅特	你听我回答。如果……
侯　爵	家伙！我看你就回答不出。
道琅特	对，如果你总在打岔的话。
克莉麦娜	好，我们就听听他的理由看。
道琅特	首先，说整出戏只是叙述，话就不对。动作有许多，全在戏台子上发生，而且按照题材的组合，叙述本身就是动作；尤其是这些叙述，都是天真烂漫地讲给当事者听的。他回回听，回回窘，观众先就看了开心。再说，他一得到消息，就尽他的力量，想出种种办法来，打消他怕遇到的祸事。
余拉妮	就我来说，我觉得《太太学堂》的主题的美丽，正在不断讲秘密话上。我看着相当有趣的，就是一个懂事的人，而且事事有他心爱的一个傻丫头和一个做他的情敌的冒失鬼预先通知，不过，尽管如此，要来的事，他还是打消不掉。
侯　爵	瞎扯，瞎扯。
克莉麦娜	勉强得很。
艾莉丝	不成其为理由。
道琅特	说到"小孩子是不是从耳朵眼里生出来"，只在和阿尔诺耳弗有联系的时候，这才有趣。阿涅丝随便说的一句傻话，他当做最漂亮的话重复一遍，心里兜起无限喜悦。作者把这句话写下来，不是因为这句话本身俏皮，只是因为表达阿尔诺耳弗的性格，而且正好说明他多荒唐。
侯　爵	答得不好。
克莉麦娜	不满人意。

艾莉丝	等于没有说。
道琅特	至于他随便给钱,知己朋友的信在他就是一种充分保证,这且不说;其实,一个人在某些事上滑稽,在另外一些事上正派,并不矛盾。说到阿南和尧尔耶特在住宅里面那场戏,有人嫌长、嫌平淡,说实话,不就没有道理。在阿尔诺耳弗出门期间,由于他爱的女孩子过于无知,他上了当,同样,由于用人无知,他回来在门外待了许久:一切也就是要他处处受到惩罚,而惩罚他的正是他以为能保障他的种种安全设施。
侯 爵	这些理由不值一谈。
克莉麦娜	对解决问题,就不起作用。
艾莉丝	简直要不得。
道琅特	说到那篇训话,也就是你所谓的讲道,说实话,真正信士听了以后,不就像你说的那样有气。阿尔诺耳弗的荒唐和受训的女孩子的天真,充分说明"地狱"和"滚水锅"这些词句的使用。至于第五幕的爱情激动,有人嫌太过分,或者嫌太可笑,我倒想知道,这对爱人是不是讽刺?甚至于正人君子和最严肃的人,遇到同样情况,难道不也有这种……
侯 爵	真的,骑士,你顶好还是住嘴吧。
道琅特	很好。说到最后,我们自己要是也有了爱情的话,看看自己……?
侯 爵	我简直听也不要听你的。
道琅特	就请你听听吧。难道在热烈相爱的时候……
侯 爵	啦、啦、啦……

〔他唱了起来。

道琅特	什么……？
侯　爵	啦、啦……
道琅特	我不知道是不是……
侯　爵	啦、啦……
道琅特	我觉得……
侯　爵	啦、啦……
余拉妮	我们争论中间，出了一些相当有趣的事。我觉得很可以写成一出小喜剧，放在《太太学堂》后头，也不见其太坏。
道琅特	你这话有道理。
侯　爵	家伙！骑士，戏上你那个角色，不见得对你有利。
道琅特	对，侯爵。
克莉麦娜	我也希望写出来，不过，要照方才的实在情形写出来。
艾莉丝	我情愿奉献我这个人物。
李希达斯	我想，我也不会吝惜我这个人物的。
余拉妮	既然全都赞成，骑士，你就记下来，交给你认识的莫里哀，写成喜剧好了。
克莉麦娜	他一定不会干的，这全是骂他的话。
余拉妮	不会的，不会的；我晓得他的脾气：只要有人看他的戏，他不在乎人攻击。
道琅特	是的。不过，有什么法子好收场啊？因为这儿没有婚姻，也没有重逢。我就不晓得争论好在什么地方打住。
余拉妮	那就想一个意外事故吧。

第 七 场

嘉劳般,李希达斯,道琅特,侯爵,克莉麦娜,艾莉丝,余拉妮。

嘉劳般　　夫人,饭开上啦。
道琅特　　啊!我们想收场想不出,这倒来得正好。没有比这再自然的啦。双方唇枪舌剑,争执不下,就像我们一样,谁也不让谁;来了一个小跟班,说:开饭啦;于是个个站起,吃晚饭去了。
余拉妮　　再好的结束,喜剧不会有的了,我们就说到这儿为止吧。

凡尔赛宫即兴

原作是散文体。1663 年 10 月 14 日,在凡尔赛宫御前首演;1663 年 11 月 4 日公演。

演员姓名：①

莫里哀	滑稽侯爵。
柏奈古尔	贵人。
德·拉·格朗吉	滑稽侯爵。
杜·克瓦西	诗人。
拉·陶芮里耶尔	惹厌侯爵。
白雅尔	多管闲事的人②。
杜·巴尔克女士③	装模作样的侯爵夫人。
白雅尔女士	正经女子。
德·柏立女士	顾全面子的风骚女子。
莫里哀女士	冷言冷语的聪明女子。
杜·克瓦西女士	假装好人、背地骂人的女子。
艾尔外女士④	有女才子气的女仆。⑤

景在凡尔赛宫剧场。

---

① 这出喜剧的人物是演员，他们在排练，不是在表演，所以不用"人物"字样。实际上，他们的排练仍是表演，其中如惹厌侯爵和多管闲事的人们，又以"人物"身份出现。
② 白雅尔扮演一个传旨的廷臣，并非"多管闲事的人"。这证明"演员"下面的说明，并非出自莫里哀的手笔。
③ 当时称呼非贵族身份的妇女，不问已婚或未婚，都用"小姐"字样。这里译成"女士"，因为这些女演员大半已婚，应该依照已婚与未婚，分别译成"夫人"与"小姐"，但是，这又显不出当时的阶级差别，所以，一律译成"女士"。
④ 艾尔外（Herve）是玛德兰·白雅尔的妹妹，她用的是母姓。
⑤ 根据1734年版，"演员"增加："四个多管闲事的人"。

第 一 场

莫里哀,柏奈古尔,德·拉·格朗吉,杜·克瓦西,杜·巴尔克女士,白雅尔女士,德·柏立女士,杜·克瓦西女士,艾尔外女士。

莫里哀① 倒说,先生们和夫人们②,你们慢慢腾腾,一个一个不肯出来,是开玩笑,还是怎么着?瘟死你们这些人!喂嗐!德·柏奈古尔先生!

柏奈古尔③ 什么事?

莫里哀 德·拉·格朗吉先生!

德·拉·格朗吉 做什么?

莫里哀 杜·克瓦西先生!

杜·克瓦西 有事吗?

莫里哀 杜·巴尔克女士!

杜·巴尔克女士 怎么样?

莫里哀 白雅尔女士!

白雅尔女士 有什么事?

莫里哀 德·柏立女士!

德柏立女士 你喊我做什么?

---

① 根据1734年版,补加:"(一个人,向后台的同伴说话。)"
② "夫人"是当时贵族妇女的通称,不问已婚、未婚。莫里哀这里用"夫人",因为"先生们和夫人们",是一种集体的习惯称呼。单称女演员,他仍用"女士"字样。
③ 根据1734年版,补加:"(在后台。)"台上只有莫里哀一个人。

莫里哀　　　杜·克瓦西女士！

杜·克瓦西女士　　干什么？

莫里哀　　　艾尔外女士！

艾尔外女士　　就来啦。

莫里哀　　　我看这些人呀，一个一个会把我逼疯了的。①哎！家伙！先生们，你们是成心气我，还是怎么着？

柏奈古尔　　你要人怎么着？我们连词儿也背不下来，你逼我们演，明明是你气我们。

莫里哀　　　啊！伺候演员呀，就像吆喝捣蛋的畜牲一样！②

白雅尔女士　　好！我们来啦。你要我们做什么？

杜·巴尔克女士　　你有什么主意？

德·柏立女士　　你想怎么着？

莫里哀　　　请，全到这儿来；我们已经上好了装，圣上还有两小时才来，我们就利用时间排排戏，看看该怎么演吧。

德·拉·格朗吉　　词儿背不下来，怎么演？

杜·巴尔克女士　　拿我来说，我告诉你，我那个角色的词儿，我一句也不记得。

德·柏立女士　　反正我晓得，我那个角色，句句得帮我提示。

白雅尔女士　　我呀，我打算好了，带本儿上台。

莫里哀女士　　我也这么打算。

艾尔外女士　　好在我那个角色没有多少话讲。

杜·克瓦西女士　　我也没有多少话讲，不过，就算是吧，我也不担保背得下来。

---

① 根据1734年版，补加："（柏奈古尔、德·拉·格朗吉、杜·克瓦西上。）"
② 根据1734年版，补加："（白雅尔、杜·巴尔克、德·柏立、莫里哀、杜·克瓦西与艾尔外众女士出来。）"

杜·克瓦西	我宁愿出十个皮司陶,也不演。
柏奈古尔	我呀,我告诉你,我宁愿挨一顿臭打,也不演。
莫里哀	你们演的那个角色,个个讨人嫌,如果你们是我的话,又怎么办?
白雅尔女士	谁,你?你没有什么可怜的;因为,戏是你写的,你不怕背不下来。
莫里哀	难道我单怕没有记性?成不成功,不和别人相干,和我可大有关系,你以为我提心吊胆,就算不得一回事了吗?就说我们眼前的观众吧,一方面我们尊敬他们还来不及,一方面他们高兴笑才笑,你以为我们扮演一点轻松东西,想法子逗他们笑笑,是一桩小事?哪一个作家碰上这种考验,有不战战兢兢的?难道我不该说,我宁愿什么也干,就是不演戏?
白雅尔女士	你有今天战战兢兢的,先前就该多加小心,不像你现在这样,一星期赶出戏来。
莫里哀	国王吩咐我写,我怎么也好不写?
白雅尔女士	怎么?你就必恭必敬告罪,说时间短促,写不出来,不也成了。别人是你的话,爱惜羽毛,绝不会像你这样鲁莽灭裂的。请问,万一不成功,你怎么办?你想想看,你那些仇人,机会到手,哪一个肯放过去?
德·柏立女士	的确也是。你就应当恭恭敬敬,向圣上告罪才是;不然的话,就应当请求放宽时限。
莫里哀	我的上帝!女士,做国王的就爱应令迅速,最不喜欢的是听人诉苦。照他们指派的时间赶出来,才称他们的心;希望他们改期,等于打消他们寻欢作乐的兴致。他们要娱乐随说随有;最现成的娱乐,永远最中

他们的意。他们要我们做什么，我们就做什么，千万考虑不得自己，我们的本分是让他们欢喜。他们有话下来，我们就该尽快利用他们的愿望。他们要我们做的事，哪怕做坏了，也比延迟一时半时的好。我们即使不成功，觉得惭愧，可是他们的吩咐，我们很快就应命了，照样永远有光彩的。不过，请大家还是想着排练吧。

白雅尔女士　我们背不下词儿，你要我们怎么排？

莫里哀　听我说，你们会背得下来的；就算你们一句也背不下来吧，反正是散文，你们又晓得自己的主题任务，你们不会编一套代替？

白雅尔女士　谢谢呐：散文比诗句还糟。

莫里哀女士　你要不要听我说一句？你就该写一出独角戏，自己一个人演。

莫里哀　住口，太太，你是一个笨蛋。

莫里哀女士　感谢之至，我的丈夫老爷。天下事就是这样：人一结婚，就变了样，一年半以前，你不会冲我说这话的。①

莫里哀　请你住口。

莫里哀女士　行一回小礼，我们种种优良品质，就失了踪迹，而且，同样一个女人，丈夫是一副眼睛看，情人又是一副眼睛看，可也真是怪事。

莫里哀　真啰嗦！

莫里哀女士　真的，我要是写喜剧呀，我会用这个主题的。许多责备

---

① 莫里哀在1662年2月20日结婚，到1663年10月14日上演《凡尔赛宫即兴》为止，约为二十个月。这里假定《凡尔赛宫即兴》是在相隔十八个月后排演。

		女人的话,我全给顶回去;丈夫举止粗暴,情人彬彬多礼,相形之下,我会叫做丈夫的心飞肉跳的。
莫里哀	唉呀!算了吧。现在不是闲扯淡的时候:我们还有别的事干。
白雅尔女士	人家写批评攻击你,你受命回答①,许久以前,你对我们也讲起要写一出演员喜剧,那你为什么不写呀?材料现成,又正对题,再说,也是应该的,他们在戏上刻画你,就作成你在戏上刻画他们的机会②。他们刻画你,根本不像你,倒是你刻画他们,正像他们。因为,想模仿一个演喜剧角色的演员,就不是刻画他自己,只是学到刻画他演的那些人物,而他照自然模拟滑稽性格,迫不得已,才用线条和颜色加以不同的描绘,所以,他们也只是用同样线条和颜色罢了。但是模仿一个演正经角色的演员③,就是刻画完全属于他自己的缺点,因为这一类人物,用不着他的别具一格的手势和滑稽声调的。
莫里哀	话是对的;不过,我不写,有我自己的理由。我不妨单说给你听好了,我不相信值得一写。再说,照这个意思做,就得更多的时间才成。他们演戏的日子和我们在同一天,所以,我们自到巴黎以来,我简直没有机会看他们的

---

① 根据这里和下面几处对话,证明这出答辩的喜剧是奉路易十四的旨意写的。
② 1663年9月末,布尔高涅府剧场上演《画家像赞》,攻击莫里哀和他的喜剧《太太学堂》与《太太学堂的批评》。
③ 布尔高涅府的剧团当时以演悲剧出名。

戏，多也不过三四回①。他们读词的方式，我领教是领教过了，可是，也就很表面了，希望刻画逼真，还需要再下功夫研究。

杜·巴克尔女士　有些人你学得挺像，我一听就听出来了。

德·柏立女士　我可从来没有听到。

莫里哀　我有一回偶尔想到这上头，我嫌无聊，玩笑开得没有意思，也许不逗人笑，我就丢在一旁了。

德·柏立女士　你给别人学过，也给我学学好了。

莫里哀　我们现在没有时间。

德·柏立女士　只一点点。

莫里哀　我原先想写一出喜剧，里面有一位诗人，由我自己演。诗人写了一出戏，送给一个新从内地来的剧团排演。他说："你们有没有男、女演员，能演好一部作品？因为我的戏是一出……"当时就有演员回答道："哎！先生，我们的演员，男的，女的，处处受到欢迎。"——"你们中间谁演国王？"——"这儿有一位，有时候胜任。"——"谁？这位翩翩少年？你不是寻开心？演国王就得身子粗粗的，胖胖的，有四个人一样大小，家伙！肚子鼓得什么也似的，老大的身躯，颤巍巍挤上宝座，填它一个死满。国王会身材轻盈，简直不像话！这

---

① 一般演戏的日期是星期二、星期五与星期日。但是莫里哀的剧团，由于和意大利剧团在同一剧场上演，日期并不完全相同。不过，莫里哀看布尔高涅府的演出，只看过"三四回"，可能也是事实。

已经是一种大缺点了；①不过，我再听他读十来行诗看。"演员听见这话，好比说，就读《尼高梅德》里面国王那几行诗：

"我说，阿拉斯波，他立功太高；扩张我的权势……"②尽可能往自然读。诗人又发话了："怎么？你们把这叫做读词，简直是开玩笑，应当使劲儿读才是。听我读。（模拟布尔高涅府著名演员孟夫勒里。）

'我说，阿拉斯波……'等等。

你看见这个姿势没有？注意一下。还有，加重末一行诗的读音。采声就是这样得来的。"——演员回答道："不过，先生，我觉得，一位国王和他的禁军统领私下闲谈，口吻会温和一点的，不会那样狂呼大叫的。"——"你不懂。你照你的读词方式读好了，看有没有人冲你喊好！我们看看情男情女的场面。"听见这话，一位女演员和一位男演员一道读一场戏，就是《卡米叶和居里亚斯》那场戏：

"好人，你走？难道你真就爱上

"这害人的荣誉，不顾我们的幸福？

"——哎呀！我看得太清楚了，……"③

和前一位演员一样，他们尽可能往自然读。诗人立即发

---

① 指布尔高涅府的著名演员孟夫勒里 Montfleury（1600—1667）。他和莫里哀变成了死冤家，他的儿子是剧作家，后来写了一出戏《贡代府即兴》L'Impromptu de l'Hôtel de Condé（1663年12月末），攻击莫里哀。
② 《尼高梅德》Nicomède（1651年）是高乃叶的悲剧，引文见于第二幕第一场413与414行。
③ 见于高乃叶的悲剧《贺拉斯》Horace（1640年）第二幕第五场533、534与535行。

话了："你们在寻开心，你们只是瞎闹，应该这样读才对。（模拟布尔高涅府女演员保沙斗女士。）

'好人，你走？……'等等。

'不；我更清楚你……'等等①。

你们看！何等自然、热烈？欣赏欣赏她在绝顶伤心之中保持的那张笑脸吧。"这就是我先前的想法，他就这样以同一方式批评了所有男女演员。

德·柏立女士　我觉得这个想法怪有趣的，你读第一行诗，我就听出是谁来了。求你读下去吧。

莫里哀　（模拟演员保沙斗，读《熙德》的诗句。）

"打击突如其来……"等等。②

还有这一位，读《塞尔陶里屋斯》里面的庞贝的诗句，你听出来了没有？（模拟演员欧特洛赦。）

"我们两党有仇，可是有仇，

"不就取消得了荣誉的权利……"③

德·柏立女士　我想，我听出一点来了。

莫里哀　还有这位？（模拟演员维利艾。）

"国王波里柏崩驾……"④

德·柏立女士　对，我晓得这是谁；不过，他们中间有几位，我相信，

---

① 见于《贺拉斯》同幕同场 543 行。
② 见于高乃叶的悲喜剧《熙德》Le Cid (1636 年) 第一幕第六场 292 行。原来引文是 291 行。两行的意思是：
　　"打击突如其来，
　　"十分猛烈，一直刺透了心。"
③ 见于高乃叶的悲剧《塞尔陶里屋斯》Sertorius (1662 年) 第三幕第一场 759 与 760 行。
④ 见于高乃叶的悲剧《俄狄浦斯》oedipe (1659 年) 第五幕第二场 1672 行。

	你学不来的。
莫里哀	我的上帝！只要我下功夫研究，总会有什么地方学得出的。不过，你让我丢了宝贵的时间。想想我们自己的事吧，请你们别再瞎扯了。（向德·拉·格朗吉。）你嘛，用心和我一道演你那个侯爵角色。
莫里哀女士	又是侯爵！
莫里哀	对！又是侯爵。一个有趣的性格，家伙！你不让我用，倒要我用什么？侯爵成了今天喜剧的小丑，古时候喜剧，出出总有一个诙谐听差，逗观众笑，同样，在我们现时出出戏里，也得总有一个滑稽侯爵，娱乐观众。
白雅尔女士	不错，少不了他。
莫里哀	至于你，女士……
杜·巴尔克女士	我的上帝！至于我，我那个人物，我不会演好的，我不晓得你为什么给我这个装模作样的角色。
莫里哀	我的上帝！女士，《太太学堂的批评》里面那个角色给你演的时候，你也这么说来的。可是，你当时演得神乎其神，众口同声说，谁也演不过你。听我的话，这个角色也是一样演法，你以为演不好，其实你会演好的。
杜·巴尔克女士	可怎么一个演法呀？因为，我这个人离装模作样的女子，再远不过了。
莫里哀	话是对的，也正由于这个缘故，你才显出来你是一位优秀演员，演好一个和你天性极其相反的人物。所以，大家都好好儿体会一下自己的角色的性格，想着你们就是你们扮演的人物。

（向杜·克瓦西。）你演诗人，你。你就该处处都是这个人物，作出那种出入上流社会的书呆子神情，那种 |

吹毛求疵的声调。而且要加重个个字母的准确发音,绝对严格遵守任何一个字的拼音方式。

(向柏奈古尔。)至于你,你演一位出入宫廷的正人君子,像你在《太太学堂的批评》里面演的那样就成,就是说,作出一种安闲神情,一种自然声调,手势越少越好。

(向德·拉·格朗吉。)至于你,我没有什么话对你讲。

(向白雅尔女士。)你嘛,你演的是这样一种女人,因为不谈情说爱,就以为此外一切,可以任意胡为,而且傲形于色,永远躲在正言厉色后头,高高在上,小看每一个人,心想旁人的种种美德,比起她的可怜的名声,也不可同日而语。其实,就没有人在乎她的名声。让这个性格永远活在你的心头,把她的假招子全给作出来。

(向德·柏立女士。)至于你,你演的又是这样一种女人,只要表面过得去,就以为自己成了大贤大德的妇女;坏事不张扬出去,就相信自己没有罪,心平气和,干她们的勾当,好像光明正大的来往一样,旁人叫做情夫的,她们说成朋友。用心体会这个性格。

(向莫里哀女士。)你嘛,你演的人物,和《批评》里面的人物一样,我没有什么话对你讲。同样,我对杜·巴尔克女士,也没有什么话讲。

(向杜·克瓦西女士。)至于你,你演的又是这样一种女人,甜言蜜语,像煞悲天悯人,可也总免不了捎带一句刻薄话,而且听人讲三邻四舍的好话,就不由气上心来。我相信这个角色,你不会演坏了的。

（向艾尔外女士。）至于你，你是女才子的女仆，凭她的聪明，学会了女主人说起的种种字汇，人家谈话，她也夹七夹八，来上一言半语。你们的性格，我全交代一遍，为了你们加深印象。现在我们开始排练吧，看看演得怎么样。啊，来了一个讨厌鬼打岔！我们就别想排练的成。

第 二 场

拉·陶芮里耶尔，莫里哀，等等。

拉·陶芮里耶尔　好，莫里哀先生。

莫里哀　　　先生，有礼。①瘟死这家伙！

拉·陶芮里耶尔　你怎么一个好法？

莫里哀　　　很好，当得效劳。②女士们，别……

拉·陶芮里耶尔　我才从一个地方来，我在那儿，说了你许多好话。

莫里哀　　　谢谢。③见你的鬼去！④大家留意……

拉·陶芮里耶尔　你今天上演一出新戏？

莫里哀　　　是的，先生。⑤你们不要忘记……

拉·陶芮里耶尔　是国王让你写的？

---

① 根据1734年版，补加："（旁白。）"
② 根据1734年版，补加："（向众女演员。）"
③ 根据1734年版，补加："（旁白。）"
④ 根据1734年版，补加："（向众男演员。）"
⑤ 根据1734年版，补加："（向众女演员。）"

莫里哀　　　是的,先生。①请你们想着……

拉·陶芮里耶尔　叫什么名字?

莫里哀　　　是的,先生。

拉·陶芮里耶尔　我在问你,戏叫什么名字?

莫里哀　　　啊!真的,我不知道。②请你们务必……

拉·陶芮里耶尔　你们穿什么衣服?

莫里哀　　　就是我们身上的衣服。③我求你们……

拉·陶芮里耶尔　你们什么时候开演?

莫里哀　　　圣上驾到就演。④见你的鬼,总问个没完没了!

拉·陶芮里耶尔　你看什么时候驾到?

莫里哀　　　我要是知道的话,先生,瘟死我。

拉·陶芮里耶尔　你不知道……?

莫里哀　　　说实话,先生,我是世上最无知的人了;我发誓,随你问我什么,我也回答不出。⑤气死我!这刽子手,一副安详模样,左问你一句,右问你一句,也不管人家有一脑门子的事。

拉·陶芮里耶尔　女士们,有礼。

莫里哀　　　啊!好,又兜到另一面去了。

拉·陶芮里耶尔　(向杜·克瓦西女士。)你呀美得就像一个小天使。你们两个人都上戏?(望着艾尔外女士。)

杜·克瓦西女士　是的,先生。

---

① 根据1734年版,补加:"(向众男演员。)"
② 根据1734年版,补加:"(向众女演员。)"
③ 根据1734年版,补加:"(向众男演员。)"
④ 根据1734年版,补加:"(旁白。)"
⑤ 根据1734年版,补加:"(旁白。)"

拉·陶芮里耶尔　没有你们，喜剧也就不值一看了。

莫里哀①　　你们要不要打发这家伙走？

德·柏立女士②　先生，我们现在要排戏。

拉·陶芮里耶尔　啊！家伙！我没有意思打搅你们：你们尽管排下去好了。

德·柏立女士　可是……

拉·陶芮里耶尔　是啊，是啊，搅扰别人，我会过意不去的。你们原来打算做什么，就像我不在一样，做你们的好了。

德·柏立女士　对，不过……

拉·陶芮里耶尔　我说，我这人再随便不过，你们要排戏，就排戏好了。

莫里哀　　先生，这些女士想对你说，排练的时候，她们很不希望有外人在场，只是她们不好出口就是了。

拉·陶芮里耶尔　为什么？我没有什么好怕的呀。

莫里哀　　先生，她们也只是照习惯做罢了，其实，回头看戏，你会格外看得开心的。

拉·陶芮里耶尔　那么，我就去讲，你们预备好了。

莫里哀　　一点也没有预备好，先生。请你别催我们出场。

第 三 场

莫里哀，德·拉·格朗吉，等等。

---

① 根据1734年版，补加："（低声，向众女演员。）"
② 根据1734年版，补加："（向拉·陶芮里耶尔。）"

莫里哀	啊！世上净是不识相的人！好，开排吧，首先你们设想背景是候见圣上的前殿；因为天天有相当有趣的事，在这地方发生。你要什么人来，就可以随意叫什么人来，甚至于要妇女出现，也找得出理由做借口。喜剧开场是两位侯爵遇到一起。
	你记好了，①照我告诉你的样子走过来，显出那种所谓高雅风度的风度，梳着你的假头发，嘴里哼唧一支小歌。"啦、啦、啦、啦、啦、啦"。此外各位全闪开了，因为两位侯爵需要地方宽敞；地点小了，不够他们施展的。②好，说话吧。
拉·格朗吉	"好，侯爵。"
莫里哀	我的上帝！侯爵的声调不是这样的。应当再高一点；这些先生，大半要和一般人有区别，采取一种特殊说话方式："好，侯爵。"再来吧。
拉·格朗吉	"好，侯爵。"
莫里哀	"啊！侯爵，有礼。"
拉·格朗吉	"你在这儿做什么？"
莫里哀	"家伙！你明白：我在等这些先生腾出一条路来，我好进去。"
拉·格朗吉	"家伙！多少人！我可没有意思挤过去，我宁可最后一个进去。"
莫里哀	"那边有许多人，根本没有希望传见，可也挤到前头，把通到门的路全给堵住了。"

---

① 根据1734年版，补加："（向拉·格朗吉。）"
② 根据1734年版，补加："（向拉·格朗吉。）"

拉·格朗吉	"拿我们两个人的名字对传达官喊上去，等他叫我们好了。"①
莫里哀	"这对你相宜；不过，就我来说，我可不愿意莫里哀演我。"
拉·格朗吉	"可是，侯爵，他在《批评》里面演的，我认为就是你。"
莫里哀	"是我？我不够资格：是你自己。"
拉·格朗吉	"啊！明明是你，硬派成我，你也真行。"
莫里哀	"家伙！拿你的账挂到我的名下，倒也亏你。"
拉·格朗吉	"哈，哈，哈！真好笑。"
莫里哀	"哈，哈，哈！真滑稽。"
拉·格朗吉	"什么！《批评》里面的侯爵，你真就以为不是你吗？"
莫里哀	"的确是我。'可憎，家伙！可憎！奶糕！'是我，是我，当然，是我。"
拉·格朗吉	"是啊！家伙！是你；你用不着讥笑。你要是高兴的话，我们不妨打打赌，看我们两个人谁对。"

---

① 1663年初，路易十四颁发奖金，名单上有莫里哀（"优秀喜剧诗人"，奖金一千法郎，除去三个六百法郎和四个八百法郎之外，莫里哀是奖金最少的一个），莫里哀在《谢诗》Remerciement au Roi 里面，形容一位侯爵求见（40 行到 49 行）：
"你拿梳子去挠
"国王寝殿的宫门；
"或者，不出所料，
"实在拥挤不堪，
"就远远举起帽子，
"或者，爬得高高的，
"露出你那副嘴脸，
"扯嗓子喊个不停，
"声调就欠自然：
"'传达先生，某某侯爵见驾'。"当时候见不许敲门，只可以用指甲或者梳子挠门。

莫里哀　　　"你赌什么？"

拉·格朗吉　"我赌一百皮司陶耳，是你。"

莫里哀　　　"我呀，赌一百皮司陶耳，是你。"

拉·格朗吉　"一百现款？"

莫里哀　　　"现款：九十皮司陶耳，阿曼塔斯代付①，十皮司陶耳现款。"

拉·格朗吉　"作数。"

莫里哀　　　"一言为定。"

拉·格朗吉　"你的钱要输得一干二净。"

莫里哀　　　"你的也不保险。"

拉·格朗吉　"我们找谁做中证？"

第 四 场

莫里哀，柏奈古尔，拉·格朗吉等。

莫里哀②　　"这儿来了一个人，给我们做仲裁。骑士！"

柏奈古尔　　"什么事？"

莫里哀　　　好。又是一个侯爵声调！我没有告诉你，你那个角色，说话应该自然吗？

柏奈古尔　　可不。

莫里哀　　　再来。"骑士！"

---

① 阿曼塔斯是他的债户，不是赌牌就是打赌输给他的。
② 根据1734年版，补加："（向柏奈古尔。）"

柏奈古尔	"什么事?"
莫里哀	"我们打了一个赌,你给我们做仲裁。"
柏奈古尔	"什么赌?"
莫里哀	"我们在争论谁是《批评》里面的侯爵:他打赌是我,我呐,打赌是他。"
柏奈古尔	"我呐,我认为,不是你,也不是他。你们两个人全是傻瓜,拿这扣在自己头上。我有一天听见莫里哀抱怨,因为有些人也像你们一样,怪罪他这么做来的。他告诉他们,他刻画人物,不拿什么人做对象,所以,听了这话,他非常难过。他的本心是描绘风俗,不关个人的事,他表现的人物,都是空中楼阁、想象人物,照他的喜好,穿红戴绿,取悦观众。在戏上确指一个人,随便什么人,他也会深感遗憾的。要是有什么让他不高兴写喜剧的话,就是别人总想从戏上找出真人来:他的仇人有意同他为难,就想法支持这种看法,好让他从来没有想到的某些人怀恨他。说实话,我觉得他这话有道理;因为,请问,为什么一定要指定他做的种种手势、他说的种种话,给他制造是非,当众宣扬:'他演的是某某人',实际这些手势、这些话,用在许多人身上,都一样合适?喜剧的责任既然是一般地表现人们的缺点、主要是本世纪的人们的缺点,莫里哀随便写一个性格,就会在社会上遇到,而且不遇到也不可能。他描绘的缺点,如果一定说是根据真人写出来的话,毫无疑问,他就不必再写喜剧了。"
莫里哀	"说实话,骑士,你有意帮莫里哀辩护,开脱我们这位朋友。"
拉·格朗吉	"一点不是。他开脱的是你。我们找别人仲裁好了。"

莫里哀	"好吧。不过，说给我呀，骑士，你是不是觉得你的莫里哀才华尽了，没有材料可写……"
柏奈古尔	"没有材料可写？哎！我的可怜的侯爵，我们给他制造的，也就够多的了。他再怎么写，再怎么说，我们全当耳旁风，并不因此就放聪明。"
莫里哀	停住，这个地方应当加重才是。听我说一遍。"没有材料可写——没有材料可写？哎！我的可怜的侯爵，我们给他制造的，也就够多的了。他再怎么写，再怎么说，我们全当耳旁风，并不因此就放聪明。你以为他在他的喜剧里面已经写尽了人世的笑料吗？就拿宫廷来说，不还有许多人的性格，他还没有碰到？比方说吧，不就有人友谊长，友谊短，万分要好，可是扭过背去，就你骂我，我骂你，还自以为作风正派？不就有人臭巴结，穷拍马屁，恭维起人来，半句得罪人的话也不搀进去，甜得就是听了的人也嫌恶心？不就有人高官厚禄，感恩知己，然而随风转舵，反复无常，在你得意的时候，焚香顶礼，在你失意的时候，落井下石？不就有人追随朝廷，不离左右，庸庸碌碌，无功可表，我说，除非是横插一脚，惹人生厌，然而他们怨言百出，因为纠缠君王纠缠了十年，不见酬劳？不就有人八面玲珑，四处讨好，礼貌周到，逢人吻抱，时时表白友情？'先生，我有极谦卑的敬意。'——'先生，献上我的敬意。'——'把我当做你的朋友，我的亲爱的。'——'先生，把我看成你的最知己的朋友。'——'先生，我吻抱你，万分喜悦。'——'啊！先生，我先就没有看见你！你就赏脸用用我吧。相信我，我完全供你驱使。你是世上我最尊敬的人。我敬重

的人，谁也比不上你。我求你相信我的话。我请你不要加以怀疑。'——'有礼。'——'极谦卑的敬意。'来，来，侯爵，莫里哀永远不缺主题，截到现下为止，他写过的材料，和没有写过的材料一比，简直不算一回事。"

柏奈古尔　够了。

莫里哀　排下去。

柏奈古尔　"克莉麦娜和艾莉丝来了。"

莫里哀①　你们听见这话，两个人全都出来。

（向杜·巴尔克女士。）你呐，小心在意，做出扭扭捏捏，装模作样的姿态。这有一点拘束你；不过，有什么办法？有时候必须勉强自己。

莫里哀女士　"真的，夫人，我远远就望见你了，我一看见你的模样，就看出除非是你，没有第二个人了。"

杜·巴尔克女士　"你明白，我来这儿，等一个人出来，有事商量。"

莫里哀女士　"我也是。"

莫里哀　夫人们，那边有柜子，你们权当扶手椅坐吧。

杜·巴尔克女士　"好，夫人，请坐。"

莫里哀女士　"你先请，夫人。"

莫里哀　好。两下默不作声，行过了礼，坐下讲话。只有侯爵们，好动成性，一时站起来，一时坐下。"家伙！骑士，你的膝襕也该医治医治了。"

柏奈古尔　"怎么？"

莫里哀　"它们看上去，很不舒服。"

柏奈古尔　"有你胡诌的，承情。"

---

① 根据1734年版，补加："（向杜·巴尔克和莫里哀两位女士。）"

莫里哀女士 "我的上帝！夫人，我觉得你的脸白得打眼，嘴唇红得像火一样！"

杜·巴尔克女士 "啊！夫人，你这话是什么意思？千万别看我，我今天丑不堪言。"

莫里哀女士 "哎！夫人，掀掀你的蒙头巾。"

杜·巴尔克女士 "我可不掀！我告诉你，我难看得不得了，连我自己也怕看自己。"

莫里哀女士 "你美极了！"

杜·巴尔克女士 "不，不。"

莫里哀女士 "多露露吧。"

杜·巴尔克女士 "啊！没有的话，求你别说啦。"

莫里哀女士 "请你就掀掀好了。"

杜·巴尔克女士 "我的上帝！我可不掀。"

莫里哀女士 "就掀掀看。"

杜·巴尔克女士 "你要逼死人。"

莫里哀女士 "也就是一会儿工夫。"

杜·巴尔克女士 "哎呀。"

莫里哀女士 "你还是干脆把脸露出来吧。看不见你啊，我就甭想活得下去。"

杜·巴尔克女士 "我的上帝，你是一个怪人！你存了什么心啊，就死乞白赖地要做到。"

莫里哀女士 "啊！夫人，我向你赌咒，你白天露出脸来，不会不好看的。有些人硬说你往脸上抹东西，可也真坏！真的，从现在起，我要好好儿拿话给驳回去。"

杜·巴尔克女士 "哎呀！什么叫做抹东西，我根本就不懂。倒说，这些位夫人，去什么地方？"

131

第 五 场

德·柏立女士，杜·巴尔克女士等等。

德·柏立女士 "夫人们，你们要不要我把最最有趣的新闻，顺便说给你们听听？李希达斯先生方才告诉我，有人写了一出戏攻击莫里哀，那些大演员就要上演。"

莫里哀 "不错，有人打算念给我听来的！是一个叫柏尔……柏虑……柏洛叟写的。"

杜·克瓦西 "先生，广告上的名字是布尔叟。①不过，对你实说了吧，这部作品是许多人合伙儿写的，我们对它抱了相当高的期望。所有作家和所有演员得把莫里哀看成他们的最大的仇敌。我们携起手来同他捣乱，每人给了他一笔来刻画他，不过，却也小心在意，不拿自己的名字放上去：拿整个文艺界的力量压倒他，叫人看起来，太体面了他，所以，我们要他败得更丢人，就故意挑了一个无名的作家承当。"

杜·巴尔克女士 "就我来说，我告诉你们，我听了这话，说不出有多开心。"

莫里哀 "我也一样。家伙！讥笑旁人，反被旁人讥笑，真也有他

---

① 布尔叟 Edmé Boursault（1638—1701）是法国诗人与剧作家，出入贵族社会，相当活跃，保护者大多是反动的圣体会 Compagnie du Saint-Sacrement 会员。莫里哀认为他的仇人是那些"大演员"和他们的傀儡剧作者布尔叟，其实，他未尝不明白：真正的仇人是支持他们演出的贵族和贵人们参预的圣体会。这从他接下去就写《达尔杜弗》和《堂·璜》，可以看出消息。

受的!"

杜·巴尔克女士　"教训教训他也是好的,看他以后,还乱讽刺不。怎么?这家伙不识高低,反对女人有才情!他谴责我们种种高贵表现,要我们永远说老生常谈!"

德·柏立女士　"语言不算什么;可是他批评我们种种社交关系,即使关系清白,他也批评;而且照他谈论的样式看呀,女人能干,成了罪名。"

杜·克瓦西女士　"简直不像话。女人就别想再做什么事了。他凭什么不让我们的丈夫过过安闲日子,偏要他们睁开眼睛,留心他们意想不到的勾当?"

白雅尔女士　"这全由他说去好了;可是,这个恶人连贤德女子也讽刺起来了,把她们叫成母夜叉。"①

莫里哀女士　"这人不识高低,就该狠收拾一顿。"

杜·克瓦西女士　"夫人,上演这出喜剧,需要支持,演员也……"

杜·巴尔克女士　"我的上帝!他们用不着害怕。我拿性命担保他们的戏成功。"

莫里哀女士　"夫人,一定成功。开心的人太多了,不会不说好的。我请你们想想看,自以为被莫里哀讽刺了的人们,会不会利用机会,称道这出喜剧,给自己出气。"

柏奈古尔②　"当然;拿我来说,我就担保有十二位侯爵、六位女才子、二十位风骚女子和三十位王八去捧场。"

莫里哀女士　"一定的。凭什么得罪这些人呀?特别是王八,他们是世上最善良的人了。"

---

① 见于《太太学堂》第四幕第八场。
② 根据1734年版,补加:"(揶揄。)"

莫里哀	"家伙！我听人说，他和他的全部喜剧，逃不过一顿臭骂，演员和作家，不分大小，都恨透了他。"
莫里哀女士	"对他很适合。他凭什么写些刁恶的戏，轰动全巴黎，而且人物刻画得那样好，人人以为就是自己？他为什么不写李希达斯先生写的那种喜剧？那就不会有人反对他了，作家也就全都说他好话了。不错，这样的喜剧没有多少人看；可是，相反，戏永远写得干干净净的，没有人写东西攻击，看戏的人也没有一个不一心想着说好的。"
杜·克瓦西	"不错，我就好在没有仇人，我的作品部部得到学者的称赞。"
莫里哀女士	"你能自得其乐，这就对了。观众再喝采，莫里哀的戏再赚钱，也比不上一个人自得其乐。只要你的同行先生们称赞，管它有没有人看你的戏？"
拉·格朗吉	"不过，什么时候上演《画家像赞》？"
杜·克瓦西	"我不知道；不过，我准备好了坐到头一排喊：'戏可真好！'"
莫里哀	"我也一样，家伙？"
拉·格朗吉	"我也一样，不一样才怪！"
杜·巴尔克女士	"就我来说，少不了也要走走；我担保喊好喊到敌对的意见溃不成军。人家帮我们报仇，我们帮帮场又算得了什么，真是也太应该了。"
莫里哀女士	"言之有理。"
德·柏立女士	"我们就该都这样做才是。"
白雅尔女士	"当然。"
杜·克瓦西女士	"一定。"
艾尔外女士	"这家伙净糟蹋人，饶不得他。"

莫里哀	"真的,骑士,我的朋友,你的莫里哀这回非得藏起来不可了。"
柏奈古尔	"谁,他?侯爵,我告诉你,他打算坐到戏台子上,和旁人一道笑他们刻画出来的他的形象。"①
莫里哀	"家伙!他笑呀,是苦笑。"
柏奈古尔	"没有的事,他在戏上找到的笑料,就许比你想的多。我看过这出戏;戏上有趣的地方,其实全是借的莫里哀的,他看了自然不会不高兴;因为,戏上企图糟蹋他的地方,除非我瞎了眼,才会有人称赞;至于他们想法子鼓动人去恨他,他们讲,他刻画人物刻画得太逼真,我觉得这话再滑稽、再冤枉不过,还不说显得他们自己就意思欠通;截到现在为止,我还不相信,刻画人物刻画得太好,会成为指责演员的口实。"
拉·格朗吉	"那些演员告诉我,他们等他回答,再……"
柏奈古尔	"回答?他要是想到回答他们的谩骂,真的,我倒觉得他是一个大傻瓜了。人人知道,他们骂他的动机是什么;最好的回答就是他写一出喜剧,像他所有的别的喜剧一样成功。这才是真正合理的报复。他这个人的脾气,就我知道的来讲,我敢说,写一出新戏,把他们的观众全抢了去,他们那个苦恼呀,比起讽刺他们本人来,厉害多了。"
莫里哀	"可是,骑士……"
白雅尔女士	我打断一下排练,也只是一会儿工夫。②你要不要听我说

---

① 这是事实:当时有两出戏,说莫里哀曾经坐到戏台上,看《画家像赞》演出。
② 根据1734年版,在"你要不要"上面补加:"(向莫里哀。)"

　　　　　　一句话？我要是你的话，我会换一个方式做的。人人盼你来一个有力的回答；根据别人告诉我的话，这出喜剧很糟蹋你来的，那你就有权利攻击那些演员，就该一个也不饶他们才是。

莫里哀　　听你说这种话，我就有气。这就是你的怪想法、你们女人的怪想法。你希望我立刻照准他们开火，学他们的样子，肆口谩骂。可是我这么做，我有什么体面，他们又有什么难堪！难道他们不早就安下了这个心，等我这么做？他们怕我反驳，讨论演不演《画家像赞》的时候，中间不就有人回答："他爱骂我们什么，就骂我们什么好了，只要我们赚钱就成。"说这种话，不正表示自己于心有愧吗？他们盼什么，我给他们什么，在我不也就是报复了吗？

德·柏立女士　　可是你在《批评》里面和在《女才子》里面，有三四句话，他们怨得不得了。

莫里哀　　不错，这三四句话很得罪他们，他们有理由引用。不过，问题不在这上头。我顶得罪他们的地方，就是我侥幸比他们更得观众欢心。自从我们到了巴黎以来，他们的所作所为，处处说明了这一点。不过，他们高兴怎么做，就怎么做好了，我丝毫没有搁在心上。他们批评我的戏：好得很。上帝保佑我，别写他们喜欢的戏！那样一来，我就遭了殃了。

德·柏立女士　　可见，由着人糟蹋自己的作品，也不就怎么开心。

莫里哀　　这碍我什么事？我写喜剧，特别企图得到地位高贵的人士的喜爱，既然侥幸得到，我不已经通过我的喜剧达到了我的目的？我对它的命运，还有什么不该知足的？他们的种种挑剔，不也就来得太晚了吗？请问，这现在和我有什么关系？攻击一出成功的戏，与其说是攻击作者的艺术，岂不更是攻击称赞它的人们的见解？

德·柏立女士 说实话，我倒真想扮演这位作家小先生，他写东西攻击人家，人家却就没有想到他。

莫里哀 你疯了。布尔叟先生娱乐宫廷，也好说是主题！我倒想知道，我有什么法子能让他有趣？我把他送上戏台，他能不能像小丑一样，侥幸逗人一笑？在地位高贵的观众前面扮演他，未免太体面了他：他求的也正是这个。他不管有没有理由，就乱攻击我，也只是不顾一切，要人知道他罢了。他这样做，毫无损失，那些演员放他出来咬我，不过是要我卷入旋涡，瞎闹一场，中了他们的诡计，放弃要写的作品不写罢了。而你们也就头脑简单，居然上这个当，不过，说到最后，我就关于这事，公开宣言两句吧。随他们批评，随他们反批评，我不打算做任何回答。他们就说尽我的戏的坏话好了，我全同意。他们就照样学我好了，他们就拿我的戏当做衣服，在戏台上翻过来穿好了，好玩的地方他们就试着利用利用，走走我的好运好了，我都同意：他们有这种需要，帮他们维持生活，在我也是乐意的，只要他们知足，不对我做过分的要求，也就成了。礼让应当有限度；有些事既不逗观众笑，也不逗被说起的人笑。我情愿给他们留下我的作品、我的面孔、我的手势、我的语言、我的声调和我的读词方式，由他们用，由他们说，只要他们有利可图：我决不反对，他们能靠我取悦观众，我也只有欢喜。可是，我把这一切留给他们，他们也就应当知趣，把此外一切留给我，

　　　　　　　不要牵连性质严肃的问题，据说，他们在他们的喜剧里面，就从这一方面攻击我来的。①这位不相干的先生，帮他们执笔，我客客气气求他的，也就是这话；这也就是他们从我这儿得到的全部回答。

白雅尔女士　可是，说到最后……

莫里哀　　　可是，说到最后，你不要把我逼疯了。别再絮叨这个了；我们不排我们的喜剧，倒瞎聊起天玩。我们排到什么地方？我不记得了。

白雅尔女士　你排到……

莫里哀　　　我的上帝！我听见响声：一定是圣驾到了；我看，我们没有时间排下去了。这就叫做浪费时间。哦！好，卖点儿气力，把下边的戏排好了吧。

白雅尔女士　说实话，我心里发慌，不排完，我没有法子演下去。

莫里哀　　　怎么，你演不下去？

白雅尔女士　演不下去。

杜·巴尔克女士　我也演不下去。

德·柏立女士　我也演不来。

莫里哀女士　我也不成。

艾尔外女士　我也不成。

杜·克瓦西女士　我也不成。

莫里哀　　　那你们要怎么办？你们不是个个都看我的笑话？

---

① 指《太太学堂》第三幕阿尔诺耳弗的训诫和箴言，以及其他有关宗教的词句。莫里哀非常恼恨诽谤者就宗教信仰上，打击他和教会方面已经坏了的社会关系。

第 六 场

白雅尔，莫里哀，等等。

白雅尔 先生们，我来通知你们，圣驾到了，等你们开演。

莫里哀 啊！先生，你看，眼下我正在走投无路，难过得要死！女演员们心里发慌，说在开演以前，一定先要排排她们的戏。我们请求再朝后挪挪时间。圣上心地仁慈，晓得戏是赶出来的。①哎！请你们镇定下来吧，拿出勇气，我求你们了。

杜·巴尔克女士 你就该前去告罪才是。

莫里哀 可怎么告罪啊？

第 七 场

莫里哀，白雅尔女士，等等②。

一个多管闲事的人 先生们，开演吧。

莫里哀 先生，这就开演。这出戏搅得我头昏脑涨，我看……

---

① 根据1734年版，白雅尔下，这里另起一场。
② 根据1734年版，上场人物有："莫里哀与前场演员，一个多管闲事的人。"

第 八 场

莫里哀,白雅尔女士,等等①。

又一个多管闲事的人　先生们,开演吧。
莫里哀　　　先生,一会儿就开演。②什么?你们愿意我丢脸啊?

第 九 场

莫里哀,白雅尔女士,等等。

又一个多管闲事的人　先生们,开演吧。
莫里哀　　　是啊,先生,这就上戏。哎!多少人无事找事,来说:"开演吧",可是圣上没有旨意给他们!

第 十 场

莫里哀,白雅尔女士,等等。

又一个多管闲事的人　先生们,开演吧。

---

① 根据1734年版,上场人物有:"莫里哀与前场演员,第二个多管闲事的人。"
② 根据1734年版,补加:"(向他的伙伴。)"

莫里哀　　　先生，齐备啦。什么？我就等着丢人……

第十一场

白雅尔，莫里哀，等等。

莫里哀　　　先生，你来通知我们开演，可是……
白雅尔　　　不是的，先生们，我来通知你们，圣上听说你们上戏有困难，破例开恩，降旨改期上演新戏，今天你们随便演一出，圣上就满意了。
莫里哀　　　啊！先生，你救了我的命！圣上希望看到的戏，给我们时间从容排练，体恤下情到了极点。圣恩浩荡，宠命优渥，我们全去陛谢才是。

· 逼　婚 ·

原作是散文体。1664年1月29日,首次演出,有芭蕾舞;1668年2月24日演出,扩充对话,取消芭蕾舞;同年刊印。

人物

斯嘎纳赖勒

皆洛尼莫

道丽麦娜　　　　　风流女郎、斯嘎纳赖勒的未婚妻。

阿耳康陶尔　　　　道丽麦娜的父亲。

阿耳席大斯　　　　道丽麦娜的哥哥。

李卡斯特　　　　　道丽麦娜的情人，

两个埃及女人①

庞克拉斯　　　　　亚里士多德学派②博士。

马尔夫利屋斯　　　皮浪学派③博士。④

---

① 指一般算命行乞的游民。
② 亚里士多德学派指经院哲学（烦琐哲学）而言。它在中世纪占统治地位，为教会服务，由此一切脱离生活的无谓的钻牛角尖、咬文嚼字、死啃书本、只凭一般的概念和推理而不顾事实和实践等等的情况都被称为"经院习气"。早期的资产阶级哲学是在同经院哲学的斗争中成长起来的。1624 年，巴黎法院接受巴黎大学神学院的请求，曾经下令逮捕公开批评亚里士多德的学者。莫里哀死后一百多年，经院哲学还在大学照常讲授。
③ 皮浪学派即怀疑论。创始者是希腊人皮浪 Pyrrhon（约公元前 360—前 270）。这一学派确信事物是不可认识的，所以主张在理论上应当"放弃判断"，而在实践中应当对事物抱着漠不关心的、冷淡的态度，即保持心灵的"恬静"。
④ 根据 André Philidor（1647？—1730）关于喜剧——芭蕾舞《逼婚》的手抄本，应当增添："背景是个靠近斯嘎纳赖勒住宅的广场。"

第 一 场

斯嘎纳赖勒,皆洛尼莫。

斯嘎纳赖勒[①] 我出去一会儿就回来。家里要照料好,该怎么着,就怎么着。有人给我送钱来,赶快到皆洛尼莫先生那边找我;有人问我要钱的话,就说我出门了,一整天不回来。

皆洛尼莫[②] 吩咐得可真周到啦。

斯嘎纳赖勒 哦!皆洛尼莫先生,我正要到府上去,不期而遇,巧极巧极。

皆洛尼莫 不敢当,有什么事见教?

斯嘎纳赖勒 我心上有一桩事,想讲给你听,请你帮我拿拿主意。

皆洛尼莫 该当效劳。我很高兴我们会面,我们现在无拘无束,正好谈话。

斯嘎纳赖勒 请你戴上帽子。事情是别人建议我做的,但是关系重大,没有听到朋友的意见,还是不进行的好。

皆洛尼莫 承你看得起我,选中了我。什么事,你尽管说好了。

斯嘎纳赖勒 不过我首先求你,千万不要奉承我,一定要把你的想法,痛痛快快告诉我。

皆洛尼莫 我遵命就是。

斯嘎纳赖勒 有话不照实说,我认为这种朋友顶要不得。

皆洛尼莫 你说得对。

---

① 1734 年版增添:"(嘱咐家人。)"
② 1734 年版增添:"(听见斯嘎纳赖勒末了的话。)"

斯嘎纳赖勒　　如今这个世道，难得看见真心朋友。

皆洛尼莫　　有道理。

斯嘎纳赖勒　　所以皆洛尼莫先生，你要先答应我，有什么对我说什么，一句也不要隐瞒。

皆洛尼莫　　我答应你。

斯嘎纳赖勒　　发发誓吧。

皆洛尼莫　　好，我有话不说，就叫不够朋友。说你的事给我听吧。

斯嘎纳赖勒　　事情就是：我要你告诉我，我结婚好不好。

皆洛尼莫　　谁结婚，你啊？

斯嘎纳赖勒　　对，正是在下。你对这事有什么意见？

皆洛尼莫　　我求你先告诉我一件事。

斯嘎纳赖勒　　什么事？

皆洛尼莫　　你现在该有多大年纪？

斯嘎纳赖勒　　你问我？

皆洛尼莫　　对。

斯嘎纳赖勒　　说真的，我不知道；不过我很结实。

皆洛尼莫　　什么？你连大概也不知道？

斯嘎纳赖勒　　不知道。谁还老想着这个？

皆洛尼莫　　哦！请你告诉我：我们相识那年，你多大年纪？

斯嘎纳赖勒　　说真的，我当时也只有二十岁。

皆洛尼莫　　我们在罗马一块儿待了多久？

斯嘎纳赖勒　　八年。

皆洛尼莫　　你在英国住了几年？

斯嘎纳赖勒　　七年。

皆洛尼莫　　后来你去了荷兰，又是几年？

斯嘎纳赖勒　　五年半。

147

皆洛尼莫	你回到这儿有多少年了?
斯嘎纳赖勒	我是公元一六五六年回来的。
皆洛尼莫	从五六年到六八年,我看,是十二年。五年在荷兰,就是十七年;七年在英国,就是二十四年;我们在罗马住了八年,是三十二年;我们相识那年,你二十岁,正好是五十二岁;好,斯嘎纳赖勒先生,照你自己的话看来,你现在大概不是五十二岁,就是五十三岁。
斯嘎纳赖勒	你说谁?我吗?不可能。
皆洛尼莫	我的上帝!算法没有错。你方才要我答应你有话直说,我现在就以朋友的资格,当面明说了吧:结婚对你并不相宜。年轻人遇到这事,还得三思而后行,像你这样年纪的人,根本就不该往这上头想。荒唐事有许多,据说最大的荒唐事就是结婚,这话如若有几分道理的话,活到我们这种应当更懂事的年龄,我看,就没有比做这种荒唐事更不相宜的了。总之,我把我的想法,痛痛快快告诉了你。我决不劝你想到结婚。到目前为止。你一直是自由自在的,假如你现在自讨苦吃,戴上最沉重的锁链,我会把你当作世上最滑稽的人的。
斯嘎纳赖勒	我呀,我告诉你:我决计结婚,娶我朝思暮想的姑娘,我决不滑稽。
皆洛尼莫	啊!这另是一回事了。你先前没有对我这么讲。
斯嘎纳赖勒	我喜欢这个姑娘,我一心一意都在爱她。
皆洛尼莫	你一心一意都在爱她?
斯嘎纳赖勒	当然。我已经对她父亲开过口啦。
皆洛尼莫	开过口啦?
斯嘎纳赖勒	是啊。婚礼就在今天晚上举行。我已经把话说出去了。

皆洛尼莫　哦！那你就结婚吧。我什么话也没有啦。

斯嘎纳赖勒　我会放弃我的计划？皆洛尼莫先生，你以为我想到娶老婆，已经很不相宜啦！我多大岁数，用不着说，我们只要就事论事得了。你见过三十岁的人，比我还要精神、还要硬朗的？难道我的手脚有什么不灵活？难道你看我走路吃力，需要坐马车、坐轿子？难道我的牙齿不是个个儿顶呱呱的？①难道我一天四顿饭，吃得不欢势？你见过谁的胸脯比我的胸脯还要中气足的？②咳，咳，咳：哎！你觉得怎么样？

皆洛尼莫　你说得对；我弄错了。你应当结婚。

斯嘎纳赖勒　我从前讨厌结婚；可是现在结婚，我有充分理由。娶一个标致太太，左疼我，右疼我，我累了还哄我、摸我，除了这种快活之外，我说，像我这样老单身下去，我看就要绝了我斯嘎纳赖勒一门之后了；我结了婚，就能看见自己又在旁人身上活转过来了，也就有了看见自己生儿养女的乐趣；这些小把戏，和我一模一样，活脱脱就像两滴水珠子一模一样，整天在家里玩耍，我从街上回来，赶着我叫爸爸，对我东拉西扯，讲些最有意思的小怪话。真的，我像已经这样啦，约莫有半打孩子，在我身边转来转去。

皆洛尼莫　没有比这事再有意思的了；我劝你结婚，越快越好。

斯嘎纳赖勒　你当真这样劝我？

皆洛尼莫　当然。你这样做，再好不过啦。

---

① 1734 年版增添："（他露出他的牙齿。）"
② 1734 年版增添："（他咳嗽。）"

斯嘎纳赖勒	说实话,你以真正朋友的资格,对我作这种劝告,我很愉快。
皆洛尼莫	倒说,不敢请教,你娶的是哪一位?
斯嘎纳赖勒	道丽麦娜。
皆洛尼莫	那位又优雅、又会打扮的年轻的道丽麦娜?
斯嘎纳赖勒	对。
皆洛尼莫	阿耳康陶尔先生的女儿?
斯嘎纳赖勒	正是。
皆洛尼莫	一个爱佩剑的①阿耳席大斯的妹妹?
斯嘎纳赖勒	是她。
皆洛尼莫	我的妈哟!
斯嘎纳赖勒	你觉得怎么样?
皆洛尼莫	好对象! 赶快成亲吧。
斯嘎纳赖勒	我选她,有没有道理?
皆洛尼莫	当然有。啊! 你这门亲事太好啦! 你就快结婚吧。
斯嘎纳赖勒	听了你这话,我开心死了。谢谢你的劝告,我请你今天晚上参加我的婚礼。
皆洛尼莫	我要来的;我为了表示诚意起见,还戴假面具来。②
斯嘎纳赖勒	恭候驾临。
皆洛尼莫③	年轻的道丽麦娜、阿耳康陶尔先生的女儿,嫁给斯嘎纳赖勒先生,他才五十三岁:好姻缘呀! 好姻缘呀! ④

---

① 真正贵族佩剑是本分,无所谓爱不爱。"爱佩剑",想见女家不是真正贵族。
② 《逼婚》原来是舞剧。"戴假面具"参加婚礼,有调侃意味,同时也说明皆洛尼莫在舞剧末一场带了许多戴假面具的年轻人来跳舞。
③ 1734年版增添:"(旁白。)"
④ 1682年版增添:"(他在走开以前重复了好几次。)"

斯嘎纳赖勒① 这门亲事一定美满,因为人人听了开心。我一出口,就见个个人喜笑颜开。我现在别提有多开心了。

第 二 场

道丽麦娜,斯嘎纳赖勒。

道丽麦娜② 喂,小跟班,举好我的后摆,别尽贪玩。
斯嘎纳赖勒③ 我的未婚妻过来了。多招人爱呀!多美妙的体态!多苗条的身材!谁看见了她,谁不想着跟她结婚?④小佳人、你未婚夫的亲爱的未婚妻,你到哪儿去?
道丽麦娜 我去买点东西。
斯嘎纳赖勒 好,我的美人儿,你我如今眼看就要享福啦,你没有权利拒绝我的要求了,我高兴和你做什么,就可以做什么,不怕有人耻笑了。你浑身上下都要归我所有,我要当你整个身子的主人了:你灵活的小眼睛、你玲珑的小鼻子、你销魂的嘴唇、你多情的耳朵、你漂亮的小下巴颏、你圆溜溜的小奶头、你……总之,你整个身子由我支配,就连香你、摸你,也由着我尽情香你、摸你。我可爱的小心肝,你满意不满意这门亲事?
道丽麦娜 十分满意,我对你说的是真心话;因为家父管我管得很

---

① 1734 年版增添:"(一个人。)"
② 1734 年版增添:"(在舞台紧里,向她后头的小跟班。)"
③ 1734 年版增添:"(旁白,望见道丽麦娜。)"
④ 1734 年版增添:"(向道丽麦娜。)"

严，直到今天，我过的还是最苦恼的奴才生活。我一想起他给我的有限度的自由，就不晓得要生多大的气。所以我一直巴不得他把我嫁出去，也好早日脱离他的管束，高兴做什么，就能做什么。感谢上帝，你来得正好，从今以后，我准备放手行乐，把我白过掉的时间，按照规矩，找补过来。你是一位君子人，晓得怎么样才叫活着，我相信，我们会在一起，过最美满的家庭生活，你也绝不是那些碍手碍脚的丈夫，要太太过着不见天日的生活。实对你说，这种生活我受不了，我怕透了寂寞。我爱赌钱，爱交际，爱集会，爱野餐，爱散步，一句话，爱形形色色的娱乐：娶我这样一位性情的太太，你一定喜欢得不得了。我们永远不会在一起吵架的，你做什么，我决不干涉，所以我希望你那方面，对我做什么，也决不干涉，因为在我看来，我主张夫妇应当互相和顺，结婚绝不是为了彼此怄气。总之，结婚以后，我们要像两个世故老一样过活，不起分毫妒忌的心思，你相信我忠实，我信得过你忠实，也就够了。可是你怎么啦？我看你的脸色完全变了。

斯嗄纳赖勒　是浊气升到我脑子里的缘故。①

道丽麦娜　眼下有许多人害这种病；不过我们结婚以后，你会好起来的。我早就应该扔掉这些破旧衣服，换上一些合身的衣服，我已经迟啦。现在我就去买我需要的各式各样东西，账单我叫铺子给你送过来。

---

① 当时医学落后，医生常这样解释病象。

第 三 场

皆洛尼莫,斯嘎纳赖勒。

皆洛尼莫 啊!斯嘎纳赖勒先生,又在这儿见到你,我很高兴。我遇见一位珠宝商人,听说你在物色一只名贵的钻石戒指送太太,求我在你跟前美言两句,说他有一只最精美的钻石出卖。

斯嘎纳赖勒 我的上帝!不着急。

皆洛尼莫 怎么啦?你这话是什么意思?你方才那股子热劲,哪儿去啦?

斯嘎纳赖勒 我这会儿对婚事又起了一点小小顾虑。我希望在迈下一步之前,先把事彻底弄明白;还有,我昨天晚上做了一个梦,我方才忽然想到了,希望有人给我详解详解。你知道,梦像镜子一样,有时候人会在梦里看到未来种种的。我好像坐在一条船上,海浪滔天,我……

皆洛尼莫 斯嘎纳赖勒先生,我现在有一点小事,不能听你讲下去。我根本不会详梦。关于婚姻的理论,你有两位邻居,全是学者,全是哲学家,可以把这个问题,一清二楚,对你讲解明白。他们学派不同,你正好考虑一下他们对这个问题的不同意见。至于我,方才我也说过了,没有别的话说,我们就再会吧。

斯嘎纳赖勒[①] 他说得对。我拿不定主张,就该找他们两位商量商量才是。

---

① 只他一个人在场。

第 四 场

庞克拉斯,斯嘎纳赖勒

庞克拉斯①　算了吧,朋友,你是一个不明事理的人,一个应该从学术界驱逐出去的人。②

斯嘎纳赖勒　啊!妙啊,巧得很,说着说着就来了一位。

庞克拉斯③　是的,我以无上理由,坚持你是一个愚人、至愚之人、愚而被愚之人,无往而不愚,无所不用其愚。

斯嘎纳赖勒④　他在和人争吵。⑤先生……

庞克拉斯⑥　你连推理的原理也不知道,就妄想推理。

斯嘎纳赖勒⑦　他气得连我也看不见了。⑧先生……

庞克拉斯⑨　任何哲学部门都谴责这种命题。

斯嘎纳赖勒⑩　一定是有人气坏了他。⑪我……

---

① 1734 年版增添:"(转向他进来的方向,没有看见斯嘎纳赖勒。)"
② 1682 年版增添对话:"……一个没有受过良好教育,应该从文学共和国驱逐出去的人。"
③ 1734 年版增添:"(同样,没有看见斯嘎纳赖勒。)"又,1682 年版更改对话:"我以无上理由、以哲学家的哲学家亚里士多德,证明你是一个愚人。"
④ 1734 年版增添:"(旁白。)"
⑤ 1734 年版增添:"(向庞克拉斯。)"
⑥ 1734 年版增添:"(同样,没有看见斯嘎纳赖勒。)"
⑦ 1734 年版增添:"(旁白。)"
⑧ 1734 年版增添:"(向庞克拉斯。)"
⑨ 1734 年版增添:"(同样,没有看见斯嘎纳赖勒。)"
⑩ 1734 年版增添:"(旁白。)"
⑪ 1734 年版增添:"(向庞克拉斯。)"

庞克拉斯①　Toto coelo, tota via aberras②

斯嘎纳赖勒　博士先生，在下有礼。

庞克拉斯　　岂敢。

斯嘎纳赖勒　我可不可以……?

庞克拉斯③　你晓得你多荒唐吗? 那是一种 in balordo④ 三段论法。

斯嘎纳赖勒　我想……

庞克拉斯⑤　大前题不合，小前题不通，结论滑稽。

斯嘎纳赖勒　我……

庞克拉斯⑥　你说的话，我宁可死，也不能承认；哪怕我的墨水流到最后一滴，我也坚持我的意见。

斯嘎纳赖勒　我能不能……?

庞克拉斯⑦　是的，我要 pugnis et calcibus, unguibus et rostro⑧ 禁止这种命题。

斯嘎纳赖勒　亚里士多德先生，不敢请教，你怎么会气成这副模样的?

庞克拉斯　　为了一个最正当的理由。

斯嘎纳赖勒　请教是什么?

庞克拉斯　　有一个愚人，不顾我的反对，坚持一种错误的命题，一种

---

① 1734 年版增添："（同样，没有看见斯嘎纳赖勒。）"
② 拉丁成语：你离真理远得很，隔着"全部天空、全部你走过的路程"。
③ 1734 年版增添："（转向他进来的地点。）"
④ 三段论法的术语，指第二格第四式：A、O、O。全套是一个"全称肯定"与两个"特称否定"。术语的正确写法应当是 baroco，不是 balordo，莫里哀用后者，有嘲骂意思在内，等于骂人"蠢货"。
⑤ 1734 年版增添："（同样。）"
⑥ 1734 年版增添："（同样。）"
⑦ 1734 年版增添："（同样。）"
⑧ 拉丁成语："以拳和脚、以爪和喙"，或"以全力"。

155

可怖、可畏、可憎的命题。

斯嘎纳赖勒　我能不能请教，那是什么？

庞克拉斯　啊！斯嘎纳赖勒先生，今天是典型不存，世风不古，样样东西变坏，到处是肆无忌惮的可怖现象。设立官员，为了维持国家治安，我说起的坏事，根本要不得，他们照样许它存在，就该臊死才对。①

斯嘎纳赖勒　到底是怎么一回事？

庞克拉斯　容忍当众说"一顶帽子的形状"，难道不是一件万恶不赦、天诛地灭的事？

斯嘎纳赖勒　怎么一回事？

庞克拉斯　我坚持必须说成"一顶帽子的形象"，不该说成"形状"，正因为形状和形象之间，有这样一个区别：形状是有生命的物体的外在结构，形象是无生命的物体的外在结构，帽子既然是无生命的物体，就必须说成"一顶帽子的形象"，不该说成"形状"。②是的，你是愚人，必须这样说才对；这是亚里士多德在《性质》那一章里，用的特殊名词。③

---

① 1624年，巴黎最高法院应巴黎大学神学院的请求，明令不许一般学者反对经院哲学，以后神学院常常烦渎法院，要求再下禁令。但是法院不愿多管闲事，有损自身尊严，神学院很不满意。

② 1734年版增添："（又转向他进来的方向。）"

③ 亚里士多德认为：物质是物的可能性、能力，观念形式是物的现实。可能性由于运动而转为现实；形式物质化，物质形式化。在亚里士多德看来，"形状"（forme）是物的灵魂。亚里士多德的弟子们以为"形状是物的动力"。经院哲学把他的《工具论》论文集看成唯一的经典，里面收五篇论文，第一篇是《范畴篇》，其中第八章是《性质》。亚里士多德在这一章，作为第四种涵义，谈到形状和形象（figure）："第四类性质是物的形象或者形状。"有人把形象或者形状解释成一个东西。有人如庞克拉斯，用形状来指天生的东西，形象来指人工的东西。帽子不是天生的，也就是庞克拉斯所谓"无生命的"，所以不该和形状用在一起，说什么"一顶帽子的形状"，而应说成"一顶帽子的形象"。

斯嘎纳赖勒①	我看简直没有救。②博士先生，别再想着这个啦，我……
庞克拉斯	我正在怒火冲天，所以就什么也觉不出来了。
斯嘎纳赖勒	丢开形状和帽子别谈了吧。我有话对你讲。我……
庞克拉斯	不通之至！
斯嘎纳赖勒	求你镇定下来吧。我……
庞克拉斯	愚人！
斯嘎纳赖勒	哎呀！我的上帝！我……
庞克拉斯	妄想对我坚持这种命题！
斯嘎纳赖勒	他不应该。我……
庞克拉斯	亚里士多德谴责的命题！
斯嘎纳赖勒	言之有理。我……
庞克拉斯	用的特殊名词！
斯嘎纳赖勒	你说得对。③你是一个傻瓜、一个无耻的东西，妄想和一位懂得读书、写文章的博士争论。④我骂过也就算了：我求你听我谈谈。我有一件棘手的事，特来向你求教。我打算娶一位太太，在家里和我做伴。人长得又俊、又匀称；我很喜欢她；她也乐意嫁给我。她父亲答应把她嫁给我；可是你知道，我又怕丢脸，丢了脸，还没有人可怜。你是哲学家，所以我求你指教来了。哎！你对这事有什么意见？
庞克拉斯	我宁可承认 datur vacuum in rerum natura⑤，宁可承认我

---

① 1734年版增添："（旁白。）"
② 1734年版增添："（向庞克拉斯。）"
③ 1734年版增添："（转向庞克拉斯进来的方向。）"
④ 应当增添："（向庞克拉斯。）"
⑤ 拉丁文："自然有真空"。亚里士多德否认有真空。

只是一个笨蛋,也不承认必须说成"一顶帽子的形状"。

斯嘎纳赖勒① 这家伙就欠害黑死病!② 哎呀!博士先生,听听旁人的话吧。我同你谈了一小时了,我问你的话,你一句也没有回答。

庞克拉斯 请你宽恕我。我满腔都是正义的怒火。

斯嘎纳赖勒 哎呀!别说这个啦,劳驾听听我的话吧。

庞克拉斯 行。你要对我讲什么?

斯嘎纳赖勒 我有一件事请教。

庞克拉斯 你打算用哪一种话对我讲?

斯嘎纳赖勒 哪一种话?③

庞克拉斯 对。

斯嘎纳赖勒 家伙!用我嘴里的话。我想我不会借用我的邻居的话吧。

庞克拉斯 我是对你说:用哪一种方言、哪一种语言?

斯嘎纳赖勒 啊!这另是一回事啦。

庞克拉斯 你和我讲话,用意大利语言?

斯嘎纳赖勒 不用。

庞克拉斯 用西班牙语言?

斯嘎纳赖勒 不用。

庞克拉斯 用德意志语言?

斯嘎纳赖勒 不用。

庞克拉斯 用英吉利语言?

---

① 1734 年版增添:"(旁白。)"
② 1734 年版增添:"(向庞克拉斯。)"
③ "话"langue 在法文中还有一个意思,就是"舌头"。斯嘎纳赖勒错以为指"舌头"说。中文只能强调"哪一种"三个字。

斯嘎纳赖勒　　不用。

庞克拉斯　　用拉丁语言?

斯嘎纳赖勒　　不用。

庞克拉斯　　用希腊语言?

斯嘎纳赖勒　　不用。

庞克拉斯　　用希伯来语言?

斯嘎纳赖勒　　不用。

庞克拉斯　　用叙利亚语言?

斯嘎纳赖勒　　不用。

庞克拉斯　　用土耳其语言?

斯嘎纳赖勒　　不用。

庞克拉斯　　用阿拉伯语言?

斯嘎纳赖勒　　不用,不用,用法兰西语言。①

庞克拉斯　　啊!法兰西语言!

斯嘎纳赖勒　　正是。

庞克拉斯　　那么,请到这边来;因为这只耳朵指定专听科学和外国语言,另一只耳朵专听本国语言。

斯嘎纳赖勒②　对这类人呀,就非繁文缛礼不可!

庞克拉斯　　你有什么事?

斯嘎纳赖勒　　讨教一个小小的难题。

庞克拉斯　　想必是哲学上的难题了?③

斯嘎纳赖勒　　对不起:我……

庞克拉斯　　你也许想知道:实体和偶性,就存在而言,是同义语,还

---

① 1682 年版增添:对话:"不用,不用,用法兰西语言、法兰西语言、法兰西语言。"
② 1734 年版增添:"(旁白。)"
③ 1734 年版增添对话:"啊!啊!想必是……"

	是异义语。①
斯嘎纳赖勒	一点也不是,我……
庞克拉斯	你想知道逻辑是艺术,还是科学?②
斯嘎纳赖勒	也不是。我……
庞克拉斯	你想知道逻辑的对象是三种精神作用,还是只是第三种?③
斯嘎纳赖勒	也不是。我……
庞克拉斯	你想知道范畴有十种,还是只有一种?④
斯嘎纳赖勒	不相干。我……
庞克拉斯	你想知道结论是不是三段论法的本质?
斯嘎纳赖勒	不对头。我……
庞克拉斯	你想知道善的本质是欲望,还是适应?⑤
斯嘎纳赖勒	也不是。我……
庞克拉斯	你想知道善和目的是不是相等?⑥
斯嘎纳赖勒	哎呀!不是的。我……
庞克拉斯	你想知道目的其所以能感动我们,是靠实际上的存在,

---

① 直到 18 世纪,这还是法国学校中争论的主要问题之一。经院哲学把一件东西的种种样式叫作"偶性"。它和实体及一切构成实体的本质的因素互相对立。偶性是五种普遍性之一,其他四种为"种类"、"族别"、"殊性"与"本性"。
② 1604 年,巴黎出了一本《逻辑或者谈论或者推理的艺术》,作者是都波莱克斯 Scipion Dupleix,其中有一章标题《逻辑怎么可以叫作科学》。又有一章标题《逻辑怎么可以说成艺术》。
③ 按当时的逻辑,三种精神作用是感受、判断和推论;推论即根据判断做新的判断。
④ 在《范畴篇》中,亚里士多德指出,观念有十类,即"实体"、"数量"、"性质"、"关系"、"地点"、"时间"、"姿态"、"状况"、"活动"与"遭受"。
⑤ "适应"是认识事物并掌握客观规律的结果。
⑥ 意为:善即目的,目的即善。亚里士多德认为人生的目的是追求幸福,荣誉、快乐与知识都只是使人幸福的标准,不能算作幸福本身。

	还是意图上的存在？①
斯嘎纳赖勒	不是，不是，不是，不是，不是，见你的鬼，不是。
庞克拉斯	那么，我猜不出，你说明白你的意思好了。
斯嘎纳赖勒	我倒也想对你说明白来的，可是也得你听才成。（和博士一同说话。）我对你要说的事，就是我想和一个年轻美貌的姑娘结婚。我很爱她，向她父亲也求过了婚；不过我耽心……
庞克拉斯	（和斯嘎纳赖勒同时。）语言给了人，是为的说明白他的思想，思想是事物的再现，同样我们的语言也是我们的思想的再现。②不过这些再现，和别的再现不同，因为别的再现在各方面都和原来事物不一样；语言既然不是旁的，只是用外在符号说明白的思想，所以语言本身就含有原来事物在内，因而善于构思的人也就是最会说话的人。在所有符号里面，语言最容易理会，所以你对我说明白你的思想，就用语言吧。
斯嘎纳赖勒	（他把博士推进家去，关上门，不让他出来。）③害黑死病的家伙！
庞克拉斯	（在房子里面。）是的，语言是 animi index et speculum④；它是内心的翻译，它是灵魂的形象。（他爬上窗户，继续说下去。斯嘎纳赖勒离开门口。）它是一面镜

---

① "实际上的存在"即绝对存在或者客观存在；"意图上的存在"即相对存在或者主观存在。
② 1682年版增添："（斯嘎纳赖勒不耐烦了，拿手去捂博士的嘴，一连捂了几次；斯嘎纳赖勒一拿开手，博士就又说了起来。）"
③ 从"害黑死病的家伙！"到庞克拉斯的"扬土占卜术，等等"为止，第一次见于1682年版。
④ 拉丁文："灵魂的符号和镜子"。

子，为我们真实地照出我们生命最深奥的秘密所在。你既然同时具有推理和说话的机能，你要我领会你的思想，为什么不用语言？

斯嘎纳赖勒　我想这么做，可是你不肯听我讲。

庞克拉斯　我听你讲，说吧。

斯嘎纳赖勒　博士先生，那么，我说……

庞克拉斯　可是千万要简短。

斯嘎纳赖勒　会简短的。

庞克拉斯　要避免冗长。

斯嘎纳赖勒　哎呀！博……

庞克拉斯　把你的谈话给我缩成拉克尼亚式①名言。

斯嘎纳赖勒　我……

庞克拉斯　忌讳纡回、散漫。（斯嘎纳赖勒没有机会说话，恼了上来，拾起石子，要砍博士的头。）哎！怎么啦？你不把话说明白，反倒生起气来了。去你的，你比那个妄想对我坚持必须说一顶帽子的形状的家伙，还要不明事理。我可以随时随地，以有说服性与论证性的理由，以 in Barbara② 的论据，证明你只是、也将永远只是一个蠢才，而我是、也将一直是 in utroque jure③ 庞克拉斯博士。

〔博士走出房子。

斯嘎纳赖勒　这鬼东西真能絮叨！

---

① 拉克尼亚 (Laconie) 在希腊东南部，居民是斯巴达国家的组织者，语言以精简著称。"拉克尼亚式"等于"简短的"。
② 三段论法的术语，指第一格第一式：A、A、A。全套都是全称肯定。
③ 拉丁文："在这一种法和那一种法上"，指民法与教会法。

庞克拉斯　　我是文学之士、博学之士。

斯嘎纳赖勒　　还说……

庞克拉斯　　高明之士、才能之士，（走开。）精通一切自然、道德与政治科学，（回来。）饱学之士、per omnes modos et casus① 绝顶饱学之士，（走开。）Superlative② 精通寓言、神话与历史，（回来。）文法、诗歌、修辞学、辩证法与诡辩术，（走开。）数学、算术、光学、详梦术、物理学与形而上学，（回来。）宇宙测量学、几何学、建筑学、卜镜术与天象学，（走开。）医学、天文学、占星术、人相学、面相学、手相法、扬土占卜术，等等。

斯嘎纳赖勒③　　滚他妈的一边去，不肯听人讲话的学者！人家从前对我说对了，他的老师亚里士多德什么也不会，只会絮叨。我还是找找另一位吧；他文静多了，也明理多了。喂！

第 五 场

马尔夫利屋斯，斯嘎纳赖勒。

马尔夫利屋斯　　斯嘎纳赖勒先生，你找我有什么事？

斯嘎纳赖勒　　博士先生，我有一桩小事，要你指教，我来就是为了这事。④啊！这回顺当了：这位先生听人讲话。

---

① 拉丁文："无往而不是"。
② 拉丁文："最上级地"，意即最高明地。
③ 1734 年版增添："（一人。）"
④ 1734 年版增添："（旁白。）"

马尔夫利屋斯　斯嘎纳赖勒先生，请你改变一下这种说话方式。我们的哲学要我们务必放弃肯定说法，谈任何事物，都要模棱两可，永远不下断语，所以根据这种理由，你就不该说："我来"，而应当说："我似乎来"。

斯嘎纳赖勒　似乎！

马尔夫利屋斯　对。

斯嘎纳赖勒　家伙！明明是，也用得着似乎。

马尔夫利屋斯　话不能这样肯定；不见得真有其事，很可能就是似乎。

斯嘎纳赖勒　怎么？我来不是真来？

马尔夫利屋斯　这不可靠，我们应当怀疑一切。

斯嘎纳赖勒　什么？我不是在这儿，你不是在对我说话？

马尔夫利屋斯　我觉得你像在这儿，我似乎在对你说话，可是不敢说确有其事。

斯嘎纳赖勒　哎呀！活见鬼！你在瞎扯。我在，你也明明在，这里头根本就没有什么"似乎"。请你别钻牛角尖了，还是谈谈我的事吧。我来告诉你，我想结婚。

马尔夫利屋斯　我什么也不知道。

斯嘎纳赖勒　我说给你听。

马尔夫利屋斯　就算行吧。

斯嘎纳赖勒　我要娶的姑娘，人很年轻，长得很俊。

马尔夫利屋斯　不见得不可能。

斯嘎纳赖勒　我娶她好不好？

马尔夫利屋斯　也好也不好。

斯嘎纳赖勒① 哈！哈！又是一种调调儿。②我对你说起的姑娘，我问你，我还是娶她好，还是不娶她好。

马尔夫利屋斯　看情形。

斯嘎纳赖勒　不好？

马尔夫利屋斯　或许。

斯嘎纳赖勒　求你就照常规回答我吧。

马尔夫利屋斯　这是我的本意。

斯嘎纳赖勒　我对那位姑娘很有好感。

马尔夫利屋斯　可能有吧。

斯嘎纳赖勒　她父亲把她许配给我啦。

马尔夫利屋斯　大概会的吧。

斯嘎纳赖勒　可是娶她过来，我又怕当王八。

马尔夫利屋斯　会当的吧。

斯嘎纳赖勒　你看怎么样？

马尔夫利屋斯　没有什么不可能。

斯嘎纳赖勒　你要是我的话，你怎么办？

马尔夫利屋斯　我不知道。

斯嘎纳赖勒　你看我该怎么着？

马尔夫利屋斯　你爱怎么着，就怎么着。

斯嘎纳赖勒　气死我。

马尔夫利屋斯　和我不相干。

斯嘎纳赖勒　见你的鬼哟，心不在焉的老头子！

马尔夫利屋斯　走着瞧。

---

① 　1734 年版增添："（旁白。）"
② 　1734 年版增添："（向马尔夫利屋斯。）"

斯嘎纳赖勒① 害黑死病的冷心肝家伙!②我要让你改改腔调,疯狗哲学家。③

马尔夫利屋斯 哎唷!哎唷!哎唷!

斯嘎纳赖勒 这就是你胡言乱语的报酬,我现在开心啦。

马尔夫利屋斯 怎么?岂有此理!这样作践我!打我这样一位哲学家,简直胆大!

斯嘎纳赖勒 请你换换这种说话方式吧。必须怀疑任何事物;你就不该说:"我打你,"而应当说:"我似乎打你"。

马尔夫利屋斯 啊!我去报告本区的警务员④,说我挨了打。

斯嘎纳赖勒 和我不相干。

马尔夫利屋斯 我身上有你打的印子。

斯嘎纳赖勒 可能有吧。

马尔夫利屋斯 是你把我打成这样的。

斯嘎纳赖勒 没有什么不可能。

马尔夫利屋斯 我会叫官方逮捕你的。

斯嘎纳赖勒 我什么也不知道。

马尔夫利屋斯 你会受处分的。

斯嘎纳赖勒 走着瞧。

马尔夫利屋斯 我告你去。

斯嘎纳赖勒⑤ 怎么?从这狗东西嘴里,就问不出一句肯定的话来。我

---

① 1734 年版增添:"(旁白。)"
② 1682 年版增添:"(他拾起一根棍子。)"
③ 1734 年版增添:"(他拾起棍子打马尔夫利屋斯。)"
④ 警务员在当时是捐官性质,在巴黎总监下的法庭工作,穿长袍,地位低于法官,不属于同一系统。参看《吝啬鬼》的第五幕第一场。
⑤ 1734 年版增添:"(一个人。)"

开头怎么胡涂，末了还怎么胡涂。我弄不明白结婚以后的情形，该怎么好？没有人再比我左右为难的啦。啊！那边来了几个埃及女人！我还是叫她们给我算算命看。

第 六 场

两个埃及女人，斯嘎纳赖勒。

〔埃及女人边唱，边舞，敲着她们的手鼓进来。

斯嘎纳赖勒 她们真快活。你们听我讲呀，你们能不能给我算算命看？

第一埃及女人 能，我的好先生，我们两个人给您算命。

第二埃及女人 您只要把手伸给我们，手心放着有十字架的钱①，我们就有吉利话儿说给您听。

斯嘎纳赖勒 看，你们要的东西，两只手全有。

第一埃及女人 您有一副福相，我的好先生，一副好福相。

第二埃及女人 是啊，一副好福相；看脸相，您有一天要交好运的。

第一埃及女人 没有多久，您就要结婚了，我的好先生，没有多久，您就要结婚了。

第二埃及女人 您要娶一位娇滴滴的太太、一位娇滴滴的太太。

第一埃及女人 是呀，一位万人迷、人人爱的太太。

第二埃及女人 一位给您交结许多朋友的太太，我的好先生，给您交结许多朋友的太太。

---

① 钱的背面往往铸着一个十字架。

第一埃及女人　一位招财进宝的太太。

第二埃及女人　一位让您名满天下的太太。

第一埃及女人　她让您受人敬重，我的好先生，受人敬重。

斯嘎纳赖勒　很好。不过说给我听，我有没有当王八的危险？

第二埃及女人　王八？

斯嘎纳赖勒　是啊。

第一埃及女人　王八？

斯嘎纳赖勒　是啊，我有没有当王八的危险？

〔两个女人边唱，边舞：啦、啦、啦、啦……

斯嘎纳赖勒　活见鬼！等于没有回答我。过来。我问你们两个人：我会不会当王八？

第二埃及女人　王八，您？

斯嘎纳赖勒　是啊，我会不会当王八？

第一埃及女人　您，王八？

斯嘎纳赖勒　是啊，当呀，还是不当？

〔两个女人边唱，边舞：啦、啦、啦、啦……

斯嘎纳赖勒[①]　坏娘儿们就欠害黑死病！她们反而让我心神不安。我绝对需要知道我婚后的造化。有一位大法师，人人称道，法力高强，你希望什么，就让你看见什么，我去找找他看。说真的，我相信，我只要去找法师，我问他的话，他都会指点明白的。

---

① 1734年版增添："（一个人。）"

第 七 场

道丽麦娜，李卡斯特，斯嘎纳赖勒①。

李卡斯特　什么？美丽的道丽麦娜，你说这话，不是取笑？

道丽麦娜　不是。

李卡斯特　你当真嫁人？

道丽麦娜　当真。

李卡斯特　今天晚上就成亲？

道丽麦娜　今天晚上。

李卡斯特　狠心的姑娘，你真就这样把我爱你的痴情忘了？把你先前为我立的誓忘了？

道丽麦娜　我忘了？一点也没有忘。我待你永远一样，你就不该为我出嫁难过：我嫁给这个人，仅仅是为了他阔。我没有财产，你也没有，你知道，没有财产，人在世上就过不了好日子。所以就该不惜任何代价，想法子弄到财产。我抓住这个机会，就为了享福。我嫁给这个馋老头子，存这么一个希望：没有多久，就把他开发了。他要不了几天就会死的，顶多也就是再活半年。我担保他在我说的期间咽气。当寡妇的好光景，我求上天求不了多久，就会弄到手的。②啊！我们正在说你，我们说的句句都是关于你的好到不能再好的好话。

---

① 1734 年版增添："（退到舞台一个角落，没有被人看见。）"
② 1734 年版增添："（她望见斯嘎纳赖勒，对他说话。）"

李卡斯特　　这位先生就是……

道丽麦娜　　是呀,他就是娶我的那位先生。

李卡斯特　　先生,让我为您的婚事向您道喜,同时向您献上我至诚的敬意。我告诉您,您娶了一位十分贤德的太太。还有,小姐,我对您选的如意郎君,和您一样感到愉快。您找不到更好的了,看上去,先生像是一位很好的丈夫。是的,先生,我愿意和您交朋友,彼此来往,一块儿寻欢作乐。

道丽麦娜　　您太看得起我们夫妇了。走吧,我要来不及啦,以后我们有的是时间在一起谈话的。

斯嘎纳赖勒①　我现在完全厌恶我的婚姻。我相信,我解除婚约,没有什么不好。我破一点财,可是即使破财,也比我将来丢脸强。想一个聪明法子,摆脱掉这门亲事吧。喂!②

第 八 场

阿耳康陶尔,斯嘎纳赖勒。

阿耳康陶尔　啊!我的姑爷,欢迎,欢迎。

斯嘎纳赖勒　先生,有礼。

阿耳康陶尔　你成亲来啦?

斯嘎纳赖勒　不是。

---

①　1734 年版增添:"(一个人。)"
②　1734 年版增添:"(他敲阿耳康陶尔的房门。)"

阿耳康陶尔	我告诉你,我对这事,和你一样心急。
斯嘎纳赖勒	我是为旁的事来的。
阿耳康陶尔	办喜事的种种准备,我都吩咐下去啦。
斯嘎纳赖勒	不和这事相干。
阿耳康陶尔	请妥了提琴手,说定了酒席,小女也装扮好了接待你。
斯嘎纳赖勒	我不是为这事来的。
阿耳康陶尔	总之,回头你会满意的,眼看就要你称心如意了。
斯嘎纳赖勒	我的上帝!是旁的事。
阿耳康陶尔	好,那么,进来吧,我的姑爷。
斯嘎纳赖勒	我有一两句话对您讲。
阿耳康陶尔	啊!我的上帝!千万别多礼。请你就快进来吧。
斯嘎纳赖勒	不必了。我希望先和您谈谈。
阿耳康陶尔	你希望和我谈谈?
斯嘎纳赖勒	是的。
阿耳康陶尔	什么事?
斯嘎纳赖勒	阿耳康陶尔先生,不错,我曾经求您把令爱许配给我,您也应允了我;不过我觉得,我年纪比她大了些,我怕我根本就和她配对不上。
阿耳康陶尔	没有的事,小女很满意你;我相信她将来和你在一起过活,会很称心的。
斯嘎纳赖勒	不会的。我有怪脾气,有时候发作起来,可怕万分,她会大受委屈的。
阿耳康陶尔	小女天性柔顺,她会处处凑和你的,将来你就知道了。
斯嘎纳赖勒	我身上有些见不得人的病,她会讨厌我的。
阿耳康陶尔	这不算什么。一位贤惠太太,从来不讨厌丈夫的。
斯嘎纳赖勒	您要我把话对您明说了吗?总之,我不劝您把她许配

阿耳康陶尔	给我。
阿耳康陶尔	你说到哪儿去啦？我宁可死，也不要失信。
斯嘎纳赖勒	我的上帝，不必了，我……
阿耳康陶尔	决不可以。我把她许配给你了，求婚的人尽管多，你也要娶她。
斯嘎纳赖勒①	真见鬼啦！
阿耳康陶尔	你知道，我特别器重你的为人，特别珍贵你的友谊，我宁可拒绝一位王爷，也要小女嫁你。
斯嘎纳赖勒	阿耳康陶尔先生，我感谢您的盛情，不过我要明白告诉您，我不想结婚。
阿耳康陶尔	谁，是你吗？
斯嘎纳赖勒	对，是我。
阿耳康陶尔	什么理由？
斯嘎纳赖勒	什么理由？就是我觉得自己绝不宜于结婚，我想学家父和本家所有的男子，他们就一直不要结婚来的。
阿耳康陶尔	你听我讲，士各有志，我这人从不强人所难。你娶小女，有言在先，一切都已经准备就绪；不过你既然有意毁约，我去看看应当怎么办好。用不了多久，我就有回话给你。
斯嘎纳赖勒②	我原以为解除婚约，要很费周折，想不到他比我所预料的要通情达理多了。说真的，我一想到这事，就觉得自己摆脱开了，很有见地。我要是错迈一步呀，后悔都来不及了。瞧，他儿子给我带回话来了。

---

① 1734年版增添："（旁白。）"
② 1734年版增添："（一个人。）"

第 九 场

阿耳席大斯,斯嘎纳赖勒。

阿耳席大斯	(说起话来,声调永远是甜蜜蜜的。)先生,我万分斗胆问候您好。
斯嘎纳赖勒	先生,我真心诚意问候您好。
阿耳席大斯[①]	先生,家父告诉我,您是为了解除婚约来的。
斯嘎纳赖勒	是的,先生;我觉得遗憾,不过……
阿耳席大斯	哦!先生,这没有什么不好。
斯嘎纳赖勒	我告诉你,我很过意不去;我倒希望……
阿耳席大斯	您听我说,这没有什么。(向他呈上两把剑。)先生,您喜欢哪一把剑,就费神挑一把吧。
斯嘎纳赖勒	挑一把剑?
阿耳席大斯	对。请挑吧。
斯嘎纳赖勒	做什么用?
阿耳席大斯	先生,您有言在先,娶舍妹为妻,现在您既然不肯娶她,我相信,我向您表示些微敬意,您不会嫌弃的。
斯嘎纳赖勒	怎么?
阿耳席大斯	换了别人,就许大吵大闹,生您的气;不过像我这种人,喜欢和和气气把事办好了的。我来就为客客气气告诉您,您赞成的话,我们就必须在一块儿抹脖子。
斯嘎纳赖勒	简直是不成敬意的敬意。

---

① 1734 年版增添:"(总是同一声调。)"

阿耳席大斯	好啦,先生,请您挑吧。
斯嘎纳赖勒	承情之至,我还不想抹脖子。①这种说话方式多要不得!
阿耳席大斯	先生,请吧,非这样做不可。
斯嘎纳赖勒	哎!这种敬意呀,还是求你收回鞘去吧。
阿耳席大斯	先生,我们就赶快吧:我还有一桩小事要做。
斯嘎纳赖勒	我告诉你,我决不干。
阿耳席大斯	您不愿意比剑?
斯嘎纳赖勒	自然是不喽。
阿耳席大斯	当真?
斯嘎纳赖勒	当真。
阿耳席大斯②	先生,您根本没有理由抱怨,您明白,我这是照章行事。您不守信,我要和您决斗,您拒绝比剑,我只好拿棍子打您了:这是规矩。您是正人君子,不会不赞成我的作法的。
斯嘎纳赖勒③	这家伙是个什么鬼东西?
阿耳席大斯④	好啦,先生,放漂亮,可别叫我揪您的耳朵啊。
斯嘎纳赖勒	还说?
阿耳席大斯	先生,我不强人所难;不过您必须决斗,要不然,就非娶舍妹不可。
斯嘎纳赖勒	先生,我告诉你,不管是哪一样,我都干不来。
阿耳席大斯	一定?
斯嘎纳赖勒	一定。

---

① 1734 年版增添:"(旁白。)"
② 1734 年版增添:"(拿棍子打他。)"
③ 1734 年版增添:"(旁白。)"
④ 1682 年版增添:"(又向他呈上两把剑。)"

阿耳席大斯① 那么，您别见怪……

斯嘎纳赖勒 哎唷！哎唷！哎唷！哎唷！

阿耳席大斯 先生，我是迫不得已，才这样对付您的，其实是万分过意不去；不过您不答应决斗，也不答应娶舍妹，对不住，我就决不住手。②

斯嘎纳赖勒 好！我娶，我娶……

阿耳席大斯 啊！先生，我很高兴，您终于明白过来，事情能顺利解决。因为话说回来，您是世上我最器重的人，我说这话，可以发誓的。我方才对待您，出于万不得已，我难过极了。我去请家严出来，禀告他：一切言归于好。③

第 十 场

阿耳康陶尔，阿耳席大斯，斯嘎纳赖勒④。

阿耳席大斯 父亲，先生完全明白过来了。他心甘情愿把事办好，您可以把妹妹嫁给他了。

阿耳康陶尔 先生，这是她的手，你只要把你的手拿出来就成。多谢上天！这下子我可轻松啦，从今以后，该你管教她啦。我们去开开心，庆贺庆贺这幸福的婚姻吧。

---

① 1682年版增添："（又拿棍子打他。）"
② 1682年版增添："（他举起棍子。）"
③ 1734年版增添："（他去叩阿耳康陶尔的门。）"
④ 1682年版，上场人物有道丽麦娜。

达尔杜弗或者骗子

原作是诗体。1664年5月12日,第一次演出,仅前三幕,在宫内;次日,国王谕令,停止公开演出。1667年8月5日,公开演出,五幕,改名《骗子》;次日,巴黎最高法院禁演。1669年2月5日,公开演出;同年刊印。

演员

白尔奈耳太太　　奥尔贡的母亲。

奥尔贡　　艾耳密尔的丈夫。

艾耳密尔　　奥尔贡的太太。

大密斯①　　奥尔贡的儿子。

玛丽雅娜　　奥尔贡的女儿与法赖尔的情人。

法赖尔　　玛丽雅娜的情人。

克莱昂特　　奥尔贡的内兄。②

达尔杜弗③　　伪信士。

道丽娜　　玛丽雅娜的侍女。④

雷信义先生⑤　　承发吏。

一位侍卫官⑥

---

① 大密斯 Damis,根据本剧第四幕第一场,与 mis 字押韵,根据《愤世嫉俗》Le-Misanthrope 第二幕第四场,与 amis 字押韵,证明当时读大密,不读大密斯。现在按照《太太学堂》里"阿涅丝"的译例,仍将最后子音译出。
② 奥尔贡的年龄应比克莱昂特大,但是他的续弦夫人艾耳密尔很可能是克莱昂特的妹妹,这里照亲戚关系,译为"内兄"。
③ "达尔杜弗"Tartuffe 字义是骗子。意大利喜剧有"达尔杜否"Tartufo 这个角色,剧名《达尔杜弗》Le Tartuffe,有冠词,表示"达尔杜弗"即骗子,已成普通名词。
④ 上层资产阶级妇女,出门多有地位较低的妇女相随。这些女伴,属于仆从,但身分稍高于一般女仆 servante。侍女 suivante 在这里应当是带大玛丽雅娜的奶妈,农民出身,很久就在奥尔贡家,忠心和年月使她有了发言权。奥尔贡母子都称她"我的朋友",证明她在一家的情形。当时扮演者为剧团内年事已高的女演员,可资旁证。
⑤ 音译应是"罗瓦雅耳"Royal 先生。由于道丽娜的奚落,译名不得不首先联系到字义。参看第五幕第四场。
⑥ 这位侍卫官应该是副官身分,转为实职,担任营长一类官职,手里有一根指挥棒。

福莉波特　　白尔奈耳太太的使女。①

地点

巴黎②。

---

① 根据当时一封《关于喜剧〈骗子〉的信》，她是一个"小姑娘"。
② 根据第一幕第四场克莱昂特的对话："田野现在相当荒凉"，全剧的时间应当是暮冬初春的一个整天。第四幕的时间，根据同幕第一场达尔杜弗的对话："先生，现在三点半钟"，靠近黄昏（冬季昼短），根据1669年版的插图，桌子上点着蜡烛。

第 一 幕

第 一 场

　　白尔奈耳太太和她的女仆福莉波特,艾耳密尔,玛丽雅娜,道丽娜,大密斯,克莱昂特。

白尔奈耳太太　走,福莉波特,走,我不要看见他们。

艾耳密尔　　您走得这么快,我们简直跟不上。

白尔奈耳太太　算啦,我的儿媳妇,算啦,别往远里送啦:这些礼貌,我统统用不着。

艾耳密尔　　我这是对您应尽的本分。可是婆婆,您为什么走得这么急呀?

白尔奈耳太太　因为呀,这种治家之道,我说什么也看不下去。因为呀,根本就没有人想到讨我欢喜。是的,我离开你们家,很不称心:我留下来的话,一句也不照办,什么也不敬重,人人扯着嗓子讲话,活脱脱就像到了叫化子窝①。

---

① "叫化子窝"原文是"白斗王爷府"。"白斗"petaut 是巴黎乞丐团体的头目,有"王爷"之称,但"府"内杂乱无章,各自为政。一说是一群聚在前厅的跟班的头目。"白斗"字根是拉丁的"我要"peto。一说来自中世纪"乡下人"pitaut 一字。

道丽娜　　　要是……

白尔奈耳太太　你呀，我的朋友①，是一个陪伴小姐的女用人，不作兴那么多嘴多舌，那么没上没下：样样事你都要插嘴。

大密斯　　　可是……

白尔奈耳太太　我的孩子，你是一个大傻瓜；是我对你说这话，我呀，是你奶奶；我对我儿子、你爸爸，早已说过一百回了，你长大了不会成材，一辈子只会让他吃苦受罪。

玛丽雅娜　　我想……

白尔奈耳太太　我的上帝，他的妹妹，你装出说话有分寸的模样，看上去像个糖人儿，什么事也不懂；不过常言说得好，世上的水就数死水坏，你私下里的行为，我恨得不得了。

艾耳密尔　　不过，婆婆……

白尔奈耳太太　我的儿媳妇，不是我说你，你的一举一动，也确实不成体统；你应当给他们作一个好榜样才是。他们死去的母亲，在这上头，比你好多了。你花钱就像流水一样，还有这身打扮，穿得就像一位王妃，我不喜欢。单想着讨丈夫的欢心呀，我的儿媳妇，就用不着拼命打扮。

克莱昂特　　不过，亲家太太，话说回来……

白尔奈耳太太　至于您呀、舅老爷，我很看重您、爱您、尊敬您；话虽这么说，不过我要是我儿子、她丈夫呀，我会再三请求您，别登我们的门。您经常宣讲一些过日子的格言；可是这些格言呀，正人君子就听不得。我对您把话说得有些直率；不过我就是这种直筒子脾气，心里有什么，就说什么。

---

① "我的朋友" m'amie 在 17 世纪是对女仆的一种随便称谓。

大密斯　　您那位达尔杜弗先生，当然是很高明喽……

白尔奈耳太太　他这人品德高尚，大家就该听他的话才是；像你这样一个疯子，也同他吵，我忍受不了，看着就有气。

大密斯　　什么？一个好找碴儿的假道学，到人家里，竟然作威作福，代天行道，万一这位漂亮先生不肯答应，我们就不能有任何消遣，我，我忍受这个？

道丽娜　　万一非听他的话、非信他的格言不可，人除去犯罪，就别想干得出好事来；因为他什么事也管，这位专爱找碴儿的先生。

白尔奈耳太太　凡事经他一管，就管好啦。他希望带你们上天，我儿子就该让你们个个儿爱他才是。

大密斯　　办不到，我的奶奶，您看好了，不管是父亲也好，天王爷老子也好，反正谁也不能逼我对他有好感：我要改口呀，除非是我黑了心。他那副模样，一举一动，都惹我生气。这样下去，我料定了要出娄子，我同这家伙总会闹翻的。

道丽娜　　一个不相识的人，居然在人家里发号施令；一个叫化子，来的时候，鞋也没有，全身的衣服就值六个铜钱①，居然忘记本来面目，摆出作主子的架式，样样事干预，也是的确让人看不下去。

白尔奈耳太太　哎呀！天可怜见！全照他的至诚盼咐做，倒好多啦。

道丽娜　　他在您心上是一位圣人，其实呀，他一举一动，全是做给人看的。

白尔奈耳太太　听听看，还像话！

---

① 原文"代尼耶"denier，是法国最小的辅币。

| 道丽娜 | 除非有靠得住的担保，否则我呀，我就是不相信他，也不相信他的劳朗①。

| 白尔奈耳太太 | 我不知道听差为人好坏；可是我担保老爷是一位品德高尚的人。你们恨他，讨厌他，只因为他对你们讲的都是真情实话。他心里恼的是罪恶，干什么也都是为了上天的利益。

| 道丽娜 | 就算是吧；可是为什么，特别是近来，他不肯让别人常到家里走动？规规矩矩拜访一趟，又碍了上天什么，何必大吵大闹，让我们不得安宁？你们要我私下里把话给你们说清楚吗？②我想他是，真的，吃太太的醋。

| 白尔奈耳太太 | 住口，想想你说的什么话。指责这些拜访的，不光是他一个人。常来常往的这些人先不去说，单是来了以后那份嘈杂、大门口那些应接不暇的车辆，还有许多跟班乱哄哄聚在一起，就招惹四邻议论纷纷。我愿意相信不出乱子；可是闲言闲语的，到底不好。

| 克莱昂特 | 哎呀！亲家太太，您打算封人家的嘴吗？想不听议论我们的无聊谈话呀，只有同最好的朋友绝交，可是这样一来，人活着也就成了苦事。就算能横下心来这么做吧，您以为就可以叫人不开口了吗？铜墙铁壁也阻止不了流言蜚语。所以那些无聊的闲话，我们还是别搁在心上了吧；我们过日子，只要于心无愧，别人说不说闲话，只好由它去了。

---

① 劳朗是达尔杜弗的仆人。
② 1734年版增添："（指着艾耳密尔。）"

道丽娜	说我们坏话的，不就是我们的女邻居大芙奈和她的矮男人吗？行为顶不检点的那些人，一向总是头一个说别人坏话；他们抓住谁家一点恋爱故事的影子，决不放过，马上欢天喜地，照他们要人相信的式样，散布消息：人家好端端的事，抹上他们自己的颜色，心想这样一来，自己的事也就好在社会上鬼混过去了，也因为看上去有点儿像，就痴心妄想，他们那些没皮没脸的事，能干干净净了，再不然就是，公众责备的太厉害，他们受不住，就索性把别人拖下海来，分担一部分。
白尔奈耳太太	你们议论了半天，就没有一句有意思的。大家知道：奥琅特过的是模范生活，一心想着上天；我听人说，和你们常来常往的客人，她就很不赞成来的。
道丽娜	这位太太可好啦，真叫模范啦，不错，她过日子过得刻苦，可是她信教心诚，是因为有了年纪；她作正经女人，大家知道，也是出于无奈。往常只要她能勾引男人，她就及时尽情行乐，可是后来一看她的眼神发暗，她想断绝社会往来，社会也甩掉她，只好放聪明，拿富丽堂皇的遮羞帕子，把她变丑了的脸蛋子盖住。这就是过时的风流女子的鬼主意。情人冷淡她们，她们受不下去，心里干着急，想不出别的办法，冷冷清清，只有正经女人这行子生意好搞。这些贤德女人，一脸的杀气，处处挑眼儿，事事不饶人；别人过日子过得好好儿的，她们也扯着嗓子一个一个责备，不是出于好心，是因为眼红：她们何尝不想寻欢作乐，无奈年龄不作美，所以也就不许别人寻欢作乐。

白尔奈耳太太① 这些胡言乱语,是为了你爱听,编排出来的。我的儿媳妇,人在府上,只好不作声,因为这位奶奶②,整天唧唧呱呱,就不住嘴。不过我想,临了儿也轮到我说说话啦:我告诉你,我儿子把这位信教的人物接到家里住,做得再聪明不过;上天在紧要关头打发他来,就为了把你们走岔路的人全带到正路来,你们希望灵魂得救,就该听他的盼咐才是:不该责备的事,他也决不责备。这些拜访、这些舞会、这些谈话,全是魔鬼的发明。人在这儿从来听不见敬神的语言:说来说去,不是风言风语,就是废话、空话。邻居也常常裹在里头,净讲些张三李四的坏话。总之,头脑清醒的人,遇到这种乱哄哄的集会,也要头昏脑涨的:叽叽嘎嘎,一转眼工夫,形形色色的怪话就露了脸。正如那天,一位神学博士说的,简直成了巴比伦塔③,因为人人在这儿说东道西,漫无顾忌;他怎么讲到这上头的,我来说说……④可是这位先生不是已经在冷笑了吗?找你那些逗你笑的小丑儿去吧,别以为……⑤再见,我的儿媳妇,我什么话也不想说啦。你记住好啦,我对这家人,心已经冷了一半,要我上门呀,除非太阳打西边出来。(打了福莉波特一记耳光。)走,你呀,你大白天做梦,冲空里张着嘴发愣。老天爷!我不打掉你的门牙才

---

① 1734年版增添:"(向艾耳密尔。)"
② 她指着道丽娜。
③ 老太太把巴别Babel塔错说成了巴比伦塔。《旧约·创世记》第十一章,说耶和华妒忌人民造塔通天,就变乱他们的语言,使他们不能往来。"巴别"是变乱的意思。
④ 1734年版增添:"(指着克莱昂特。)"克莱昂特笑她说错了塔名。
⑤ 1734年版增添:"(向艾耳密尔。)"

怪。开步,臭丫头,开步。

第 二 场

克莱昂特,道丽娜。

克莱昂特　我不想送她,怕她再训我一顿,这个老婆子……
道丽娜　啊!您这样称呼她,她没有听见,真可惜啦:她会对您讲,老的是您自己,像她这样的年纪,离老还远着呐。
克莱昂特　她也真可以,无缘无故,就对我们发脾气!她的达尔杜弗,看样子,她真还入迷!
道丽娜　哦!和儿子一比,也就不算一回事了,您要是看见他的话,您会说:"糟多啦!"内乱的时候①,他受人敬重,辅佐他的国王,显得英勇有为;可是自从他迷上了达尔杜弗以来,就变成一个傻子;他称他兄弟,心里那份儿爱他呀,比起爱母亲、儿子、女儿和太太来,都要强过百倍。他的秘密就只告诉他一个人知道,他成了他作事的贤明导师;他疼他,搂他,我想一个人对待情妇,不会更温存了吧:吃饭的时候,他要他坐在上手;见他饭量有六个人大,他就开心;好吃的东西,他叫人统统让给他吃;万一凑巧他打响嗝的话,他就对他说:"上帝保佑你!"(说这话的是一个女仆②。)总之,他爱疯了他;他成了他的英

---

① "内乱"指路易十四幼时"投石政变"(1648—1653)。
② 这是莫里哀亲自加添的一个小注。当时演出,从"吃饭的时候"起,到这一句,演员不讲。

雄、他的命根子；他时时刻刻赏识他，句句话引证他；他干的顶无聊的小事，他看作奇迹；他说的话，在他看来，全是神谕。达尔杜弗清楚他的傻瓜，为了利用他，做足表面功夫，想法子来糊弄他。他装出一副虔诚的模样，时时刻刻骗他的钱，还自以为有权数说我们上下一家人。就连伺候他的那个坏蛋，也挤在里头教训我们；他瞪圆了眼睛管教我们，扔掉我们的带子、我们的胭脂和我们的假痣①。最近有一天，在一本《诸圣纪事》②里头，坏东西找到了一条围巾③，就给我们撕掉了，还说我们犯了滔天大罪，拿魔鬼的装饰品和圣书混在一起。

第 三 场

艾耳密尔，玛丽雅娜，大密斯，克莱昂特，道丽娜。

艾耳密尔④　你真走运，没有听到她在门口的议论。不过我看见我丈夫来啦：好在他没有看见我，我愿意到楼上等他来。

克莱昂特　我呀，节省时间，在这儿等他，也只是为了问他一声好。

大密斯　和他谈谈我妹妹的亲事。我疑心是达尔杜弗从中作梗，

---

① 假痣是人工美人痣，用黑缎剪成小圆点，妇女贴在脸上，掩饰缺点，或者衬托脸白。
② 《诸圣纪事》Les Fleurs des vies des saints et des fêtes de toute l'année 是西班牙人黎巴代奈伊拉 Ribadeneira（1527—1611）的著作（1599 年），法文译本是两开本，两册，又宽又长。
③ "围巾" mouchoir de col 镶着美丽的花边，妇女喜欢用来掩护、装饰她们的颈项。
④ 1734 年版增添："（向克莱昂特。）"

嗾使我父亲推诿的。您明白我多关心这事。我妹妹和法赖尔是一个心思，您知道，我爱法赖尔的妹妹，万一必须……

道丽娜　他进来啦。

第 四 场

奥尔贡，克莱昂特，道丽娜。

奥尔贡　啊！舅爷，你好。

克莱昂特　我正要走，看见你回来，我很高兴。田野现在相当荒凉。

奥尔贡　道丽娜……①舅爷，对不住，等一下：让我先问问家里消息，免得心里挂念。②这两天，家里全好？有什么事吗？人好吧？

道丽娜　太太前天发烧，一直烧到黄昏，头疼得不得了。

奥尔贡　达尔杜弗呢？

道丽娜　达尔杜弗啊？他那才叫好呐，又粗又胖，脸蛋子透亮，嘴红红的。

奥尔贡　可怜的人！

道丽娜　黄昏的时候，太太头疼得还要厉害，一点胃口也没有，一口晚饭也吃不下！

奥尔贡　达尔杜弗呢？

---

① 1734年版增添："（向克莱昂特。）"
② 1734年版增添："（向道丽娜。）"

道丽娜	他坐在太太对面,一个人,虔虔诚诚,吃了两只鹌鹑,还有半条切成小丁儿的羊腿。
奥尔贡	可怜的人!
道丽娜	太太难过了整整一夜,没有一刻可以阖阖眼皮;她因为发烧,睡不好觉,我们只好在旁边陪她一直陪到天亮。
奥尔贡	达尔杜弗呢?
道丽娜	他用过晚饭,有了困的意思,就走进他的房间,立刻躺到暖暖和和的床上,安安逸逸,一觉睡到天明。
奥尔贡	可怜的人!
道丽娜	太太临了听我们劝,决定叫人给她放血,紧跟着没有多久,她就觉得好过啦。
奥尔贡	达尔杜弗呢?
道丽娜	他照样儿精神抖擞,为了抵偿太太放掉的血,滋补他的灵魂,抵抗所有的罪恶,早点的时候,喝了满满四大杯的葡萄酒。
奥尔贡	可怜的人!
道丽娜	两个人现在总算都好啦;我先去禀报一声太太,说您听见她病好了,有多关切。

第 五 场

奥尔贡,克莱昂特。

克莱昂特	妹夫,她是当面耍笑你;我没有意思惹你生气,不过实对你说了吧,她就该这样做。谁从来听说过,有人像你这

	样任性的？难道今天真会有一个人，神通广大，使你为了他，忘记一切？你把他从贫困之中救出来，接到家里住还不够，居然……
奥尔贡	舅爷，别说下去啦，你不认识你说的那个人。
克莱昂特	你既然这样说，就算我不认识吧；不过话说回来，要晓得他是个什么样人……
奥尔贡	舅爷，认识到他，你会喜欢的，你的兴奋也不会有了结的。他是一个……他……哈！……一个……总之，是一个人。谁照他的话做，谁就心神安宁，谁就把人世看成了粪土。可不，听他讲话，我就变成一个新人；他教我凡事冷淡，割断我对尘世的关联；我可以看着兄弟、儿女、母亲和太太死掉，就像这个一样①，全不在乎。
克莱昂特	妹夫，这全是人的感情！
奥尔贡	哈！你要是看见我怎么样遇到他的话，我对他的好感，你也会有的。他每天来到教堂，一副和善模样，双膝跪倒，正好就在我的对面。他专心致志，祷告上天，吸引全堂的人都在看他；他叹气，他内心激动，他时时刻刻，卑躬屈节，亲着土地；我走出教堂的时候，他赶到前头，在门口向我献上圣水。他的听差样样儿学他，我从听差那儿晓得了他的贫寒和他的人品；我送他钱；他对我讲："这太多啦，一半儿都嫌太多；我不值得你这样可怜。"他见我执意不肯收回，就当着我的面，把钱散给了穷人。最后，上天叫我把他接进家来，从这时候起，家里样

---

① "这个"用动作表示，大拇指的指甲蹭过上排牙尖，发出轻微的响声。这是表示一种无足轻重的传统演技。

样事都像有了起色。我看见他什么事也责备，就是我太太，为了我的荣誉，他也十分关怀；他警告我，有些人对她使眉眼，那副醋意，似乎比我要大六倍。可是你绝想不到他虔诚到了什么地步：他干错一点点小事，他都说成犯了大罪；一件事看起来并无所谓，他也会大发雷霆；甚至于到了这种情况：新近有一天，他作祷告的时候，捉住一个跳蚤，因为太生气，把它弄死了，他直怪自己不应该。

克莱昂特 可不得了！妹夫，我想，你是疯啦。难道你是寻我开心，才说这种话的？明明是胡闹，你真就以为……？

奥尔贡 舅爷，你这话有自由思想①的味道。你有一点堕入魔障。我劝你劝了不止十回，你要给自己惹出祸事来的。

克莱昂特 这正是你那路人的老生常谈，希望人人和他们一样双目不明。眼睛看得清，就是思想自由，谁不膜拜虚有其表的姿态，谁就是不尊敬、不信奉圣道。得啦，你这些话，我听了并不害怕：我知道我说什么，上天一眼就望见我的心。你那些装模作样的人，不就个个欺哄得了人。世上有假勇士，也有假信士，正如我们看见的，在荣誉的道路上，真勇士不全是那些大喊大叫的人，我们应当效法的善良的真信士，也绝不是那些装腔作势之徒。什么？你真就一点也区别不出虚伪和虔诚？愿意用同样语言恭维他们，把同样荣誉送给面具和人脸，把伪装和真诚看成一个东西，混淆真情实况和表面现象，看重影子像看重本人一样，看重假钱像看重真钱一样吗？多数人生来也

---

① "自由思想"libertinage 对天主教来说，有"不信教"的意思在内。

真古怪！你从来看不见他们行中常之道。理智对于他们，天地太小；不管是什么性格，他们做起事来，一定超越它的疆界。最高贵的东西，由于他们有意夸张，过分强调，就常常受害。我说这话给你听，是偶尔想到，我的妹夫。

奥尔贡 是啊，毫无疑问，你是一位人人尊敬的博士，人世的知识集于你一人之身，你是唯一的贤者、唯一的学者、一种神谕、当今的一位加图①；和你一比，人人成了傻瓜。

克莱昂特 妹夫，我不是一位人人尊敬的博士，知识也没有集于我一人之身。不过简单说来，我的全部学问是我知道真假的区别罢了。就我看到的人物来说，谁也比不上笃实的信士值得令人敬重，世上也没有东西比真心信教的虔诚更高贵、更美好的了，所以在我看来，也就没有比假意信教、貌似诚恳，和那些大吹大擂的江湖郎中、自卖自夸的信士更可憎的了。他们亵渎神明，假冒为善，欺骗众人，不但不受惩罚，还能随意取笑人世最神圣的事物。这些人唯利是图，把虔诚当作了职业和货物，单凭眼皮假动几动，装出一副兴奋模样，就想买到信用和职位；这些人，我说，沿着上天的道路，追逐财富，异常热烈；他们一面祷告，一面却又天天讨封求赏；他们在宫廷宣扬隐居；他们知道怎么样配合他们的恶习和他们的虔诚；他们容易动怒，报复心切，不守信义，诡计多端；为了害一个人，他们就神气十足，以上天的利益，掩盖他们狠毒的私忿。他们拿起世人尊敬的武器对付我们；他们的偏激

---

① 加图 Caton（公元前234—前149）是古罗马政治家，以生活严肃、坚持原则知名。

得到世人的赞扬；也正由于偏激，他们想用神圣的利刃暗害我们；所以他们大怒起来，也就分外危险。这种虚伪性格，我们今天看见得太多了，不过真诚的信士，也容易辨别出来。妹夫，本世纪就有这样的信士作我们光荣的榜样。阿里斯东就是一个，派里昂德、奥隆特、阿耳席大马斯、波黎道尔、克里汤德全是。这样称呼他们，不会有人反对的，根本他们就不吹嘘自己道德高尚；那种不可一世的炫耀，人在他们身上也看不到。他们的虔诚，通情达理，和蔼可亲；他们并不事事责难我们；觉得纠正别人，显得自己过于骄傲；他们通过自己的行动责备我们的行动，把狂言傲语留给别人去讲。他们衡量别人，倾向于看好处，决不根据表面现象，加人以罪。他们不结党，不进行阴谋，小心在意，但求正正经经过日子。一个做过坏事的人，他们也从来不想迫害。他们恨的只是罪过本身，即使考虑上天的利益，也决不希望热狂过分，超出上天的愿望。这才是我所敬仰的人，才是应有的处世之道，总而言之，才是学习的榜样。你那位先生，说实话，不属于这一类表率。你称赞他的虔诚，虽然十分恳切，不过我相信，是虚假的光采照花了你的眼睛。

奥尔贡　我亲爱的舅爷先生，你话说完了没有？

克莱昂特　说完啦。

奥尔贡　失陪。（他打算走。）

克莱昂特　对不住，妹夫，还有一句话。方才的话到此为止。你知道，你有言在先，要法赖尔作你的女婿吗？

奥尔贡　有过。

克莱昂特　你已经选定了喜事的日子。

奥尔贡　　　不错。

克莱昂特　　那么又为什么迟迟不举行婚礼?

奥尔贡　　　我不知道。

克莱昂特　　难道你有别的打算?

奥尔贡　　　也许有。

克莱昂特　　你想毁约吗?

奥尔贡　　　我没有说过这话。

克莱昂特　　我想即使有困难,你也不会失信吧?

奥尔贡　　　看情形。

克莱昂特　　一句话就了的事,何必吞吞吐吐的?法赖尔就是为了这事要我来看你。

奥尔贡　　　多谢上天!

克莱昂特　　不过怎么回他的话?

奥尔贡　　　你爱怎么说,就怎么说吧。

克莱昂特　　可是也得先知道你的想法啊。你到底是什么打算?

奥尔贡　　　照上天的意思办吧。

克莱昂特　　不过说正经,你答应了法赖尔的:你说过的话,算话不算话?

奥尔贡　　　再会。

克莱昂特[1]　我耽心他的爱情要没有着落。我应该把前后的经过告诉他才是。

---

[1] 1734年版增添:"(一个人。)"

第 二 幕

第 一 场

奥尔贡，玛丽雅娜。

奥尔贡 玛丽雅娜。

玛丽雅娜 爸爸。

奥尔贡 过来，我有话单独同你讲。

玛丽雅娜 您找什么？

奥尔贡 （他朝一个小套间里张望）我看有没有人在里头听我们讲话；因为这小屋子正好方便偷听。好，我放心啦。玛丽雅娜，我一向认为你心地相当柔和，所以我也一直疼你。

玛丽雅娜 我对爸爸的慈爱很感谢。

奥尔贡 女儿，话说得很好，要不辜负我的慈爱，你就该想着讨我的欢心才是。

玛丽雅娜 这正是我应尽的孝道。

奥尔贡 很好。我们的客人达尔杜弗，你说怎么样？

玛丽雅娜 谁，我？

奥尔贡 你。当心怎么回答啊。

玛丽雅娜	哎嗜！我呀，您要我说什么，我说什么。①
奥尔贡	这话就对啦。那么，说给我听，女儿，说他人品高贵，说他中你的意，说我选他作你的丈夫，你听了喜欢。哎？

〔玛丽雅娜惊退。〕

玛丽雅娜	哎？
奥尔贡	怎么啦？
玛丽雅娜	请问？
奥尔贡	什么？
玛丽雅娜	我是不是听错了？
奥尔贡	怎么？
玛丽雅娜	爸爸，您要我说，谁中我的意，您选谁作我的丈夫，我听了喜欢？
奥尔贡	达尔杜弗。
玛丽雅娜	爸爸，我向您发誓，根本没有这回事。您为什么要我撒这种谎？
奥尔贡	可是我要它成为事实；我决定了，对你也就够了。
玛丽雅娜	什么？爸爸，您要……
奥尔贡	是的，女儿，我想借你的亲事，让达尔杜弗成为我家里的人。他当定了你的丈夫，我已经决定啦；我对你的终身既然……

---

① 1734年版在这里另分一场，增添："（道丽娜轻轻进来，闪在奥尔贡背后，所以他看不见她。）"

第 二 场

道丽娜，奥尔贡，玛丽雅娜。

奥尔贡[①]　你在这儿干什么？你可真叫好奇啦，我的朋友，居然偷听我们说话。

道丽娜　也真是的，我不晓得这谣言是怎么来的，是揣测，还是随便说说，可是有人对我提起这门亲事的消息来，我是当作胡言乱语听的。

奥尔贡　什么？有什么不好相信的？

道丽娜　老爷，就是您自己讲，我也决不相信。

奥尔贡　我有办法让你相信。

道丽娜　对，对，您当笑话说给我们听。

奥尔贡　我说的就是眼前要有的事。

道丽娜　瞎掰！

奥尔贡　女儿，我可不是说着玩玩的。

道丽娜　得啦，别相信老爷的话：他在寻人开心。

奥尔贡　我告诉你……

道丽娜　不，您白说，没有人相信您的。

奥尔贡　我可要发脾气啦……

道丽娜　好吧！就相信您，您也没有好处。什么？会有这种事，老爷？一副懂事的模样，脸当中还长着这把大胡子，您会那样胡涂，想把……？

[①]　1734 年版增添："（望见道丽娜。）"

奥尔贡	听着：你在我家里一向有些放肆；我告诉你，我不喜欢。
道丽娜	老爷，我求您啦，咱们说话，可别动气。您搞这个乱，是拿人开玩笑，还是怎么着？一个信教的，要动脑筋的事可多啦，您女儿的事跟他不相干。再说，走这门亲，您有什么好处？您有产有业的，挑一个叫化子当女婿，打的是什么主意？
奥尔贡	住口。他什么也没有，可是你要知道，这正是应当尊敬他的地方。他的贫困不但确实于心无愧，而且也绝不是世俗的名位所能衡量的，因为说到最后，他是由于热爱圣业，太不留意俗事，才把财产丧失了的。不过有我协助，他就可以摆脱困境，重建家业：他受封的土地，家乡人谈起来，也有凭有据，证明他确实是一位贵人。
道丽娜	对，这话是他说的，可是这种夸耀的心思，老爷，就和虔诚很不相称。一个人既然过着清苦的教门生活，就绝不该口口声声，卖弄他的门第、出身，真心信教，就要谦虚，这种要名要利的心思，先不合适。夸耀有什么用？……不过这话您不爱听，我们就不谈他的贵族身份，谈他本人好了。把她这样一个女孩子，送给他那样一个男人，您难过不难过？难道您就不该想想，两下里配不配，预计一下后果？您要知道，女孩子嫁人嫁得不称心，就有不守妇道的危险，嫁过去规矩不规矩，全看给她挑的丈夫是好是坏；有些太太不正经，丈夫变成人人的笑柄，往往就是丈夫作成了太太不正经的。总之，有些丈夫，怪模怪样，女人不存二心，很难办到。谁把女儿嫁给一个她所恨的男人，谁就对上天负责女儿所犯的过失。想想看，您这种打算要惹多大的乱子。

奥尔贡①	我告诉你,做人的道理,我得跟她学才成。
道丽娜	照我的话做,您只有更好。
奥尔贡	女儿,别糟蹋时候,听她瞎掰了:我体贴你,我是你父亲。我先前把你许给法赖尔,可是据说他好耍钱,这且不提,我疑心他有一点自由思想,我看不见他常上教堂去。
道丽娜	您要他在您去的时候赶去,跟那些只为人看见才去的人一样?
奥尔贡	我没有问你要意见。总而言之,另一位和上天的关系好得不得了,这就是一桩最了不起的财富。这门亲事给你带来种种幸福,你一定会心满意足的。你们将来在一起过小日子,卿卿我我,眉语眼笑,就像两个乖孩子一样,一对斑鸠一样,恩爱到老,你要他怎么样,他就怎么样,就连小两口子拌嘴的事,你也永远不会遇到。
道丽娜	她吗?您放心吧,她会叫他当王八的。
奥尔贡	嗐!什么话!
道丽娜	我说,他才像呐,就算您女儿谨守妇道吧,也挡不住他的王八命。
奥尔贡	不要打断我的话,不许开口,不和你相干的事,用不着插嘴。
道丽娜	老爷,我说话只是为了您好。

〔每逢他转过身子要同女儿说话的时候,她总打断他。

---

① 他这句话向谁说的?一种可能:向观众;另一种可能:向自己;最后一种可能:向女儿。第三种可能比较合适。

奥尔贡	用不着你太献殷勤：请啦，住口。
道丽娜	万一人家爱护您……
奥尔贡	我不希罕。
道丽娜	我要爱护您嘛，老爷，不管您希罕不希罕。
奥尔贡	啊！
道丽娜	我爱惜您的名声，个个儿人耻笑您，我看不下去。
奥尔贡	你住不住口？
道丽娜	由着您乱订亲事，我良心过不去。
奥尔贡	不要脸的东西，你住不住口？
道丽娜	啊！您是信士，也发脾气？
奥尔贡	是呀，听了这些蠢话，我就肝火上升。我一定要你住口。
道丽娜	好吧。可是不说话，我不见得就不想。
奥尔贡	想，随你；可是千万当心，别对我讲出来，不然……够啦。(转向女儿。)我是一个懂事的人，事情我全都仔细考虑过了。
道丽娜①	不许说话，气死我了。
	〔他转过头来，她就住了声。
奥尔贡	达尔杜弗不是公子哥儿，可是样子也……
道丽娜②	对，嘴脸好看着呐。
奥尔贡	就算你对他别的优点一点也不在意……
	〔他朝她转过身子，两臂交叉，望着她。
道丽娜	她可真叫命好啦！我要是她呀，男人逼我嫁他，我不给

---

① 1734 年版增添："（旁白。）"
② 1734 年版增添："（旁白。）"

	他苦头儿吃,才怪。喜事一过,我就叫他看看,女人从来不是好欺负的,报仇的法子有的是。
奥尔贡①	好啊,我说的话,简直不当一回事?
道丽娜	您埋怨什么?我又不是跟您说话。
奥尔贡	那么,你在干什么?
道丽娜	我在跟自己说话。
奥尔贡	很好。②她眼里简直没有主子,我非打她一个翻手巴掌,收拾收拾她不可。(他摆好了打耳光的架式,他每看道丽娜一眼,她就直挺挺站着,不说话。)③女儿,你应当赞成我的主意……相信我为你选中的……丈夫……④你为什么不跟自己说话?
道丽娜	我没有话跟自己说。
奥尔贡	再说半句看。
道丽娜	我呀,不高兴。
奥尔贡	那呀,有你好受的。
道丽娜	我没有那么傻!
奥尔贡	总之,女儿,一定要听我的话,我选中的人,一定要完全尊重。
道丽娜	(逃开。)嫁那样一个丈夫呀,我才不干呐。
	〔他想打她一记耳光,没有打着。
奥尔贡	女儿,你跟前这个女人可混账啦,有她在,我就别想能好

---

① 1734年版增添:"(向道丽娜。)"
② 1734年版增添:"(旁白。)"
③ 1734年版改为:"(他摆好了打道丽娜耳光的架式;他每同女儿说一句话,他就转过身子望道丽娜;道丽娜直挺挺站着,不说话。)"
④ 1734年版增添:"(向道丽娜。)"

好儿活着。我觉得现在没有法子再说下去了：听过她那些没规没矩的话，我心里冒火；我先到外头散散步，敛敛神再说。

第 三 场

道丽娜，玛丽雅娜。

道丽娜	你倒是说给我听听，难道你变成了哑巴，这种事也好我来替你说话？不通情理的亲事，你由着人提，没有一言半语反驳？
玛丽雅娜	爸爸专制，你要我怎么对付？
道丽娜	害你一辈子的事，要想办法对付。
玛丽雅娜	什么办法？
道丽娜	对他讲：两下里相好，别人管不着；你嫁人是为自己，不是为他；事情既然整个儿关系到你，丈夫合不合意，看你不看他；他的达尔杜弗，他要是觉得很称心的话，他嫁他好了，没有人拦着。
玛丽雅娜	说老实话，爸爸管我管得可严啦，我从来没有胆子顶嘴。
道丽娜	我们理论理论看。法赖尔对你有过表示。我问你：你爱他，还是不爱他？
玛丽雅娜	啊！道丽娜，谈到爱不爱，你可真叫冤枉我啦！你还用得着问我这话？难道我的心事，我对你讲的回数还算少吗？难道你不知道我爱他爱到什么地步？

道丽娜	我怎么知道你是心应口，口应心，这位情人正中你的意？
玛丽雅娜	你这样不相信我，道丽娜，可真冤死我啦。我就是不说，我心里的想法也早瞒不住人啦。
道丽娜	那么，话说回来，你爱他？
玛丽雅娜	是啊，一心一意爱他。
道丽娜	看表面，他也一样爱你？
玛丽雅娜	我想是吧。
道丽娜	两个人都盼望作夫妻？
玛丽雅娜	当然。
道丽娜	那么，你对另一门亲事，又打什么主意？
玛丽雅娜	他们逼我的话，我就寻死。
道丽娜	很好：想不到你有这么一个办法。你只要一死，就一了百了：法子确实是妙极啦。听到这类怪话，把我气死。
玛丽雅娜	我的上帝！道丽娜，看你气成了什么样子！别人难过，你连可怜的心思也没有。
道丽娜	我不可怜这种人，讲讲废话，到了紧要关头，像你那样软弱无能。
玛丽雅娜	可是你要怎么着？我就是胆小。
道丽娜	可是一个人要相爱，就得心坚。
玛丽雅娜	可是我对法赖尔，不一直就是心坚吗？难道向我父亲求亲的，不该是他吗？
道丽娜	可是万一你父亲是一个三心二意的怪物，眼里只有他的达尔杜弗，他答应下来的亲事不认账，也好把错儿推到你情人身上？
玛丽雅娜	可是我一公开拒绝，把看不起的心思露在外头，不就让

	人知道了我在恋着谁吗？就算法赖尔高人一等吧，我也好为了他，把廉耻和孝道丢开了不管？难道你愿意我在社会上丢人……？
道丽娜	不，不，我什么也不愿意。我看你倒是愿意嫁给达尔杜弗先生当太太；我现在一想，真不该不叫你结这门亲事。我有什么理由好跟你为难的？这门亲事好处多着呐。达尔杜弗先生！喝！喝！提他的亲，这还了得？真的，达尔杜弗先生，仔细想来，不是一个，可不，不是一个无名小辈。给他当太太，福气不小。人人已经把他捧上了天；他在家乡是贵人，①相貌堂堂，耳朵红，脸蛋子透亮，和这种丈夫过一辈子，你要太满意啦。
玛丽雅娜	我的上帝！……
道丽娜	丈夫是一个美男子，给他当太太，你要多称心哟！
玛丽雅娜	啊！求你就别说这种怪话啦，帮我想主意取消这门亲事吧。就这么着，我全依你，什么也干。
道丽娜	不成，父亲要女儿嫁一只猴子，她就应当听话才是。你的命好着呐，有什么可抱怨的！你坐拖船②，去他的小县份，当地有的是舅公叔伯堂表兄弟，你正好欢欢喜喜招待他们。人家先带你到上流社会走走，为了联络感情，要你拜会一下法官③太太和推事④太太，她们给你面子，

---

① 有人把"在家乡" chez lui 解释成"自己说"，强调讽刺口吻。
② "拖船"，用马在纤道拉。顺塞纳河，到各小县去，当时交通不便，每多利用拖船 coche d'eau。拖船更能说明旅途困难。原文只"coche"一字，译为"四轮公共马车"亦可。
③ "法官" bailli 是地方法官，由最高法院任命，在小县算是大官了。
④ "推事" élu 是处理赋税纠纷的初审官员，最初由平民会议选出，是小县的另一位大官。

	赏你一张活动凳子坐坐①。狂欢节的时候，你在外县也许可以看到跳舞会和大乐队，乐队可大啦，有两管风笛②。有时候还可以看到猴儿戏③和木偶戏，只要你丈夫……
玛丽雅娜	啊！你要我死，还是怎么着？你倒是帮我出主意啊。
道丽娜	失陪。
玛丽雅娜	哎！道丽娜，求你啦……
道丽娜	单单为了收拾你，这门亲事也非定不可。
玛丽雅娜	我的好人！
道丽娜	不成。
玛丽雅娜	我要是把我的心思讲出来……
道丽娜	不必：达尔杜弗是你的人，你就受下去吧。
玛丽雅娜	你知道我一向信任你，你就……
道丽娜	不成！说真的，非叫你达尔杜弗一下子不可。
玛丽雅娜	好吧！我的苦命感动不了你，从今以后，你就由我伤心下去吧：世上没有我的活路，我知道还有一个法子救我，而且一定见效。
	〔她打算走开。
道丽娜	嗐！站住，回来。我不生气啦。不管怎么样，我得可怜可怜你。
玛丽雅娜	你明白，他们要是逼我的话，我告诉你，道丽娜，我一定会寻死的。

---

① 17世纪，法国贵族社会非常重视身份、名次，沙发椅或扶手椅、椅或凳、坐或立，由主人按照来客不同的社会地位分配。
② "大乐队"指内府乐队，有24只小提琴。现在只有两管风笛，意在讥笑。
③ "猴儿戏"的原文是法高旦 Fagotin，当时江湖艺人驯养的一只聪明猴子，衣著古怪，在集市作表演。

道丽娜　　　先别难过。会有妙计阻挡的……那不是你的情人法赖尔来啦。

第 四 场

法赖尔，玛丽雅娜，道丽娜。

法赖尔　　　小姐，方才有人告诉了我一个我先前不知道的消息，当然还是好消息。

玛丽雅娜　　什么消息？

法赖尔　　　你嫁给达尔杜弗。

玛丽雅娜　　家父的确这样盘算来的。

法赖尔　　　你父亲，小姐……

玛丽雅娜　　变了主意。他方才对我提这事来的。

法赖尔　　　什么？很认真？

玛丽雅娜　　是啊，很认真。他是公开宣布的。

法赖尔　　　小姐，你作什么打算？

玛丽雅娜　　我不知道。

法赖尔　　　话倒回得老实。你不知道？

玛丽雅娜　　不知道。

法赖尔　　　不知道？

玛丽雅娜　　你看我该怎么着？

法赖尔　　　我呀，我看你该嫁给这个丈夫。

玛丽雅娜　　你要我这么做？

法赖尔　　　对。

玛丽雅娜	当真？
法赖尔	当然：男家体体面面的，很该听从才是。
玛丽雅娜	好吧！你的劝告，先生，我接受就是。
法赖尔	我相信，你照着做，不会太痛苦的。
玛丽雅娜	你作这种劝告，不见得比我还痛苦。
法赖尔	我嘛，小姐，我是为了讨你欢喜，才这么作的。
玛丽雅娜	我嘛，我是为了使你开心，才要照着做的。
道丽娜①	看看他们这样下去，有什么结果。
法赖尔	原来是这样相爱啊？你先前是虚情假意，你说……
玛丽雅娜	求求你，这话就别提啦。你把话说得再明白不过，人家派给我的丈夫，我就应该接受才是，所以我呀，我对你讲：这是你给我出的好主意，我打算这样做。
法赖尔	你用不着拿我的话打掩护。你早已打定了主意，现在不过是随便找一个借口，将来不守信，也好有话说。
玛丽雅娜	是这样的，你说对啦。
法赖尔	当然，你从来就没有真心爱过我。
玛丽雅娜	哎呀！你要这样想，就这样想吧。
法赖尔	对，对，我要这样想；可是我恼了起来呀，就许赶在你前头，另找一位，我晓得到什么地方去找的。
玛丽雅娜	啊！我相信找得到；像你这种人品，不愁恋爱……
法赖尔	我的上帝，放下人品别谈了吧：我当然很不够资格，你就证明了我人品不高。可是我希望别的女孩子不这样看不起我；我就知道有那么一位，听说我公开撤退，同意弥补我的损失，并不介意。

---

① 1734年版增添："（退到舞台后部。）"

玛丽雅娜	好在损失不大。有了新人,你安慰自己也相当容易。
法赖尔	你就放心吧,我会尽我的力量去做的。对方冷淡我们,连累我们的名声受害,我们就该用尽心思冷淡对方,万一做不好,少说也该装装样子。人家不要我们,我们还表示爱情,未免太没有骨气了,就连自己也看不过去。
玛丽雅娜	这种感情当然是高贵难得的。
法赖尔	很好;人人应当赞成。什么?眼睁睁看着你投入别人的怀抱,你还要想我对你朝思暮想,恋恋不舍,把你不要的这颗心不送别人?
玛丽雅娜	正相反:对我来说,我不但衷心希望,而且巴不得早已实现。
法赖尔	你巴不得实现?
玛丽雅娜	对。
法赖尔	小姐,你糟蹋我也糟蹋够啦,我立刻就让你称心。
	〔他举步要走,走开又走回来。
玛丽雅娜	很好。
法赖尔①	不过你要记住:是你自己逼我走这个极端的。
玛丽雅娜	对。
法赖尔	我打这个主意,是跟你学的。
玛丽雅娜	跟我学的,就算是吧。
法赖尔	行:我回头会让你如意的。
玛丽雅娜	敢情好。
法赖尔	你今天看见我,是最后一回啦。

---

① 1734 年版增添:"(他迈了一步走开。)"

玛丽雅娜　　好吧。

法赖尔　　　哦?

〔他走到门口,转回身子。

玛丽雅娜　　什么事?

法赖尔　　　你没有叫我?

玛丽雅娜　　我?你在做梦。

法赖尔　　　好吧!那么,我走我的啦。永别了,小姐。

玛丽雅娜　　永别了,先生。

道丽娜①　　依我看来,你们这阵子,胡言乱语,就欠头脑清醒;我这半天尽你们吵闹,看你们到底能吵出一个什么名堂来。喂!法赖尔爵爷②。

〔她过去揪住他的胳臂,他做出极力抗拒的模样。

法赖尔　　　嗜!道丽娜,你干什么?

道丽娜　　　这边来。

法赖尔　　　不,不,我一肚子气。你别拦我,是她要我这样的。

道丽娜　　　站住。

法赖尔　　　不,你看出来了没有?我打定了主意。

道丽娜　　　啊!

玛丽雅娜③　他不喜欢我,我在,他就走,还是我把地方让给他吧。

道丽娜　　　(她离开法赖尔,去追玛丽雅娜。)她又来啦。你往哪儿跑?

玛丽雅娜　　松手。

---

① 1734年版增添:"(向玛丽雅娜。)"
② "爵爷"seigneur,亦可译为"先生",第五幕第六场证明法赖尔和宫廷有密切关系,想见他是武将(宝剑贵族、封建贵族)门第。
③ 1734年版增添:"(旁白。)"

道丽娜	回来。
玛丽雅娜	不，不，道丽娜，你想拉我回来，那叫白费气力。
法赖尔①	我看出来了，她看见我就难过，毫无疑问，顶好还是我别给她罪受。
道丽娜	（她离开玛丽雅娜，去追法赖尔。）又走啦？我要是放你们走啊，除非鬼迷了心！别瞎胡闹啦，两个人全过来。
	〔她揪住两个人。
法赖尔②	你打什么主意？
玛丽雅娜③	你要怎么着？
道丽娜	我要你们言归于好，相安无事。④你这样吵吵闹闹的，不是疯了吗？
法赖尔	你没有听见她怎么样对我说话吗？
道丽娜⑤	你看你，生什么气，不是疯了吗？
玛丽雅娜	难道你没有看见他怎么欺负我来的？
道丽娜	两个人都是胡闹。⑥她除去想嫁你以外，没有别的心思，我是见证。⑦他只爱你一个人，唯一的愿望就是当你的丈夫，我拿我的性命作担保。
玛丽雅娜⑧	那么，为什么给我出那种主意？
法赖尔⑨	这种事为什么也问我讨主意？

---

① 1734 年版增添："（旁白。）"
② 1734 年版增添："（向道丽娜。）"
③ 1734 年版增添："（向道丽娜。）"
④ 1734 年版增添："（向法赖尔。）"
⑤ 1734 年版增添："（向玛丽雅娜。）"
⑥ 1734 年版增添："（向法赖尔。）"
⑦ 1734 年版增添："（向玛丽雅娜。）"
⑧ 1734 年版增添："（向法赖尔。）"
⑨ 1734 年版增添："（向玛丽雅娜。）"

道丽娜	你们两个人全是疯子。好,两个人的手。①来,你的手。
法赖尔	(把手伸给道丽娜。)要我的手干什么?
道丽娜	啊!②好,你的手。
玛丽雅娜	(也伸出她的手。)这全有什么用?
道丽娜	我的上帝!快,到前头来。你们就想不到你们两个人多相爱。③
法赖尔④	可是要好就好,也别勉强。还有,眼睛看人,也别记恨。
	〔玛丽雅娜拿眼睛望着法赖尔,嫣然一笑。
道丽娜	实对你们说了吧,情人都是疯子!
法赖尔	你倒说,我该不该埋怨你?你成心拿话气我,你说你坏不坏?
玛丽雅娜	可是你呐,不是顶负心的男子……?
道丽娜	你们另找时候拌嘴吧,如今还是想着对付这门讨厌的亲事的好。
玛丽雅娜	那么,告诉我们,该用什么法子。
道丽娜	我们什么法子也用。⑤你父亲在开玩笑。⑥这是瞎扯。⑦不过你这方面,对他的胡言乱语,顶好还是装成百依百顺的样子,万一事情紧急,他说起的那门亲事也好拖延。有了时间,样样顺利。有时候你就借口骤然害病,往后推日子,有时候你就借口兆头不吉利,倒楣遇到死

---

① 1734年版增添:"(向法赖尔。)"
② 1734年版增添:"(向玛丽雅娜。)"
③ 1734年版增添:"(法赖尔和玛丽雅娜彼此握着手,一时谁也不看谁。)"
④ 1734年版增添:"(转向玛丽雅娜。)"
⑤ 1734年版增添:"(向玛丽雅娜。)"
⑥ 1734年版增添:"(向法赖尔。)"
⑦ 1734年版增添:"(向玛丽雅娜。)"

人啦，镜子摔破啦，要不就是梦见烂泥水啦。不过顶好的办法就是：你不说一个"肯"字出来，他们就不能叫你嫁随便哪一个人。不过要想成功，我想，还是别叫人家看见你们两个人在一起说话的好。（向法赖尔。）走吧，快去发动你的朋友，把讲定的亲事撮合成功。我们去找她哥哥帮忙，把后妈也拉到我们这边来。再会。

法赖尔 （向玛丽雅娜。）我们人人努力，不过我最大的希望，说实话，全在你身上。

玛丽雅娜 （向法赖尔。）父亲的心思我做不了主；可是要嫁，我就嫁法赖尔。

法赖尔 什么也比不上你这话叫我开心！哪怕天塌下来……

道丽娜 啊！作情人的，絮叨起来，从来就没有个完。听我的话，走吧。

法赖尔 （他走了一步，又走回来。）总之……

道丽娜 你也不嫌啰嗦！这边出去；你呀，那边出去。

〔推着每一个人的肩膀。①

---

① 1734 年版改为："（道丽娜推着每一个人的肩膀，活生生把他们分开了。）"

第 三 幕

第 一 场

大密斯，道丽娜。

大密斯	我要是见了尊长或者官长就畏缩不前，我要是豁不出去，来它一下子，雷劈了我，到处把我当作顶要不得的废物看待！
道丽娜	求求你，先别生这么大的气：这门亲事你父亲不过是口头上提了提。话到，不见得做到；从说到做，还有一大段路呐。
大密斯	我一定要把坏蛋的阴谋揭破，让他听几句好听的。
道丽娜	嘻！慢着！对付他，还有你父亲，都交给你后妈办吧。她对达尔杜弗有作用；她一开口，不管说什么，他就笑脸相迎，他心里头就许对她很有意思。但愿真是这样才好！那就妙啦。总之，她为了你们的缘故，要请他过来谈谈。你气不过的亲事，她约他就为试探试探他，听听他的意见，还要让他知道，万一他对这个计划抱着什么希望的话，就会引起不幸的纠纷的。他的听差说他在祷告，我没有能见到他；不过这听差又对我讲，他就要下

	来。所以,我求你了,出去吧,让我等他好了。
大密斯	我可以参加他们的谈话。
道丽娜	使不得。只好他们两个人。
大密斯	我不对他开口也就是了。
道丽娜	你这是自说自话:谁不晓得你平时脾气急躁,真正坏事的就是这种脾气。出去吧。
大密斯	不,我偏要看,我不动怒就是了。
道丽娜	你可真叫讨厌!他来啦。走开。①

第 二 场

达尔杜弗,劳朗,道丽娜。②

达尔杜弗	(望见道丽娜。)③劳朗,把我修行的苦衣④和教鞭⑤收好了;祷告上帝,神光永远照亮你的心地。有人来看我,就说我把募来的钱分给囚犯去了。
道丽娜⑥	真会装蒜、吹牛!
达尔杜弗	你有什么事?

---

① 1734 年版增添:"(大密斯转到舞台后部的套间内。)"
② 1734 年版,上场人物仅有:"达尔杜弗,道丽娜"。
③ 1734 年版改为:"(他一望见道丽娜,就高声对屋里的听差说话。)"
④ "苦衣"haire 是修行穿的一种贴身内衣,山羊毛或鬣编织成的。有人解释为一种贴身的腰带,用有刺的铁丝编织成的。
⑤ "教鞭"discipline 是修行者用的鞭子,有的是细绳揉成的,有的是细铁链扭成的,自己犯了过失打自己,或者门徒犯了过失打门徒。
⑥ 1734 年版增添:"(旁白。)"

道丽娜	告诉您……
达尔杜弗	（从他的衣袋内掏出一条手绢。）啊！我的上帝，我求你了，在说话之前，先给我拿着这条手绢。
道丽娜	干什么？
达尔杜弗	盖上你的胸脯。我看不下去：像这样的情形，败坏人心，引起有罪的思想。①
道丽娜	原来您这样经不起诱惑，肉身子对您起这么大的作用？说实话，我不知道您心里热烘烘的，在冒什么东西，可是我呀，简直麻木不仁，我可以从头到脚看您光着。您浑身上下的皮，别想动得了我的心。
达尔杜弗	你说话要有一点分寸，不然的话，我马上就走。
道丽娜	不，不，该走的是我，您待下来吧，我就那么一句话对您讲。太太就要到楼底下这间大厅来，希望您赏脸谈谈。
达尔杜弗	哎呀！欢迎之至。
道丽娜	（向自己。）他一下子就软下来啦！真的，我总觉得我先前的话有道理。
达尔杜弗	她这就来？
道丽娜	我好像听见她来了。是的，是她本人，我留下你们在一起啦。

第 三 场

艾耳密尔，达尔杜弗。

---

① 据说，当时马赛有一位主教姓苟 T. B. Gaud 的，特别反对妇女在公共场合裸露上胸。他见反对无效，写成小册子，但是来不及开讲，他就死了。

达尔杜弗	愿上天体好生之德,保佑您心身永远健康,并俯允最谦恭的信徒的愿望,赐你福寿无疆。
艾耳密尔	十分感谢这种虔诚的祝词。不过我们坐下来吧,这样舒服多了。
达尔杜弗①	尊恙见好了吗?
艾耳密尔②	好多了;很快就退烧啦。
达尔杜弗	上天这种恩典,绝不是我的祷告所能为力的;可是我没有一次祈祷,不是恳求上天,恢复您的健康的。
艾耳密尔	您过分为我操心了。
达尔杜弗	珍重您宝贵的健康,就无所谓过分不过分;我宁可牺牲自己的健康,也要恢复您的健康。
艾耳密尔	难得您这样发扬基督的仁爱精神,种种盛德,我简直不知道怎么感谢了。
达尔杜弗	比起我该当为您效劳的,相去还很远。
艾耳密尔	我想跟您单独谈一桩事,我很高兴现在没有人偷听。
达尔杜弗	我也一样喜出望外:夫人,只我一个人和您在一起,我确实心里好过。我求上天赐我这样一个机会,直到如今,才算给了我。
艾耳密尔	我这方面,就希望听您一句话,什么也不隐瞒,以真诚相见。③
达尔杜弗	感谢上天的特殊恩典,我也希望,把我全部的心情暴露给您看,并以上天的名义,向您声明:有些人爱慕您的姿

---

① 1734 年版增添:"(坐下来。)"
② 1734 年版增添:"(坐下来。)"
③ 1734 年版增添:"(大密斯躲在套间内,为了听到谈话,把套间的门推开一半,但是没有露出身子。)"

	色，来府上做客，我虽然责备，但是对您本人，并没有丝毫仇恨的意思，其实只是热情所至，不由自主，动机纯洁……
艾耳密尔	我也这样想，并且相信您是为了我好，才操这份心的。
达尔杜弗	（捏住她的手指尖。）是呀，夫人，的确是这样的，我热烈到这种地步……
艾耳密尔	呀！您把我捏疼啦。
达尔杜弗	因为我过于心热。我没有一点点要您难过的意思，我宁可……
	〔他把手放在她的膝盖上。
艾耳密尔	您把手放在我这儿干什么？
达尔杜弗	我摸摸您的衣服：料子挺柔软的。
艾耳密尔	啊！请您拿开手，我顶怕痒痒。
	〔她往后挪开椅子，达尔杜弗拿椅子往前凑。
达尔杜弗①	我的上帝！花边织得多灵巧！如今的手艺简直神啦，我从来没有见过这样细巧的东西。
艾耳密尔	的确好。不过我们还是谈谈正经吧。据说，我丈夫打算毁约，把女儿另嫁给您，您说，真有这回事吗？
达尔杜弗	他对我提起来的；不过说实话，夫人，这不是我朝思暮想的幸福；人间极乐，美妙难言，能使我心满意足的，我看还在旁的地方。
艾耳密尔	那是因为您不贪恋红尘的缘故。
达尔杜弗	我胸脯里的心不是石头做的。
艾耳密尔	在我看来，我相信您一心一意礼拜上天，尘世与您

---

① 1734年版增添："（摸弄艾耳密尔的肩巾。）"

无关。

达尔杜弗　我们爱永生事物的美丽，不就因此不爱人间事物的美丽；上天制造完美的作品，我们的心灵就有可能容易入迷。类似您的妇女，个个儿反映上天的美丽，可是上天最珍贵的奇迹，却显示在您一个人身上：上天给了您一副美丽的脸，谁看了也目夺神移，您是完美的造物，我看在眼里，就不能不赞美造物主；您是造物主最美的自画像，我心里不能不感到热烈的爱。起初我怕这种私情是魔鬼的奇袭，甚至于把您看成我修道的障碍，下定决心回避，可是最后，哦！真个销魂的美人，我认识到了这种痴情不就那样要不得，安排妥帖，就能适应廉耻，我也就能随心所欲，成其好事。我敢于把这颗心奉献给您，我承认，冒昧之至；不过我这方面，道行不高，努力也属徒然，我的愿望能不能实现，也就全看您的慈悲。您是我的希望、我的幸福、我的清净。我是受苦受难，还是欢悦无量，大权在您。总之，您要我享福，我就享福，您要我遭殃，我就遭殃，全看您的最后决定。

艾耳密尔　您这番话，非常多情，不过说实话，有一点出人意外。我以为您就该刚强自持，稍加检点才是。像您这样一位信士，人人说是……

达尔杜弗　哎呀！我是信士，却也是人，我看见您的仙姿妙容，心荡神驰，不能自持，也就无从检点了。我知道我说这话，未免不伦不类，可是说到最后，夫人，我不是神仙。您要是怪我不该同您谈情说爱，就该责备自己貌美迷人才是。我一看见您这光彩奕奕的绝世仙姿，您就成了我内心的主宰；我未尝不想抗拒，可是您水汪汪的眼睛，投出一道明媚的神光，摧毁抗拒、战胜斋戒、祷告、眼泪、一切我的努力，您的魅力吸去我全部的愿心。我的眼睛和我的呻吟有一千回向您说破我的心事，如今我借重声音再把我的情况向您交代。您对您这不称职的奴才的苦难稍有恻隐之心，愿意慈悲为怀，加以安慰，俯就微末，哦！秀色可餐的奇迹，我将永远供奉您，虔心礼拜，没有第二个人可以相比。跟我在一起，您的名声绝无挂碍，您也不必害怕从我这方面受到任何羞辱，妇女喜爱那些出入宫廷的风流人物，其实他们个个儿办事粗心，语言轻薄，不断夸耀他们的进展，逢人张扬他们得到的好处。人家相信他们口紧，不料他们舌无留言，竟然玷污他们供奉的圣坛。不过像我们这样的人，谈爱小心谨慎，永远严守秘密，女方大可放心。我们爱惜名声，对所爱的女子先是最好的保证，所以接受我们的心，她们就能从我们这边，得到爱情而不惹是生非，得到欢乐，也不必害怕。

艾耳密尔	我细细听您道来，觉得您的辞令，对我解释得也相当清楚。难道您就不怕我一时兴起，把这番热烈的情话说给我丈夫知道？我直截了当把这番情话告诉他，难道您就不怕他改变对您的友谊？
达尔杜弗	我知道您居心仁慈，会宽恕我的孟浪行为的，也会想到人的弱点，原谅我情不自禁，出语无状，冒犯了您的；而且，看一眼您的风姿，就会承认我不是瞎子，人是肉体凡胎。
艾耳密尔	别人遇到这事，也许会换一种作法；不过我倒以为还是慎重的好。我不说给我丈夫知道，可是要我这样做，有一件事也要您做到，这就是：老老实实，促成法赖尔和玛

丽雅娜的亲事，决不从中作梗，也决不利用不正当的势力，牺牲别人的幸福，满足您的希望……

第 四 场

大密斯，艾耳密尔，达尔杜弗。

大密斯　（从他躲进去的套间出来。）不行，母亲，不行。这事就该声张出去才是。我方才在那里面，恰好全都听见了。上天有眼，像是有意把我带到里面，打击害我的坏蛋的气焰，给我指出一条对他的虚伪和狂妄报复的道路，掰开父亲的眼睛，看清这和您谈情说爱的恶棍的灵魂。

艾耳密尔　大密斯，不必：只要他学好，努力报答我宽恕他的恩意，也就成了。我已经答应过他的事，你就别叫我改口了吧。锣鼓喧天，不合我的脾胃：做女人的遇到这一类混账事，也就是一笑而已，绝不会拿这吵扰丈夫的耳朵的。

大密斯　您这样做，有您的理由；我不这样做，也有我的理由。平白把他放过，成了笑话。他假装虔诚，作威作福，在我们中间，制造了许多纠纷，我太应该生气了，可是我一肚子闷气，就没有地方发泄。这流氓反对我的亲事和法赖尔的亲事，把父亲也控制得太久了。这小子的面目，父亲也该认认清了。总算上天有眼，赐了我这么一个方便的办法。这个机会太有利啦，我感谢上天还来不及，白白放过，未免可惜：到手的机会不用，还是上天收回去得好。

艾耳密尔　大密斯……

| 大密斯 | 对不住，不成，我得照我的想法办。我如今喜出望外，开心极了：您劝我放弃报仇的快乐，等于白劝。不用再说下去了，我这就去把事办好。父亲来得正合我的心思。|

第 五 场

奥尔贡，大密斯，达尔杜弗，艾耳密尔。

| 大密斯 | 爸爸，方才出了一件新鲜事，您简直意想不到，我们正要讲给您听，您听了也一定开心。您行好得了好报，这位先生加倍报答您的盛情。他方才表示过了莫大的热诚：不是别的，就是玷污您的名声。我发现他伤天害理，在这儿对母亲表白他的私情。母亲心地善良，过于拘谨。一意只要保守秘密；可是我不能纵容这种厚颜无耻的行为，我以为瞒着不叫您知道，就是对您不敬。|
| 艾耳密尔 | 是的，我认为那些话没有意义，作太太的听到以后，就决不该学嘴学舌，让丈夫心神不安。好名声也不是靠学嘴学舌得来的。我们知道怎么样保卫自己，这就够了。我是这样想的。大密斯，你要是尊重我的话，也就什么话都不说出来了。|

第 六 场

奥尔贡，大密斯，达尔杜弗。

奥尔贡	天呀！我方才听到的话是真的吗？
达尔杜弗	是的，道友，我是一个坏人、一个罪人、一个可恨的败类，无法无天，自古以来最大的无赖。我的生命只是一堆罪行和粪污，没有一分一秒不是肮脏的。我看上天有意惩罚我，才借这个机会，考验我一番。别人加我以罪，罪名即使再大，我也不敢高傲自大，有所声辩。相信人家告诉你的话吧，大发雷霆吧，把我当作罪犯，赶出你的家门吧。我应当受到更多的羞辱，这一点点，根本就算不了什么。
奥尔贡	（向他的儿子。）啊！不孝的忤逆，你竟敢造谣生事，污损他的清德？
大密斯	什么？这家伙虚伪成性，装出一副柔顺的样子，您真就相信……？
奥尔贡	住口，该死的东西。
达尔杜弗	啊！让他说吧：你错怪了他，他那些话，你还是相信的好。既然事实如此，你何苦待我这样好啊？说到最后，我有什么干不出来的，你可知道？道友，你相信我的外表？你根据表面，相信我是好人？使不得，使不得：你这是受了现象的欺骗，哎呀！我比人想的，好不了多少。人人把我看成品德高尚的人；然而实情却是：我不值分文。（转向大密斯。）对，我亲爱的孩子，说吧，把我当作背信的东西、无耻的东西、恶人、强盗、凶手看待吧，用还要可憎的字眼儿来骂我吧；我决不反驳；而且正该如此。我愿意跪下来拜领奇耻大辱，因为我平生作恶多端，丢人是应当的。
奥尔贡	（向达尔杜弗。）道友，你太过分了。（向他的儿子。）不

孝的忤逆，你还不认错？

大密斯 什么？您真就相信他这套鬼话……

奥尔贡 住口，死鬼。（向达尔杜弗。）道友，哎！起来，求你了！（向他的儿子。）无耻的东西！

大密斯 他会……

奥尔贡 住口。

大密斯 气死我啦！什么？把我看成……

奥尔贡 你说一句话，我就打断你的胳膊。

达尔杜弗 道友，看在上帝分上，不要动怒。我宁可忍受最可怕的痛苦，也不愿意他为我的缘故，皮肤上拉破一点点小口子。

奥尔贡 （向他的儿子。）忘恩负义的东西！

达尔杜弗 由他去吧。需要的话，我跪下来，求你饶他……

奥尔贡 （向达尔杜弗。）①哎呀！你这是干什么呀？（向他的儿子。）混账东西！看人家多好。

大密斯 那么……

奥尔贡 闭住你的嘴。

大密斯 什么？我……

奥尔贡 听见了没有，闭住你的嘴。我明白你为什么攻击他：你们人人恨他，我今天就看见太太、儿女和听差跟他作对来的；你们厚颜无耻，用尽方法，要把这位虔诚人物从我家里赶走。可是你们越是死命撵他走，我就越要死命留他。为了打击我一家人的气焰，我偏尽快把女儿嫁给他。

---

① 1734 年版改为："（也跪下去，抱住达尔杜弗。）"

大密斯	您想逼她嫁给他？
奥尔贡	对，不孝的忤逆，为了气死你，今天晚上就行礼。哎！咱们就斗斗看，我要叫你们知道，我是家长，人人应当服从。好啦，把话收回去，捣蛋鬼，赶快跪到他面前，求他宽恕。
大密斯	谁，我？求这混账东西宽恕！他仗着他骗人的本事……
奥尔贡	啊！叫化子，你不听话，还敢骂他？拿棍子来！拿棍子来！（向达尔杜弗。）别拦我。（向他的儿子。）好，马上滚出我的家门，永远不许回来。
大密斯	对，我走；可是……
奥尔贡	快滚。死鬼，我取消你的继承权，还咒你不得好死。

第 七 场

奥尔贡，达尔杜弗。

奥尔贡	竟敢这样得罪一位圣人！
达尔杜弗①	天啊，宽恕他给我的痛苦！②（向奥尔贡。）看见有人在道友面前，企图说我的坏话，你晓得我心里怎么样难过，也就好了……

---

① 1734年版增添："（旁白。）"
② 伏尔泰告诉我们，这句话初稿是："天啊，像我宽恕他一样宽恕我！"一说是："天啊，像我宽恕他一样宽恕他！"莫里哀可能因为这句话太近似祷告词"我们天上的父"里的话："像我们宽恕那些冒犯我们的人一样宽恕我们（《马太福音》第六章第十四节），"容易引起教会方面的反感，就改成现在的样子，但口气软弱，现在一般演出仍采用初稿。

奥尔贡	哎呀!
达尔杜弗	我一想到人会这样恩将仇报,我心上就像有千针万针在扎一样……世上会有这种事……我痛苦万分,话都说不出来了,我相信我不久于人世了。
奥尔贡	(他满脸眼泪,跑到他撵出儿子的门口。)混账东西!我后悔手下留情,没有在一开头的时候就把你立时打死①。道友,别难过,生气不得。
达尔杜弗	我们就中止、中止了这场不幸的吵闹吧。我看出我给府上带来多大的纠纷,道友,我相信,我还是离开府上的好。
奥尔贡	什么?你这叫什么话?
达尔杜弗	他们恨我,我看他们是成心要你疑心我对你不忠诚。
奥尔贡	有什么关系?你看我理他们来的?
达尔杜弗	他们一定不会就此罢休的;同样坏话,你现在不相信,也许下一回就相信了。
奥尔贡	不会的,道友,决不会的。
达尔杜弗	嗜!道友,作女人的,轻轻易易,就能把丈夫哄骗过去的。
奥尔贡	不会的,不会的。
达尔杜弗	赶快放我走吧,我一离开府上,他们就没有理由再这样攻击我了。
奥尔贡	不,你留下来:你一定要走,我就活不成了。
达尔杜弗	好吧!那么,非这样不可,我就再煎熬下去吧。不过,要是你肯的话……

---

① 1734 年版增添:"(向达尔杜弗。)"

奥尔贡　　　啊！

达尔杜弗　　算啦，不必说啦。可是我晓得我该怎么样做。名誉经不起糟蹋，我作为朋友，就该预防谣言发生，杜绝别人起疑心才是。我今后避开嫂夫人不见，将来你看不见我……

奥尔贡　　　不，他们爱怎么样就怎么样，你偏和她常在一起。我最大的喜悦就是把他们气死。我要大家时时刻刻看见你和她在一起。这还不算：我要和他们斗到底，除了你以外，谁也别想当我的继承人，我把我的全部财产赠送给你，我马上就去办正式手续。一位善良诚实的朋友当了我的女婿，比起儿子、老婆和父母来，分外亲热。你接受不接受我的建议？

达尔杜弗　　愿上天的旨意行于一切①。

奥尔贡　　　可怜的人！我们快去准备证书。谁看不过，谁就气死好了！

---

① 这句话近似《马太福音》第六章第十节："愿你的旨意行在地上，如同行在天上，"是祷告词"我们天上的父"里的话。

第 四 幕

第 一 场

克莱昂特，达尔杜弗。

克莱昂特 是的，人人在谈论这事，你可以相信我的话，事情张扬出去，满城风雨，对你的名声并不有利。先生，机缘凑巧，我遇见你，我就简单几句话，把我的想法说给你听吧。旁人怎么解说，我不深究，也就不谈了，不过从最坏的角度看看问题，也有好处。我们假定大密斯做事欠考虑，不该告你一状，可是宽恕过错，取消一切报复的心思，不是基督徒的本分吗？难道由于你们吵闹，你就忍心看父亲把儿子赶出家门吗？我还是干脆对你全讲了吧，不分贵贱，人人听了气忿。你还是听我的劝告，化大为小，化小为无，不要把事情弄僵了才好。为了上帝的缘故，你就息息怒，让他们父子和好如初吧。

达尔杜弗 哎呀！说到我这方面，我倒真心诚意希望这样做。先生，我决不记仇；我宽恕他一切，不说一句责备他的话，愿意尽我的能力帮他，不过上天利益所在，上天不会同意我这样做的：他前脚进门，我就后脚出去。他干下了空前绝后的坏事，我和他再有来往，就要惹人议论了。上帝晓得大家一下子想到什么上头！大家会以为我完全是在耍手段，到处说我良心不安，对告发人装出一副慈悲面孔，假意热心，其实是我心里怕他，不得不敷衍他，希望私下里买住他的嘴，不声张出去。

克莱昂特　你说来冠冕堂皇，可惜全是空口搪塞。你的种种理由，先生，未免离题太远。上天的利益何劳阁下操心？难道上天降罪，也要劳动我们的大驾？上天要报复，就由上天自己去报复吧，你只要想着上天指示我们宽大为怀也就成了。你既然唯上天之命是听，人世的评论，还是丢开了不管的好。什么？为了虚无缥缈的小小利益，居然放弃行好事的荣誉？不，不，我们顶好还是按照上天的指示行事，不要多操闲心，给自己制造混乱吧。

达尔杜弗　我已经对你讲过了，我宽恕他：先生，这就是上天的指示。可是经过今天这场辱骂以后，上天不指示我和他在一起安居下去了。

克莱昂特　先生，上天也指示你听他父亲的一时之见，接受送给你然而你绝对无权过问的财产吗？

达尔杜弗　知道我的人，就不会想到这是我有私心的结果。尘世的财宝和我无缘，它们的光彩，照耀人眼，可是迷糊不了我。他父亲愿意把家私赠送给我，我之所以决计接受，说实话，只是因为我怕这份财产落在歹人手中，他们分到这笔家私，在社会上胡作非为，不像我存心善良，用在上天的荣誉和世人的福利上。

克莱昂特　得啦，先生，别为旁人担忧了吧。你这样一来，倒要引起合法继承人的抱怨。还是让他继承他的财产，担当风险，你也不添麻烦。与其落一个明抢暗夺的坏名声，你想想看，倒不如由他乱用的好。我所奇怪的是，你会无愧于心，容纳这种建议。因为说到最后，真正的信士几时有过一条规定，可以抢夺合法继承人的财产的？万一和大密斯在一起安居下去，上天在你心中留下不可克服的困难，那么，与其让人家为了你的缘故，违反常理，把儿子赶出家门，何如自己放聪明，规规矩矩离开？先生，相信我吧，这样一来，你就显出自己为人正直了……

达尔杜弗 先生，现在是三点半钟，我要到楼上去做圣课，原谅我这样快离开你。

克莱昂特① 啊！

第 二 场

艾耳密尔，玛丽雅娜，道丽娜，克莱昂特。

道丽娜② 求您啦，先生，跟我们一道儿帮她动动脑筋吧：她快难过死了。她父亲说定今天黄昏举行订婚仪式，她一听这话，简直折腾得死去活来。她父亲就要来了。我们合伙儿想个主意，文的也好，武的也好，我求您了，打消这搅乱我们大家的害人的主张吧。

---

① 1734 年版增添："（一个人。）"
② 1734 年版增添："（向克莱昂特。）"

第 三 场

奥尔贡,艾耳密尔,玛丽雅娜,克莱昂特,道丽娜。

奥尔贡 啊哈!你们聚在一起,我见了喜欢。(向玛丽雅娜。)我带的这份契约,能叫你眉开眼笑。你已经晓得这话的意思。

玛丽雅娜 (跪下来。)爸爸,天晓得女儿有多痛苦。您就看在上天分上,收起您的铁石心肠,权且放弃生父的权利,饶了我这回吧。把您那无情的家法搁在一边,千万不要逼我,到天父跟前,抱怨您不该生我养我一场。这条性命是您给我的,哎!爸爸,您可不要让我这样命苦啊。我先前抱的美好希望,您即使不赞成,不许我嫁给我斗胆喜爱的男子,我跪在您面前,求您大发慈心,至少也要减轻我的痛苦,不拿您的威权统统用在我身上,逼我嫁给我厌恶的男子,把我朝绝路上赶。

奥尔贡 (觉得心软。)① 嘻,我的心,坚强些,不许有人的弱点。

玛丽雅娜 您待他好,我并不难过;您就跟他好下去吧,把您的财产给他好了,嫌不够,连我名下那一份也送他②。我是真心同意,完全由您处分;不过至少,给我留下一个自由的身子,允许我进修道院修行,消磨上天给我规定好了的凄

---

① 1734年版增添:"(旁白。)"
② 她名下的财产是她亲生的母亲死后留给她的,父亲无权动用。

凉岁月。

奥尔贡 啊哈！我算遇到啦，父亲一同她们的爱情作对，她们就要当女修士！起来！你越是不肯嫁他，你就越该嫁他：一样是吃苦修行，你就应了这门亲事，别再同我啰嗦啦。

道丽娜 什么……？

奥尔贡 你给我住口；有话，找你那一帮人说去。我干脆就是不许你开口。

克莱昂特 假如你许我回答的话，我倒有两句话劝告……

奥尔贡 舅爷，你的劝告是世上最好的劝告，理由充分，我极其重视，不过我不采纳，你就免了吧。

艾耳密尔 （向她的丈夫。）我看了这半天，不晓得说什么才好，奇怪你怎么会成了睁眼瞎子。今天的事，明摆在眼面前，你还不信，你是迷上了他，有心向着他。

奥尔贡 对不起，我相信外表。①我知道你讨好我那捣蛋鬼儿子，他打算对这可怜的人使坏，你怕泄了他的底。实有其事的话，你当时就要显出一副激动的神情了，总而言之，你太安静了，人不会相信的。

艾耳密尔 人家不过表示了一下爱慕的意思，我们就该为了名声，大惊小怪吗？难道人除了眼中冒火，破口相骂，就没有别的法子应付了吗？拿我来说，我听了这一类话，也就是一笑而已。我顶不待见的，就是一言不合，大吵大闹。我喜欢我们女人有克制，凡事通情达理。我根本讨厌那些疾言厉色的正经女人，张牙舞爪，保护名声，等闲一句话，就要抓破旁人的脸：愿上天保佑我，不守那种妇

---

① 他说的是反话。实际是："我不相信外表。"

	道！我要的一种美德，就是决不急躁。我相信拒绝追求，不言不语，冷冷淡淡，不见其就不生效。
奥尔贡	反正我心中有数，决不上当。
艾耳密尔	我再说一回，我奇怪一个人会这样入迷。我们对你讲的是真事，你偏不信，可是我要是叫你亲眼看见，你怎么回答我呢？
奥尔贡	看见？
艾耳密尔	是啊。
奥尔贡	瞎掰。
艾耳密尔	什么？要是我有法子叫你清清楚楚看见，你怎么样？
奥尔贡	扯淡。
艾耳密尔	真有这种人！至少你也回答我一句呀。我并不一定要你相信我们，可是假定我们现在找得出这么一个地点，你能看得明，听得清，你这时候，还有什么话讲你那位品德高尚的人？
奥尔贡	这样嘛，我就讲……我什么也不讲，因为不会有这事的。
艾耳密尔	谬见太深了，倒把我说成了撒谎的人。哪怕是为了取乐，大家说过的话，我也要叫你此时此地亲眼看见。
奥尔贡	好，一言为定，就这么着吧。我倒要试试你的本事，看你怎么实现这句大话。
艾耳密尔①	把他给我请过来。
道丽娜②	他这人诡着呐，不见得会那么容易上钩。

---

① 1734 年版增添："（向道丽娜。）"
② 1734 年版增添："（向艾耳密尔。）"

| 艾耳密尔 | 会的:一个人闹恋爱,就容易叫对方骗了的。再说自尊心也会叫他上自己的当的。把他给我请下来吧。(向克莱昂特和玛丽雅娜。)你们出去吧。 |

第 四 场

艾耳密尔,奥尔贡。

艾耳密尔	我们把那张桌子抬过来。你钻到桌子底下。①
奥尔贡	什么?
艾耳密尔	把你藏好了,是一个紧要关键。
奥尔贡	为什么要在这张桌子底下?
艾耳密尔	嗜,我的上帝!你就别管啦。我自有安排,你回头看好了。听我的安排,钻到底下去;待在底下,当心别叫人看见,也别叫人听见。
奥尔贡	我承认,我现在十分迁就你,不过你这事,我一定要看到底。
艾耳密尔	我相信,这样一来,你就没有话驳我了。(向桌子底下的丈夫。)听好了,我要办一件希罕事,你可千万动怒不得。不管什么话,都得由着我说,我方才说好了的,这是为了说服你。我要拿话媚他,因为我非这样做不可,也只有这样做,才能让这伪君子摘下假面具,扇起他恬不知耻的欲火,放胆胡作非为。我只是为了你,也为了更

---

① 根据1669年再版本的插图,桌上点着蜡烛,天已经黑下来了。

好地收拾他，回头才装出依顺他的模样，你一明白过来，我就不做下去了，事情也就是做到你不要做的地方停住。你觉得事情进展到了相当程度，勿需乎再继续下去，那么，打断不打断他的疯狂热情，爱惜不爱惜你女人，要不要我做到你清醒为止，就全看你自己啦：这是你自己的事，该你做主才是，再说……他来了。待好，当心身子别露出来。

第 五 场

达尔杜弗，艾耳密尔，奥尔贡①。

达尔杜弗 有人告诉我，您愿意和我在这地方谈谈。

艾耳密尔 是的。我有几句秘密话要和您讲。不过在我说给您听以前，先把那扇门关好，再四处张望张望，别叫人撞见了②。我们现在可千万别像方才那样，再来那么一回了。我从来没有那样吃惊过。大密斯闹得我为您担惊受怕到了极点；您也不是看不出来，我尽力劝他平心静气，收回他的主张。我当时也的确心慌意乱之至，简直没有想到否认他那些话；可是感谢上天，结果反而再好没有，我们倒更有保障了。由于我丈夫对您的敬重，满天的乌云散了，他对您也不会起疑心了。为了杜绝坏人的流言蜚

---

① 1734年版增添："（在桌子底下。）"
② 1734年版增添："（达尔杜弗过去把门关好，走回来。）"

语，他要我们时时刻刻守在一起；这样一来，我就不怕别人责难，能像现在一样，关好了门，一个人和您待在一起，也才敢不避嫌疑，向您表白我的衷肠，不过我接受您的情意，也许显得有点儿太快了。

达尔杜弗　　夫人，我不大了解您这番话的意思，方才您说话，可不是这样来的。

艾耳密尔　　哎呀！您要是为了先前没有答应，就怒气冲冲的，可也真叫不懂女人的心啦！她明明是半推半就，您会看不出她的意思，也真叫不在行啦！男人在我们心里引起了好感，我们当时由于害羞，总要抵抗一阵子的。爱情在我们心里扎下了根，即使理由十足，可是当面承认，我们总有一点难为情的。我们开头不肯，可是人一看我们的模样，就知道我们心里其实愿意，面子上尽管口不应心，那样的拒绝也就等于满口应承。我对您表心显然过于露骨了些，很少顾到我们女人的廉耻，不过既然话已出口，我倒要请您说说看，我有没有用心劝阻大密斯？我有没有腼腼腆腆，耐着心烦，听您谈情说爱？我要是不喜欢听您谈情说爱，会不会像您看见的那样行事？婚事宣布以后，我要亲自劝您退婚，情急到了这般地步，您倒说说看，不是对您有意又是什么？我要整个儿心是我的，这门亲事成功的话，起码就有一半儿心给了别人，您说我会不会难过？

达尔杜弗　　夫人，听心爱的人说这些话，当然是万分愉快：句句话像蜂蜜一样，一长滴又一长滴，沁人心脾，那种香甜味道，我从来没有尝过。我用心追求的幸福，就是得您的欢心，我把您能见爱看成我的正果。不过我对我的幸运，还是请您许我斗胆怀疑一下吧。您这番话,我可能当作一种权宜之计,要我取消就要成为定局的婚事。我不妨把话对您明说了吧,我决不相信甜言蜜语,除非是我盼望的恩情,能有一点实惠给我,保证情意真挚,让我对您的柔情蜜意,能在心里树立经久不渝的信念。

艾耳密尔　（她咳嗽,警告她的丈夫。）怎么?您想快马加鞭,一下子就把柔情蜜意汲干?人家好不容易把心里最多情的话也给您掏出来了,您还嫌不够,难道不把好处全给您,真就不能满足您了吗?

达尔杜弗　人越觉得自己不配,越不敢希望幸福到手。长篇大论也难保证我们的希望不落空。命运太辉煌了,人反而容易起疑心,要人相信,先得现享现受。拿我来说,我就相信自己不配您的慈悲,疑心我的唐突不会有好结果。夫人,我是什么也不相信,除非您有实实在在的好处,能以满足我的爱情。

艾耳密尔　我的上帝!您的爱情活像一位无道的暴君,压制人心,唯我独尊,予取予求,漫无止境,我就心慌意乱,不知道怎么办才好!什么?人就不能逃避您的追求,连喘气的时间您也不给?您一步也不放松,为所欲为,不留回旋余地,而且明明知道人家对您有意,还这样迫不及待地逼人,不也太过分些了吗?

达尔杜弗　您既然怜念我的赤诚,青眼相加,为什么又不肯给我确实的保证?

艾耳密尔　不过您口口声声全是上天,我同意您的要求,岂不得罪上天?

达尔杜弗　如果您只有上天和我的爱情作对,去掉这样一种障碍,

艾耳密尔	在我并不费事，您大可不必畏缩不前。
艾耳密尔	可是人家一来就拿上天的裁判吓唬我们！
达尔杜弗	夫人，我能帮您取消这些可笑的畏惧，我有解除顾虑的方法。不错，上天禁止某一些享受；（这是一个恶棍在说话。）①不过我能叫它让步的。有一种学问，根据不同的需要，放松束缚我们的良心的绳索，也能依照我们动机的纯洁，弥补失检的行为。夫人，我会教您这些秘诀的；您只要由我引导就成了。不要害怕，满足我的欲望吧：一切有我，有罪我受。②夫人，您咳嗽得厉害。
艾耳密尔	可不，我直难受。
达尔杜弗③	您要不要来一块甘草糖？
艾耳密尔	我害的一定是一种恶性感冒，我看现在就是全世上的糖，也无济于事。
达尔杜弗	这可真糟。
艾耳密尔	是啊，说不出来有多糟。
达尔杜弗	说到最后，解除您的顾虑并不困难。您放心好了，事情绝对秘密。只有张扬出去的坏事才叫坏事。世人的议论是获罪于天的根源，私下里犯罪不叫犯罪。
艾耳密尔	（又咳嗽了一阵之后。）④说到最后，我看，我非横下心来依顺您不可了，我非同意样样应允您不可了，不这样做的话，我就不必妄想人家⑤心满意足，明白过来。走到

---

① 这个小注是莫里哀自己加添的。
② 1734 年版增添："（艾耳密尔咳嗽得更厉害了。）"
③ 1734 年版增添："（献给艾耳密尔一个纸包。）"
④ 1734 年版增添："（在又咳嗽和敲桌子之后。）"
⑤ "人家"是双关语，意指她的丈夫。

这一步，的确糟糕；不守妇道，在我也是概不由己。不过人家既然是执意要我走这条路，不肯相信一切能说出来的话，要更有说服力的证据，我就非横下心来，满足人家不可。万一我同意这样做，事情本身有获罪于天的地方，谁逼我这样出丑丢人，谁就活该受着吧，反正罪过绝不该归我承当。

达尔杜弗　对，夫人，由我承当，事情本身……

艾耳密尔　请您把门开开，看看我丈夫在不在那边廊子。

达尔杜弗　您有什么必要顾虑到他？没有外人，我就说给您听吧，他是一个我牵着鼻子走路的人。他以我们的全部谈话为荣；我已经把他摆布到这步田地：看见什么，不信什么。

艾耳密尔　　不管怎么样，请您先出去一会儿，在外面四处仔细看看。

第 六 场

奥尔贡，艾耳密尔。

奥尔贡　（从桌子底下爬出来。）这家伙，我承认，是一个大坏蛋！我说什么也料想不到，简直把我气死。

艾耳密尔　什么？这么快就出来啦？你在寻人开心。回到桌毯底下去，还不到时候；你就等水落石出，看明白了吧，将信将疑的事，还是不相信的好。

奥尔贡　不，从地狱里出来的鬼怪，没有比他再坏的了。

艾耳密尔　我的上帝！千万轻易相信不得。有了证据，再明白过来也不迟。千万着急不得，小心弄错了。

〔她把丈夫藏在背后。

第 七 场

达尔杜弗，艾耳密尔，奥尔贡。

达尔杜弗①	夫人，天公作美，一切如我的意。我把这所房子全看过了；不见一个人；我是心花怒放……②
奥尔贡	（拦住他。）慢来！你调情也调得太没有分寸了，你不该这样情急才是。嗜！嗜！品德高尚的人，你骗苦了我！你多经不起诱惑！你要娶我的女儿，又要偷我的女人！我好半天不信这是真事，我直以为你会改变腔调，可是证据已经够充分的了，我这方面也用不着再添新的了。我知足了。
艾耳密尔	（向达尔杜弗。）我这样做，并非出于本心；我也是万不得已，才这样对付你的。
达尔杜弗③	什么？你相信……？
奥尔贡	得，别辩啦，我求你。滚吧，别拘礼啦。
达尔杜弗	我的本意……
奥尔贡	废话少说：马上离开这所房子。

---

① 1734 年版增添："（没有看见奥尔贡。）"
② 1734 年版增添："（达尔杜弗张开胳膊朝前走，打算拥抱艾耳密尔，在她往后退的时候，达尔杜弗望见了奥尔贡。）"
③ 1734 年版增添："（向奥尔贡。）"

达尔杜弗　　你说起话来，倒像主人，不过应该离开的，是你。房子是我的，回头就叫你知道。你们想出这些下流的鬼主意，故意和我为难，是白费心思。你们以为可以平白无故地作践我一顿，没有那么容易。我有本事揭穿骗局，处罚骗子，为受害的上天报仇，叫那些现在夸口撵我走的人懊悔不及。你们看着好了。

第 八 场

艾耳密尔，奥尔贡。

艾耳密尔　　这叫什么话？他这话是什么意思？
奥尔贡　　真的，糟啦，我遇见要命的事啦。
艾耳密尔　　什么？
奥尔贡　　听他的话，我看出我把事做错了。赠送财产这件事苦了我了。
艾耳密尔　　赠送财产……
奥尔贡　　是的，这已经成了定局。可是我担心的还有旁的事。
艾耳密尔　　什么事？
奥尔贡　　你回头就全知道。不过我们先快看看，有一只匣子还在不在楼上。

第 五 幕

第 一 场

奥尔贡,克莱昂特。

克莱昂特 你往哪儿跑?

奥尔贡 嗜!我知道哪儿呀?

克莱昂特 我觉得我们应当先在一起商量一下,看有什么办法对付这种变局。

奥尔贡 那只匣子完全把我弄昏了头,比什么都让我着慌。

克莱昂特 那么,匣子里头放着重要的机密文件?

奥尔贡 这是我苦命的朋友、阿尔嘎寄存的东西。逃走的时候,他看我可靠,在极端秘密之中,亲自交给我收藏。根据他告诉我的话,里面放着一些和他的性命、财产有关的文件。

克莱昂特 那么,你为什么又拿它交给了别人呢?

奥尔贡 起因是怕良心不安。我一五一十全讲给我那坏东西听了;他劝我不如拿匣子给他保存,万一官方搜查起来,我可以心安理得,振振有词,矢口否认了,我觉得他这番话有道理,就相信了。

克莱昂特	至少从表面看来，情况对你不利；赠送财产，还有你泄露机密的知心话，不瞒你说，你的作法也确实是轻率了些。你有这样的文件落在他手上，他就可能随时随地陷害你；而且这人既然抓住了这些把柄，你就该想些比较缓和的手段对付他，更不该引火烧身，随便逼他才是。
奥尔贡	什么？表面上假冒虔诚，万分动人，内里却包藏着一颗万分险诈的心、一个万分恶毒的灵魂！我收留他的时候，他是一个叫化子，一无所有……我可灰心啦，任何品德高尚的人，我都不相信啦：从今以后，我不拿他们当人看，我要变得比一个魔鬼待他们还要坏。
克莱昂特	好啊！看你又激动起来啦！你在什么事上也不知道节制自己；你的思路从来不切合正确的思路，总是从一个极端跳到另一个极端。你看到你的过错了，你也承认你上了貌为虔诚的大当。可是你改正错误，凭什么理由，再犯一个更大的过错，拿一个忘恩负义的无赖和全部品德高尚的人混为一谈？什么？因为一个捣蛋鬼装模作样，庄严灿烂，耀眼夺目，大胆妄为，把你骗了，你就要人人和他一样，今天没有一个真正的信士了吗？这些荒唐的结论让自由思想的人们做吧。你要拿道德和虚有其表区别开来，表示尊敬千万不可过早，必须合乎中常之道。你能避免尊敬奸诈，就避免尊敬，不过也不要因此就诬蔑真正的虔诚。万一非走极端不可，倒不如你还是在另一方面作孽的好。

第 二 场

大密斯，奥尔贡，克莱昂特。

大密斯	什么？爸爸，那混账东西当真吓唬您来的？他居然把恩义一笔勾销，不顾笑骂，下流无耻，大模大样，恩将仇报？
奥尔贡	是啊，孩子，我心里别提有多难受啦。
大密斯	让我把他的两只耳朵割下来。对付这种狂妄的家伙，人就不该迁就退让。我一下子就把他给您解决了，也只有我把他干掉，才能平安无事。
克莱昂特	活脱脱就是一个年轻人说话。请你就收敛收敛这些惹是生非的火气吧。我们活在一位英明有为的国王的治下，处在一个赏罚严明的时代，谁动武谁就遭殃。

第 三 场

白尔奈耳太太，玛丽雅娜，艾耳密尔，道丽娜，大密斯，奥尔贡，克莱昂特。

白尔奈耳太太	什么事？我听说这里出了意想不到的乱子？
奥尔贡	我亲眼看见的新奇事。您看我行好不得好报。我一片热肠，收留了一个穷光蛋，给他房子住，当亲兄弟看待，每天送东送西；我把女儿许配给他，全部财产送给他；可是

就在同时，背信的东西、无耻的东西，包藏祸心，勾引我女人。他干这些下流勾当还不知足，居然恩将仇报，倒打一耙，霸占我的家业，断送我的一生。我也做人太欠仔细，乱送好处，我的家业还是我转让给他的！可是他如今把我害到我救他的时候那副落魄光景。

道丽娜　　可怜的人！

白尔奈耳太太　　孩子，他会做出这样黑心的事来，我说什么也不能相信。

奥尔贡　　怎么？

白尔奈耳太太　　品德高尚的人总有人妒忌。

奥尔贡　　母亲，您这话到底是什么意思？

白尔奈耳太太　　意思是呀，你这一家子，太不像话；意思是呀，大家恨他，谁也知道。

奥尔贡　　大家恨他，和我告诉您的事有什么关系？

白尔奈耳太太　　你小时候，我对你说过一百回了，好人在世上受尽折磨，妒忌的人会死的，可是妒忌永远死不了。

奥尔贡　　可是这话和今天的事有什么关系？

白尔奈耳太太　　他们给他编排了许多无稽的谣言叫你听。

奥尔贡　　我已经对您说过了，全是我亲自看见的。

白尔奈耳太太　　说坏话的人，就恶毒得不得了。

奥尔贡　　母亲，您真急死我。我告诉您，我亲眼看见他色胆包天，为非作歹的。

白尔奈耳太太　　人的舌头总有毒散，尘世上就没有谁能不受害的。

奥尔贡　　您说的话就欠常识。我说了，我看见，看见，我一双眼睛亲自看见，人叫作看见那样看见的。难道非得在您耳边说上一百回，扯嗓子嚷嚷，才好算数吗？

白尔奈耳太太　　我的上帝,看表面常常是看不出什么来的,好歹也不该单凭眼睛看。

奥尔贡　　气死我啦。

白尔奈耳太太　　人天生就爱错疑心人。好事一来就叫人说成了坏事。

奥尔贡　　难道他想搂我女人,我也该说成慈悲心肠?

白尔奈耳太太　　非难旁人,理由就该充分。你应当等到看确实了再作计较。

奥尔贡　　哎呀,活见鬼!还要我怎么确实?那么,母亲,我就该等到睁大眼睛看他……您要叫我说出蠢话来了。

白尔奈耳太太　　总之,我看见的,他一心向往圣教,再真诚不过。他会存心干你说起的坏事,凭什么我也不能相信。

奥尔贡　　嗜,气疯了我!您要不是我母亲呀,我不知道我会对您说出什么样浑话来。

道丽娜①　　老爷,一报还一报,人间的事就是这样的。先前您不肯相信,如今人家不相信您。

克莱昂特　　时间不多,我们就该商量出来一些办法才是正理,别尽在无谓的争执上耗费时间了。恶棍的恐吓,我们千万大意不得。

大密斯　　什么?他会厚颜无耻到这地步?

艾耳密尔　　在我看来,我不相信他会告状,他的忘恩负义是谁也知道的。

克莱昂特　　一心情愿不得。他会找到理由为难你的。多少的官司,营私舞弊起来,也会让你昏头转向,不辨东西南北②。我

---

① 1734 年版增添:"(向奥尔贡。)"
② 当时打官司,手续重重。参看《司卡班的诡计》第二幕第五场。

	不妨对你再说一回：他既然拿住了你的把柄，你就绝不应该把他逼到这条路上。
奥尔贡	话是对的；可是怎么办呢？看见这坏东西气焰十足，我就怒火冲天，管不住自己了。
克莱昂特	我真心诚意，希望有人能想出法子来，让你们两个人表面上言归于好。
艾耳密尔	我要是早知道他拿住了把柄的话，也就不会打草惊蛇了……
奥尔贡①	那人来干什么？快去问问明白。我这样子怎么能见客！

第 四 场

雷信义先生，白尔奈耳太太，奥尔贡，大密斯，玛丽雅娜，道丽娜，艾耳密尔，克莱昂特。

雷信义先生②	您好，亲爱的女道友，烦劳大驾，回禀一声，我有事要见老爷。
道丽娜	他正在和人谈话，我怕他现在不能会客。
雷信义先生	我没有意思打搅，我相信他会欢迎我来的。我来办一件他很乐意的事。
道丽娜	您先生贵姓？
雷信义先生	您只要对他说起，我是秉承达尔杜弗先生的意思，为了

---

① 1734 年版增添："（看见雷信义先生进来，向道丽娜。）"
② 1734 年版增添："（在舞台后部，向道丽娜。）"

	他的利益①来的。
道丽娜②	来的这位先生，和和气气的，据说，秉承达尔杜弗先生的意思，为一件您很乐意的事。
克莱昂特③	你倒要看看他是什么人，听听他的来意。
奥尔贡④	也许他是为我们说合来的。我对他说些什么好？
克莱昂特	千万不要动怒，他谈到调解，就该听他谈下去才是。
雷信义先生⑤	敬礼，先生。愿上天打击阁下的对头，照我的愿望保佑阁下！
奥尔贡⑥	开头几句话，客客气气，不出我的料想，显然有调解的意味。
雷信义先生	我对府上，一向在心在意。我曾经给令先尊大人当过差。
奥尔贡	先生，我十分惭愧，您要宽恕我不认识您，也不知道尊姓大名。
雷信义先生	在下叫作雷信义，原籍是诺曼底⑦，在王家法院当承发吏⑧，虽然眼红我的大有人在。托庇上天，我在职四十年，奉公守法，薄有声誉。所以我敢于放肆，来送达一份判决书，执行……

---

① "利益"bien 还有"财产"的意思，根据道丽娜的回禀，译"利益"比较相宜。而且立刻说破，会伤害逐渐积累起来的戏剧效果。
② 1734 年版增添："（向奥尔贡。）"
③ 1734 年版增添："（向奥尔贡。）"
④ 1734 年版增添："（向克莱昂特。）"
⑤ 1734 年版增添："（向奥尔贡。）"
⑥ 1734 年版增添："（低声，向克莱昂特。）"
⑦ 诺曼底 Normandie 是旧时法国西北一个省份，首府鲁昂，传说居民过去健讼，爱到法院当差。
⑧ 王家法院承发吏 huissier á verge 手持小棒，表示身份和权力。

奥尔贡	什么？你来……？
雷信义先生	先生，不必激动。这不过是一份通知，命令您和家小离开此地，把家具搬到外头，腾清房屋，不得逾限延期，照文行事……
奥尔贡	我，离开此地？
雷信义先生	是啊，先生，请您离开。房子现在，其实您也晓得，无可争辩，归善心的达尔杜弗先生所有。根据我带在身边的契约，从今以后，他成了您的财产所有人。契约完全合法，没有丝毫可疑的地方。
大密斯①	这家伙厚颜无耻，确实到了惊人的地步。
雷信义先生②	先生，我这事和你不相干；有关系的是这位先生，③他又讲理，又和气。他一点没有违抗的意思，他太清楚一位品德高尚的人的职责了。
奥尔贡	不过……
雷信义先生	是啊，先生，我知道就有一百万送您，您不但不肯抗拒，还会照正人君子的身份，允许我在此地执行我带来的法令。
大密斯	承发吏先生，你这身黑上衣，很有可能在这儿挨顿打。
雷信义先生	先生，吩咐令郎住口或者走开。我万不得已，把你们的名字写到我的报告上，可就遗憾啦。
道丽娜④	这位雷信义先生，看起来很不守信义！
雷信义先生	我对所有品德高尚的人，都有极大的好感。先生，我之

---

① 1734年版增添："（向雷信义。）"
② 1734年版增添："（向大密斯。）"
③ 1734年版增添："（指着奥尔贡。）"
④ 1734年版增添："（旁白。）"

	所以肯秉承上命；送达公文，也不过是为您效劳，免得换一个人来，不像我这样对您热心，公事公办，就要不客气了。
奥尔贡	命令别人离开自己的家，还要怎么样心狠？
雷信义先生	先生，我多给您一些时间，我延缓到明天早上执行判决书。我只带十名人手，到这儿过夜，不声不响，也不使您难堪。由于手续上的关系，请您务必在上床以前，叫人把钥匙给我拿来。我当心不叫人搅扰你们睡觉。任何不妥帖的行为，我也不许发生。不过明天天一亮，您一定要想办法，不分大小，把用具统统搬到外头。我的人手可以帮忙，为了帮您往外搬东西，我挑的全是有力气的。我想，没有人比我办事办得再好了。我待您既然十分宽大，先生，我请您也放漂亮，不得干扰我执行公事的任务。
奥尔贡①	我身上有一百顶好的路易②呀，我愿意立时奉送，只要我能痛痛快快，照准这张狗脸，狠狠给它一拳头。
克莱昂特③	由他去吧，别把事再闹大了。
大密斯	这家伙欺人太甚，我手心痒痒，简直憋不住啦。
道丽娜	雷信义先生，你的脊梁背怪结实的，真的，挨几棍子，对你倒也合适。
雷信义先生	我的朋友，冲你这些下流话，我们就好处罚你，法院照样儿出票传女人。

---

① 1734年版增添："（旁白。）"
② 路易 louis 是当时一种金币，值十法郎。
③ 1734年版增添："（低声，向奥尔贡。）"

克莱昂特①　先生,够啦,别再说下去啦。请你及早留下公文,离开我们吧。

雷信义先生　再会。愿上天保佑你们人人快乐!

奥尔贡　愿上天惩罚你和打发你来的人!

第 五 场

奥尔贡,克莱昂特,玛丽雅娜,艾耳密尔,白尔奈耳太太,道丽娜,大密斯。

奥尔贡　好,母亲,我有没有道理,您看见了。此外的事,有公文在,是真是假,您也可以明白了。事到如今,您承认他出卖朋友了吧?

白尔奈耳太太　我吓呆了,像从云端里跌下来一样!

道丽娜②　您不该抱怨,也错怪了他,他这样做,正显得他心地虔诚。他道行高尚,爱人如己,又晓得人心败坏,往往是有家有业的缘故,所以才慈悲心肠,打算把坏您道行的东西统统拿走。

奥尔贡　住口:你就欠常听这句话。

克莱昂特③　我们还是看看有什么主意,替你想一个吧。

艾耳密尔　把忘恩负义的人的伤天害理的事给公开了。这种办法能

---

① 1734年版增添:"(向雷信义先生。)"
② 1734年版增添:"(向奥尔贡。)"
③ 1734年版增添:"(向奥尔贡。)"

让契约失效,他背信的行为就要显得太见不得人了,他妄想成功,也就办不到了。

第 六 场

法赖尔,奥尔贡,克莱昂特,艾耳密尔,玛丽雅娜等人。

法赖尔 先生,我来让您痛苦,实在过意不去,不过眼见大祸临头,也就只好来了。我有一位很要好的朋友,晓得我一向对您关心,就小心从事,帮我打听出来一件有关国事的秘密,不久以前,送信给我,照信上的话看来,您只有立刻出走,才有活路。许久以来就在欺哄您的恶棍,前一时,到御驾前把您告下了,他控告您种种不是,还把一个国事犯的重要匣子呈缴上去,说您不尽臣子的职守,保存有罪的秘密文件。状词的详细内容,我不清楚,不过逮捕的命令已经发出了,而且为了贯彻执行起见,指派他本人随同捉拿您的官员一道前来。

克莱昂特 现在他的权利有了保障。坏蛋眼红你的家业,这下子,他就可以霸占过去了。

奥尔贡 这家伙,我承认,简直不是人!

法赖尔 一点点耽误,就可能对您不利。我送您走,马车停在府上门口,我还给您带来一千路易。别再耽误下去啦,祸事说来就来,只有逃走,才能脱身。我愿意陪您亡命,不到安全的地方,我不走开。

奥尔贡 哎呀!劳你费心照应,我简直是谢也无从谢起!一切只有留待来日了。你见义勇为，但愿上天见怜，让我能有一天补报。再会。一家人都要小心……

克莱昂特　　快走吧，妹夫，此处的事，我们会料理的。

最后一场

侍卫官，达尔杜弗，法赖尔，奥尔贡，艾耳密尔，玛丽雅娜等人。

达尔杜弗[①]　　慢走，先生，慢走，别跑得这么快！你找投宿的地方，不必远走，我奉圣旨逮捕你来了。

奥尔贡　　坏蛋，你害我没有害够，末了再给我这么一手儿！无赖，你这回算是害我害到家了！绝子绝孙的事，叫你一个人做尽做绝！

达尔杜弗　　你骂你的，反正我不生气就是了；我为上天，学会容忍一切。

克莱昂特　　我承认，克制的功夫很深。

大密斯　　无耻的东西，开玩笑居然开到上天头上！

达尔杜弗　　你们就是怒火冲天，我也无动于衷，我一心想着的，只有尽我的责任。

玛丽雅娜　　你干这种事，非常相宜，还能捞到很大的名声。

达尔杜弗　　圣上差我前来公干，不会不体面的。

奥尔贡　　可是你记不记得，忘恩负义的东西，你当年穷途潦倒，是

---

① 1734 年版增添："（拦住奥尔贡。）"

	我行好救了你的?
达尔杜弗	是的,我知道我从你这方面,得过一些什么帮助,不过我的首要责任是维护圣上的利益。在这种神圣责任的正当威力之下,任何感恩的心思也不存在。为了取得这种强大的联系,即使牺牲朋友、妻子、父母和我自己,我也甘心。
艾耳密尔	骗子!
道丽娜	凡是世人尊敬的东西,他都有鬼招儿给自己改成一件漂亮斗篷披在身上。
克莱昂特	你说你是忠心为国,就算你是像你吹嘘的那样忠心耿耿吧,可是为什么直到他发现你勾引他女人,你才想到效忠的?为什么直到他顾全名声,不得不撵你走,你才想到告发他的?我绝口不提他新近送给你的全部财产,免得妨害你为国效忠,可是你今天既然愿意把他当作罪人看待,为什么又同意拿他的东西?
达尔杜弗	(向侍卫官。)先生,别让他们鸡猫子乱喊叫了,请你执行圣旨吧。
侍卫官	对,的确耽误的太久了,你亲自邀我,正是时候。立刻跟我到监狱里去,那边才是你待的地方。
达尔杜弗	谁?我,先生?
侍卫官	是你,你。
达尔杜弗	那,为什么监狱?
侍卫官	我不需要对你说明理由。①先生,你不必惊恐。我们活在一位嫉恶如仇的国王治下。圣上目光炯炯,洞见人心,

---

① 1734 年版增添:"(向奥尔贡。)"

骗子本领再大，也蒙哄不了。①何况圣上受命于天，察微知隐，永远明烛万里，而又认识坚定，不走极端，也就绝不至于偏听偏信。圣上虽然敬礼品德高尚的人，赐以不朽荣誉，可也并非盲目从事，故示恩宠，所以圣上爱护真正品德高尚的人，并不因此就不厌恶冒充品德高尚的人。像这家伙，就骗不了圣上，即使更狡猾的诡计，也无能为力。②他初献身手，圣上鉴远知来，目光如炬，就看穿了他全部隐蔽的卑鄙心思。他来告发你，正好自投罗网。天理昭彰，圣上认出他是一个著名的恶棍，因为先前就有关于他的报告，只是他换过名姓罢了。他作奸犯科，不计其数，详细情形，可以写出几本书来。总之，他对你寡恩无情，背信弃义，③现在新罪与旧罪并发，圣上怫然震怒，所以命我把他带到府上，看他能无耻到什么程度，就便也好让他向你低头认罪。④你的全部证件，他说归他所有，圣上让我从坏蛋手里拿过来，还你本人。你先前立的赠与契约，把你的全部财产送他，圣上以最高权力，宣布无效。最后，朋友亡命，你受到牵连，私下触犯国法，圣上也宽恕你了。这是你当年忠心保国的酬劳。你从前拥戴圣驾，勤劳王事，所以你虽然意想不到，圣上却要你知道，他晓得怎么样奖赏有功，他不但决不健忘，而且比较功过，总是赏多于罚。

道丽娜　　谢天谢地！

---

① 1682 年版指出，下面从"何况……"到"冒充品德高尚的人，"演时删去。
② 1682 年版指出，下面从"他初献身手……"到"……写出几本书来，"演时删去。
③ 1682 年版指出，下面从"现在……"到"……低头认罪，"演时删去。
④ 1734 年版指出，上面从"何况……"到"……低头认罪，"演时全删，不留一句。

白尔奈耳太太　现在我喘过气来了!

艾耳密尔　结局圆满!

玛丽雅娜　谁料得到?

奥尔贡　（向达尔杜弗。）①好啊!坏蛋,你看……②

克莱昂特　啊!妹夫,快别这样,千万不要和他一般见识,有失身份。恶人自作自受,随他去吧。他正在疚心,你就不必增加他的罪过了。最好还是希望他今后痛改前非,重新做人,能感动圣上,从轻发落。再说,圣恩浩荡,你就该前去叩谢才是。

奥尔贡　对,你说得对:我要高高兴兴,跪到圣驾前,感谢再造之恩。这是我第一桩应该做的事。等我表达过这点下情之后,我还得料理另外一桩事。法赖尔是一位高尚、真挚的情人,我要奖励他,玉成他的美满姻缘。

---

① 1734 年版改为:"（向达尔杜弗,侍卫官正带走他。）"
② 1734 年版在这里另分一场,侍卫官带达尔杜弗下。

附录：第一陈情表

为喜剧《达尔杜弗》事，上书国王①。

陛下，

喜剧的责任既然是通过娱乐改正人的错误，我相信，我要把工作做好，最好就是以滑稽突梯的描画，攻击我的世纪的恶习；毫无疑问，虚伪是最通行、最麻烦和最危险的恶习之一，所以，我想，陛下，我也许帮国内所有正人君子的一个不小的忙，如果我写一出喜剧，贬低伪君子们的身价，适当地暴露那些厚爱于人的有德之士钻研出来的一切假招子、那些故作虔诚的奸徒掩盖了的一切诈术：他们装作热心信教，摆出煞有介事的慈悲面孔，希望把人骗了。

我写这出喜剧，陛下，我相信，赔尽小心；材料需要慎重，我也竭尽所能，仔细从事；为了保持人对真信士应有的尊重和恭敬，我尽量把真信士和我要刻画的性格区别开来；我没有留下模棱两可的东西，我去掉可能混淆善恶的东西，我描画的时候，也只用鲜明的颜色和主要的特征，人一接触，立时认出他是一个真正、道地的伪君子来。

---

① 根据孟法耳 Jean morval 先生：第一陈情表写于 1664 年 8 月 31 日。同年 5 月 12 日，《达尔杜弗》前三幕在宫内上演，国王路易十四在以母后为首的顽固派的压力下，不得不以委婉的口吻，指出作者用意善良，但是由于圣上对宗教问题一向就特别慎重，所以《达尔杜弗》暂时不要公演，等戏写成之后，再候最后处理。

然而我的预防全白费了。人家利用陛下对宗教慎重其事的精神，想办法通过唯一可以蒙哄圣上的地方，我的意思就是说，通过陛下对神圣事物的尊敬，把圣上蒙哄住了。达尔杜弗之流，暗中施展伎俩，赢去圣上的恩意；摹象虽然清白无辜，人虽然觉得摹象逼真，但是真人终于取消了摹象。

取消这部作品，对我虽然是一种痛苦的打击，但是，圣上说明问题所显示的态度，却减轻了我的不幸；当时圣上恩谕：这出喜剧虽然禁止公开演出，可是，并不认为有丝毫不韪的地方；我相信，听过陛下这话，我也就没有什么要申诉的了。

但是，尽管世界最伟大和最圣明的国王有过这种谕旨，尽管教皇特使先生和绝大多数教廷官员也有过称赞，——我在个别机会上读我的作品给他们听①，他们的见解不谋而合，全和圣上一致，尽管如此，我说，我看见某某堂长写了一本书②，公然反对这一切庄严的证明。圣上说话没有用，教皇特使先生和教廷官员先生们下判断也没有用：他看也不看我的喜剧，就把它说成魔鬼的制作，把我的脑壳说成魔鬼的脑壳；我是一个装扮成人，有肉身子的魔鬼、一个自由思想分子、一个应该作为借镜，处以极刑的不信教的人。拿火把我烧死赎罪，还嫌不够，那太便宜我了：这位狡猾的高尚的人，抱着恻隐之心，不肯就此罢休：他不愿意我得到上帝的赦免，一心一意要把我打入地狱，而且毫不犹豫。

陛下，这本书曾经献给圣上，毫无疑问，圣上一望而知：天天被这

---

① 教皇亚历山大七世的特使石伊 Flavio Chgi 来到法兰西，莫里哀利用娱乐国宾的机会，在 1664 年 8 月 4 日，读《达尔杜弗》给他听，取得他和他的扈从的称赞。
② 圣·巴尔代勒米 Saint Barthéilamy 教堂的堂长卢莱 Pierre Roullés，在 1664 年 8 月 15 日，献了一本书给路易十四，攻击莫里哀，书名是《人世光荣的国王或在所有国王之中最光荣的路易十四》Le Roi glorieux au monde ou Louis XIV le plus glorieux de tous les rois du monde。

些先生们侮辱,在我有多遗憾;万一必须允许这类诬蔑存在下去的话,我在社会上要受多大损害;最后,我非常希望消除这些谗谤,为的让公众知道,我的喜剧绝不是他们诬陷的那种样子。陛下,我的意思不是说,我为我的名誉必须提出要求,向一般人证明我的作品清白:像陛下这样圣明的国王,用不着人对他们诉说自己的愿望,他们像上帝一样,看出我们的需要,比我们还知道应该俞允我们什么。我们事交由圣上处理,在我也就够了。关于这件事,我必恭必敬,等候敕令。

第二陈情表

上书国王，国王在福朗德的里尔城前御营内。①

陛下，

一位伟大的君主正从事于光荣的征伐，而我在这期间来噜苏他，实在是很冒昧；但是，就我的遭遇来说，陛下，我不到这里来找他，我到什么地方去寻保护？抵制欺压我的权势，我不乞求权势的根源、神圣组织的公正分配者、万物之神和万物之主，我能够祈求谁？

陛下，我的喜剧没有能够在这里仰蒙圣恩。演出的时候，我把戏名改为《骗子》，把人物改成交际家装束，但是没有用；我让他戴一顶小毡帽，留长头发，挽大领巾，佩一把宝剑，礼服沿了花边②，有几个地方做了修改，凡我认为有可能给我希图描摹的著名的真人以轻微借口的东西，我都小心删掉：统统不起作用。阴谋家们单凭他们对于剧本的猜测，就又活跃起来了。有些人做什么事也很自负，自以为绝不会

---

① 1667年5月，路易十四统率大军，征略西班牙的领土福朗德Flandre，8月，打到里尔Lille。8月，《达尔杜弗》第二次公演，戏名改成《骗子》，巴女耳弗Panulphe替换了达尔杜弗的名称。但是第二天，得到当时盟国的巴黎法院主席的通知，禁止演出。8月8日，莫里哀派了两个演员去见路易十四。

② 第二次上演，达尔杜弗改成"交际家"装束。但是第一次演出，却也绝不就是"教士"装束。可以肯定的是，他的装束介乎在俗与在教之间，长斗篷，黑礼服，不沿花边，戴一顶大毡帽，披短假发，挽素小领，不带宝剑。

受骗，但是阴谋家们有办法把他们骗了。我的喜剧才一出现，就受到应当为人尊敬的当道的打击①；我只有自己营救自己，然而想要躲避这场狂风暴雨的吹打，我唯一能做的也就是说说：圣上曾经恩许我演出来的，我以为我无需乎再求别人批准，因为当初禁演的，也只有圣上一个人。

我相信，陛下，我在我的喜剧里面描摹的那些人，在圣上左右，像他们已经做到了的那样，用计把真正有德之士拉进他们一伙，而真正有德之士，视人如己，也就更容易受骗了。他们有本事粉饰他们的一切意图；他们装模作样，一点不是为了上帝的利益，上帝的利益就不能感动他们！单看有些喜剧，他们一言不发，允许多次公开上演，就足够显出这一点来了。这些喜剧攻击的只是虔诚和宗教，所以他们也很少在乎；但是我那出喜剧攻击的、搬演的，却只是他们自己，这是他们不能允许的。他们不能饶恕我当众揭发他们的欺骗行为。毫无疑问，他们不会不禀告圣上：人人气忿不过我的喜剧。但是，唯一的事实却是，陛下，全巴黎仅仅气忿不过他们的禁止；最慎重的人们也觉得上演有利于世道人心；大家奇怪，有些人是十分出名的正直，会对人人应当厌恶的这些人那些奉命唯谨，而这些人自命虔诚，恰和真正的虔诚背道而驰。

关于这件事，我必恭必敬，等候圣上恩决；不过，陛下，如果达尔杜弗们占了上风的话，我是一定再也不想写喜剧了，因为这样一来，他们以后权利所在，有例可循，更要迫害我了，即使我写的是无辜的东西，他们也会妄加挑剔的。

望陛下恩赐保护，使我不落他们的毒手，在圣上赢得无比光荣战役，班师还朝的时候，我能恢复圣上征伐之劳，欢娱圣上于无比崇高的业绩之后，使震动全欧罗巴的君主得以开怀畅笑！

---

① 指路易十四在远征期间指定盟国的巴黎法院主席拉木瓦永 G. Lamoignon。

第三陈情表

上书国王。

陛下，

  我有荣誉做一位极规矩的医生①的病人，他答应我，愿意当着公证人，负责叫我多活三十年，如果我能代他邀得圣恩的话。听了他的诺言，我就对他说：我对他没有太多的奢望，只要他负责不害死我，我就对他满意了。陛下，他乞求的恩典就是万塞王家小教堂的圣职，由于某人去世，正好出缺。

  圣恩浩荡，《达尔杜弗》活过来了，在它死而复生的伟大的日子，我敢有求圣上施恩吗？通过这头一个恩典，我和信士们言归于好；通过这第二个恩典，我会和医生们言归于好的。我一下子乞求两份恩典，的确过分，不过，在圣上看来，也许并不过分；我必恭必敬，怀着一线希望，等待圣谕。

---

① 莫维南 Mauvillain 医生，1666 年当选为巴黎医科主任。莫里哀讽刺医生的材料，据说有一部分由他提供。第三陈情表写于 1669 年 2 月 5 日，莫里哀以胜利者的愉快心情，为他医生的儿子谋一个堂长的职位。路易十四批准了他的请求。

· 堂·璜或者石宴 ·

剧名"堂·璜",意为璜老爷。"石宴"意为石像之宴。原作是散文体。1665年2月15日首演;仅得演15场;1682年作为"遗作"收入全集,还有两种版本,一种经过官方检查(硬封皮本),一种未经过检查。一般认为1683年荷兰版最接近原作首演的本子,把第三幕第二场的全文给保留下来。

人物

堂·璜①	堂·路易的儿子。
斯嘎纳耐勒	堂·璜的听差。
艾耳维尔	堂·璜的太太。
古司曼	艾耳维尔的盾士②。
堂·卡尔劳斯 } **堂·阿龙斯** }	艾耳维尔的兄长。
堂·路易	堂·璜的父亲。
法兰西斯克	穷人③。
莎尔劳特 } **玛杜莉娜** }	乡下姑娘。
彼艾罗④	乡下人。
统领⑤**的石像**	
二月蓝⑥ } **小矮胖** }	堂·璜的跟班。
狄芒舍先生	商人。
树枝	剑客。
堂·璜的随从	

---

① "堂" Don 并非姓氏,在西班牙类似"老爷"一类称呼。"璜"是名,姓是太诺里奥 Tenorio,一般用惯"堂·璜",姓氏反而不彰。
② "盾士"是为骑士执盾的侍从,是身份最低的贵人。1683年荷兰版用"听差"二字代替"盾士"。
③ 1682年版,正文(第三幕第二场)只作"一个穷人"或者"穷人",没有"法兰西斯克"这个名字,一说,可能是演员的名字。
④ "彼艾罗" Pierrot 是农村对"彼尔" Pierre 名字的用法。
⑤ 根据西班牙传说,他是卡拉塔 Calatrava 城骑士军的统领。
⑥ 当时用人取名,每每用花草、什物、地名等等,代替本人真名姓。

堂·卡尔劳斯和堂·阿龙斯的随从

一个鬼魂

地点

西西里①。

---

① 当时的舞台装置家有这样的记载:"《石宴》,第一幕,需要一座府邸。第二幕,需要一个房间、海。第三幕,需要一座树林,一个墓冢。第四幕,需要一个房间、酒宴。第五幕,墓冢出现。需要一个机关,松香,两只沙发椅,一只凳子。松香供烟火用。"第二幕的"房间"应是"田野"之误。

第 一 幕

第 一 场

斯嘎纳耐勒，古司曼。

斯嘎纳耐勒 （拿着一个鼻烟壶。）亚里士多德和那批哲学家，爱怎么说就怎么说，反正什么也比不上闻鼻烟儿：这是正人君子的嗜好，活着不闻鼻烟儿，就不配活着①。闻闻鼻烟儿，不光头脑活泼、清醒，就是心地也纯正了，人闻鼻烟儿自然而然就闻成了正人君子。难道你就没有看见，人一闻鼻烟儿，待人接物，彬彬有礼，到一个地方，就欢欢喜喜，左请人闻，右请人闻？他连等人要也不等，就投其所好，先意逢迎：正是谁闻鼻烟儿，谁就心头涌起荣誉和道德的情操，诚然诚然。话说到这儿为止，如今回到我们的本题吧。亲爱的古司曼，听说你来，你的女主人艾耳维尔夫人，竟想不到我们动身，亲自追赶下来，我的主人把她迷住了，不来找他，你说，她就活不下去。你要我私下里把

---

① 约当 16 世纪 60 年代，法国驻葡萄牙大使尼考 Jean Nicot (1559—1561) 介绍烟草到法国。路易十三曾下令禁止出卖，但是在本剧上演九年后，松尔柏下令解禁，并收归国有专卖。

	话说给你听吗?我担心她的爱情得不到好报,她到本城来没有好结果,你们倒不如待在那边,省得白跑一趟。
古司曼	理由呢?求求你,告诉我吧,斯嘎纳耐勒,你怎么会想到这样可怕的恶兆的?你的主人有什么心腹话告诉你来的?是不是他对我们冷了心肠,所以才走开的?
斯嘎纳耐勒	他没有讲,不过我大致一看,也就差不多有了一个大概。不劳他对我讲,我就拿稳了十之八九。我也许会弄错,可是话说回来,像这类事,我有充分经验。
古司曼	什么?难道是堂·璜变了心,才不告而别的?艾耳维尔夫人一心相与,他好意思伤她的心?
斯嘎纳耐勒	不是的,原因是他还年轻,心上就没有……
古司曼	像他这样的贵人,也做见不得人的坏事?
斯嘎纳耐勒	对啦,他这样的贵人!理由好漂亮啦,倒像单冲这个,他会洗手不干。
古司曼	可是婚姻神圣,他不可能不遵守。
斯嘎纳耐勒	哎呀!我可怜的古司曼,我的朋友,听我说吧,你还不晓得堂·璜是一个什么样的人。
古司曼	当然喽,我不晓得他是什么样儿人,会对我们小姐那样薄幸。我真不明白,一个人口口声声恩爱,处处表示情急,千万遍甜言蜜语,时时刻刻明心、叹气、流眼泪,一封一封热烈的情书,又是慷慨陈词,又是山盟海誓,总之,他神魂颠倒,如醉如痴,最后情之所至,破坏修道院的圣规,抢走艾耳维尔小姐,我说,我不明白,在这种种以后,他会有心背信。
斯嘎纳耐勒	我呀,不费苦心,也就明白了。你要是清楚这只馋猫呀,就会发现,对他说来,相当轻而易举。我不是说他对艾耳

维尔夫人变了心,我还有证据:你晓得,他吩咐我先动身,他来到以后,根本没有跟我说上过话。不过我不妨作为警告,私下里先告诉你!我的主人堂·璜是世上自来有的最大的坏蛋,他是一个疯子、一只饿狼、一个魔鬼、一个土耳其人①、一个异端,不信天,不信地狱,不信妖怪,②像真正野兽一样过日子,一只伊壁鸠鲁的猪③,一个道地的萨尔达纳怕耳④,堵住耳朵,不听任何劝告,把我们的信仰全都看成扯谈。你对我讲,他娶下你的女主人:你听我说,他一时兴起,再怎么也干,娶她的时候,他可以连你,连她的狗和她的猫一道娶过来。结婚在他,初无所谓。这成了他勾引美人的不二法门。他是一个有求必应的新郎官。夫人,小姐,城里的,乡下的,他是见一个,要一个。他在各地娶的妇女,我要是一个一个把名字全告诉了你呀,可以一直说到天黑。你听这话,大吃一惊,脸色也变了,其实我说这人只说了一个大概其,想把本人画好了呀,还得添许多笔。反正上天有眼,总有一天他会受报应的。对我说来,伺候魔鬼,也比伺候他强。他干的坏事,我看得太多了。不过一位大贵人同时又是一个坏人,那就可怕了。我讨厌他,可是还得对他忠心:畏惧作成我的热心,管制我的感情,让我常常夸我心里痛恨的事。他来了,在这家府里散步,我们分手吧。千万记住:

---

① 土耳其人,当时借用为野蛮人。
② 妖怪原作"人狼"loup-garon,迷信以为有一种人,夜间变成狼,噬害行人。
③ "伊壁鸠鲁的猪"意为酒色之徒,出典见于贺拉斯的《书信集》第四封。
④ 萨尔达纳怕耳 Sardanapale 即亚述巴尼拔 Assurbanipal(公元前 668—公元前 626),是亚述的末代皇帝,冢上立一半醉舞像,碑铭是:"行人,吃吧,喝吧,玩儿吧,此外就什么也不做。"通常借用为荒唐鬼。

我是舌无留言，把话告诉了你，出口未免也快了一些，可是万一有什么风声传进他的耳朵呀，我可干脆讲你撒谎。

第 二 场

堂·璜，斯嘎纳耐勒。

堂·璜	谁在跟你讲话？看上去，样子像是艾耳维尔小姐的听差古司曼。
斯嘎纳耐勒	大概其也差不到哪儿去。
堂·璜	什么？是他？
斯嘎纳耐勒	正是。
堂·璜	他来本城多久啦？
斯嘎纳耐勒	昨天晚晌。
堂·璜	他来干什么？
斯嘎纳耐勒	他惦记着什么事，我想，您也不是不清楚。
堂·璜	想必是为我们动身的事了？
斯嘎纳耐勒	老实人为这难受得不得了，问我动身的缘故。
堂·璜	你怎么回答？
斯嘎纳耐勒	您事前对我什么也没有讲。
堂·璜	可是你的想法呢？你对这事有什么看法？
斯嘎纳耐勒	我呀，我相信，您别见怪，您又在盘算什么新恋爱事由儿。
堂·璜	你这样想？
斯嘎纳耐勒	是的。

堂·璜	说真的,你没有猜错,我应当对你承认,我另看中了一个女的,艾耳维尔已经不在我的心上啦。
斯嘎纳耐勒	哎呀!我的上帝!我算准了我的堂·璜,拿稳了您的心思,晓得您是世上顶爱走动的人:喜欢变动关系,就恨死待在一个地方。
堂·璜	你说,你不觉得我应该这样做吗?
斯嘎纳耐勒	哎呀!少爷。
堂·璜	什么?说吧。
斯嘎纳耐勒	当然喽,您要这样做,就是该做,旁人没有什么好说的。可是您不要这样做的话,也许就另是一回事了。
堂·璜	好啦!我许你开口,把你的见解说给我听。
斯嘎纳耐勒	这样的话,少爷,我实对您讲,我不赞成您的作法儿,像您那样到处有情,我认为很糟糕。
堂·璜	什么?你要我们死守着头一个让我们入迷的女人,为她谢绝尘世,再不看旁人一眼?坚贞不渝,从一而终,年轻轻就心如古井,对此外所有的绝色女子视而无睹,还以这种虚假的荣誉自得,未免也太不像话!不,不,坚贞不渝,只对傻瓜有用:个个美人都有权利疯魔我们;先遇见不该造成一种优势,损害旁人对我们的正当要求。拿我来说,看见绝色女子,我就色授魂与,情不由己,向这种销魂的暴力投顺。婚约与我无关,我对一位佳人的爱情绝不妨碍我对旁人不公道。我长眼睛,就为观看个个妇女的妙处,献上大自然要我们奉献的赞美和贡礼。我不问后果,反正看见可爱的女子,我就不能不倾心相与。一张漂亮脸子问我要心,我有一万颗心,也会照数全给。一见钟情,说到最后,有不可言传的魅力。恋爱的乐趣全在换来换去。说

好话，赔小心，打动一个美貌少女的春心；看见自己一天比一天小有进展；装癫狂，流眼泪，叹长气，进攻一颗不愿投降的娇羞的心灵；一步一步摧毁她抵抗我们的各种微弱的障碍；战胜她引以为荣的重重顾虑，慢慢地把她带进我们希望她落入的圈套：我们感到一种乐不可支的欢愉。可是我们一成了她的主子，也就没有什么可说、可希罕的了。热情的妙处不见了；假使没有新的对象唤醒我们的欲望、没有引人入胜的征战的好景在心头出现，我们就要在这种爱情的死海睡着了。总之，世上没有再比打败一位绝色女子的抵抗好受的了。我在这上头有征服者的野心，永久由胜利飞向胜利，难以下定决心限制自己的希望。什么也阻止不了我的迫切的欲望，我觉得我有一颗心爱全地球，像亚历山大一样，恨不得多来几个旁的世界，展开我爱情上的胜利。

斯嘎纳耐勒　我的妈呀！您可真能说啦。您就像背熟了，说起话来，跟一本书一样。

堂·璜　你听了我这话，有什么话讲？

斯嘎纳耐勒　说真的！我有话讲……我不晓得怎么讲好：因为您把话说得像怪有理似的：其实可不是，您就没有理。我原来的想法妙不可言，您的长篇大论把它搅成了一锅粥。这一回就算啦，下一回跟您辩论，我先把我的论点写出来。

堂·璜　你就写出来吧。

斯嘎纳耐勒　不过少爷，我会不会得到您的许可，假如我告诉您，您过的生活我多少有点儿看不过眼？

堂·璜　怎么？我过的什么生活？

斯嘎纳耐勒　有条有理的生活。不过譬方说，像您这样一个月结一次婚……

堂·璜　还有比这开心的?

斯嘎纳耐勒　不错，很开心，很有趣，这我能领会，没有害处的话，我也会照办的；不过少爷，这样拿圣典当儿戏……

堂·璜　得啦，得啦，这是我和上天之间的事，我们将来会在一起把账算清楚的，你就免去操心吧。

斯嘎纳耐勒　说真的! 少爷，我常听人说，拿上天开玩笑，不是什么好事，那些不信教的人从来没有好结果。

堂·璜　算啦，大傻瓜，你知道，我对你讲过，我不喜欢那些好言相劝的人。

斯嘎纳耐勒　所以上帝明鉴，我也不是劝说您。您呐，您晓得您在干什么；您什么也不相信，您有您的理由。不过社会上就有一些头脑不清楚的年轻人，不信教，还不晓得为什么，他们要思想自由，因为他们以为这很对劲。我要是遇到这么一位主人呀，就会老实不客气，当面问他：您敢这样侮慢上天，像您这样儿拿圣事开玩笑，真就一点也不害怕? 您、一条小蚰蜒，一个小矬子（我是在对我说起的主子讲话），也有您拿人人尊敬的事开玩笑的份儿? 您以为自己是贵人，有一顶卷成圆圈圈的金黄假头发，帽子上插着羽毛，礼服滚着金边，飘带像火一样的颜色（我不是在讲您，我是在讲别人），我说，您就以为自己才学比谁都渊博，可以无恶不作，旁人也就不敢当面直说啦? 我虽然是您的听差，可是您听我讲，上天迟早要惩罚那些背教的人的，不干好事，不得好死……

堂·璜　住口!

斯嘎纳耐勒　什么事情?

273

堂·璜	事情是：你要知道，我看中了一个美人儿，这才游魂似的，跟她一直跟到本城。
斯嘎纳耐勒	少爷，半年前您杀死那位统领，您不害怕出什么岔子？
堂·璜	有什么害怕的？难道我不是按照规矩把他杀死的[①]？
斯嘎纳耐勒	完全照规矩，再稳当不过，他没有什么好抱怨的。
堂·璜	官方已经不追究这事啦。
斯嘎纳耐勒	官方不追究，可是他的亲戚、朋友，不见得就不记仇……
堂·璜	哎呀！别净想着我们会遭到的祸事啦；还是让我们光想着会使我们快活的好事吧。我对你说起的那位姑娘已经有了婆家，女人里头数她娇媚了。送她到这儿来的，就是她的未婚夫。我在他们上路前三四天，凑巧看见这一对情人。我还没有见过一对男女这样心投意合，有谁比他们还要你恩我爱的。他们两下里是郎有情、女有意，露在外头，把我看了一个神不守舍；我心里头别是一种滋味；我的爱情由妒忌开始了。是呀，看见他们在一起好合无间，我打一开始就不能忍受。怨气叫醒我的欲望；我要是能把他们离间了，把这种我打心眼儿里就不待见的恩情给拆散了，我就快活到了极点。可是直到现在为止，我什么力量也白费了，看样子只好铤而走险。那位未婚夫今天邀他的情人到海上游玩去。我事前什么也没有告诉你，不过满足我的爱情的准备，全都安排妥当了，我雇好了一条小船和人手，我想到时候我会很容易把美人抢走了的。
斯嘎纳耐勒	哎呀！少爷……
堂·璜	嗯？

[①] 意即按照决斗的规章把他杀死，所以官方并不追究。

斯嘎纳耐勒　您可真行,干起活儿来,真有两下子。像您这样满足自己的,世上没有第二位啦。

堂·璜　那你就收拾好了跟我走吧。当心把我的兵器全带齐,万一……啊!糟糕!怎么会碰到了她!混账东西,你先前没有告诉我,她本人就在这儿。

斯嘎纳耐勒　少爷,您先前没有问我啊。

堂·璜　她疯了还是怎么的,一身乡下打扮,衣服换也不换,就到这地方来啦?

第 三 场

艾耳维尔,堂·璜,斯嘎纳耐勒。

艾耳维尔　堂·璜,你好不好赏脸,破格认我一认?起码我能希望屈尊一下你的脸,朝我转过来?

堂·璜　夫人,实对你说,我没有想到在这儿见到你,太出人意外啦。

艾耳维尔　是的,你想不到在这儿见到我,我一眼就看出来了。说实话,太出你意外啦。不过我也大失所望。我先还不相信,可是你这不待见我的样子,把我充分说服了。我奇怪自己会这么老实、这么心软,一目了然的事,还不相信你会负心。我承认自己善良,或者不如说是愚蠢,尽想着欺哄自己,千方百计不把我的眼睛和我的判断当真。我明明见你待我冷淡,可是情之所至,还在为你寻找理由;你不告而别,我也特意想出种种合法的借口,为你开脱我理智上给你确定的罪名。我每天白起正当的疑心,我不睬理我眼前把你告下来的声音,只欢欢喜喜信任把你在我心上描成无辜的许多可笑的幻想。可是看看你现在对待我的这副模样,我再也不能怀疑了;凭你瞥了我那一眼,就对我说明了比我想知道的还多的心情。不过听你亲口讲讲你走的理由,到底对我好受多了。说吧,堂·璜,求你啦,让我看看你有什么脸给自己辩护。

堂·璜　斯嘎纳耐勒在这儿,他晓得我为什么走。

斯嘎纳耐勒① 我,少爷?您饶了我吧,我什么也不晓得。

艾耳维尔　好啦!斯嘎纳耐勒,说吧,那些理由,不管谁讲,我都要听。

堂·璜　（做手势叫斯嘎纳耐勒过来。）得啦,就对太太说了吧。

斯嘎纳耐勒② 您要我说什么?

艾耳维尔　过来,既然人家要你说,你就对我讲讲不告而别的那些原因吧。

堂·璜　你不回答?

斯嘎纳耐勒③ 我没有话回答。您是在拿您的用人开心。

堂·璜　倒说,你要不要回答?

斯嘎纳耐勒　太太……

艾耳维尔　什么?

斯嘎纳耐勒　（转向他的主人。）少爷……

堂·璜④　要是……

---

① 1734年版增添:"（低声,向堂·璜。）"
② 1734年版增添:"（低声,向堂·璜。）"
③ 1734年版增添:"（低声,向堂·璜。）"
④ 1682年版增添:"（恐吓他。）"

276

斯嘎纳耐勒	太太，征服者，亚历山大，还有旁的世界，是我们走的原因。少爷，我能说的，就是这个。
艾耳维尔	堂·璜，可不可以请你给我解释一下这些漂亮的古怪话？
堂·璜	夫人，实对你说……
艾耳维尔	哎呀！你是一位出入宫掖的人物，按说这类事也该习惯了，怎么还这样不会为自己辩护！看你这副窘相，我倒可怜你了。你为什么不高步阔视，装出一副恬不知耻的神气？你为什么不发誓，说你对我永远一片至诚，说你爱我永远如醉如痴，谁也比不了，说除非是死，什么也不能把你我分离？你为什么不对我说，你有十万火急的要事，来不及向我告别？说你身不由己，不得不在这儿勾留一时？说我放心回去好了，你一定快马加鞭，跟着我的后影就回来？说你确实盼望和我朝夕相处？说你离开了我，无情无绪，就像丧魂失魄一样？你就该这样为自己辩护，不像现在这样狼狈才是。
堂·璜	夫人，我承认我没有作假的才分。我有一颗真诚的心。我决不会对你讲，我对你永远一片至诚，我盼望和你朝夕相处，因为说到最后，我走，确实只是为了把你撇掉。我撇掉你，并非由于你编排的那些理由，而是纯粹由于良心不安，因为我相信和你再在一起，就不能不犯罪。夫人，良心不安，我就头脑清醒，看出我的问题来了。为了娶你，我把你从修道院抢走，使你违背修行的初愿，上天对这一类事非常妒忌，所以我细细思量下来，唯恐上天震怒，不由起了疚心。我相信我们的婚事只是一种化装通奸，会给我们带来报应的，所以我最后不得不想法子把你忘掉，也好让你回头是岸，再能修行。夫人，难道你心甘情愿，反

	对这样一种虔诚的思想，让我为了你，受到上天的惩罚……？
艾耳维尔	啊！恶棍，现在我算把你看透啦。不幸是我知人太晚，除掉伤心，也不能做出别的来。可是你要晓得，天理昭彰，报应不爽，你戏弄的上天会为我报你负心的仇的。
堂·璜	上天，斯嘎纳耐勒！
斯嘎纳耐勒	可不是，我们这种人呀，就不拿这搁在心上！
堂·璜	夫人……
艾耳维尔	够啦。我不要再听下去，我简直怪自己听多啦。由人把自己的耻辱抖出来，先就没有志气。心高气傲的人，碰到这种事，听到一句话，就该打定主意，你不要以为我会破口骂你：不，不，我决不是两句空话，就会把一天的怒火化为乌有的。说什么我也要痛心疾首把仇报了的。我对你再说一遍，负心贼，你害我，上天要罚你的。假使你不畏惧上天的话，起码你也要畏惧一个弃妇的忿恨。
斯嘎纳耐勒①	他能疚心倒也好了！
堂·璜	（想了想。）还是想着去办抢亲的事要紧。
斯嘎纳耐勒②	哎呀！看我在伺候一个什么样的混账主人哟！

---

① 1734年版增添："（旁白。）"
② 1734年版增添："（一个人。）"

第 二 幕

第 一 场

莎尔劳特，彼艾罗。

莎尔劳特　彼艾罗，亏得娘娘保佑，你不迟不早，赶着当口到。
彼艾罗　可不是，奶奶的，只差一口气的工夫，咱俩都会淹死。
莎尔劳特　这么说来，是早上那阵风，把他们刮下海的？
彼艾罗　可不，你听哩，莎尔劳特，怎么回事，俺马上说给你听；因为常言说得好，俺是头一个瞭见他的，瞭见他们俺是头一个。反正就是这么的，咱俩在海边，俺跟胖小子吕卡，咱们耍着玩，拿土疙瘩丢脑壳；因为你晓得，胖小子吕卡爱耍，俺有时也耍。所以咱俩在耍，耍着耍着，俺就老远望见水里头有个东西，一涌一涌，朝咱俩漂过来。俺瞅得一清二楚，一眨眼工夫，瞅着瞅着就瞅不见啦。俺就讲："喂！吕卡，俺想那边有人游水。"他就对俺讲："扯个啥，你见到鬼，迷眼咧。"俺就讲："奶奶的，俺眼没迷，那是人。"他对俺讲："才不对咧，日头照花了你的眼。"俺就讲："打赌不？日头没照花俺的眼。"俺就讲："是两人。"俺就讲："照直游过来咧。"他就对俺讲："奶奶的，俺打赌不是。"俺就讲："哦！那，赌十个苏①，你干不？"他就对俺讲："干"；他就对俺讲："说干就干，钱在眼面前。"俺呀，不是疯子，也不是二愣子，可也说丢就丢，朝地上丢了四个百合花钱，外加五个苏，是双代尼耶②，丢得可冲啦，奶奶的，就像喝了一碗酒；因为俺呀，豁出去啦，跟他拼咧。可是俺心中有数。俺不是傻瓜！反正就是这么的，俺才拿赌注撒开手，就见有两人露出水面来，还直摆手，要咱俩去搭救，俺一看情势，先抄注子。俺就讲："瞅哇，吕卡，你瞭见的，他们在喊咱俩哇，快去救他们吧。"他就对俺讲："不救，是他们让俺输的。"哦！所以乱到后来，不啰嗦啦，俺数说了他一顿，咱俩就跳进一条划子，七手八脚忙了一大阵，把他们从水里拖出来，带到家里烤火，他们脱得精赤条条，晒干衣服，后来他们一伙人又来了俩，是靠自己挣到活命的。后来玛杜莉娜也来了。当中有一个人直对她眉来眼去的。这就是原来的经过，莎尔劳特，不差一点。

莎尔劳特　彼艾罗，你不是告诉俺，当中有一个人比啥人也秀气？

彼艾罗　是啊，那是主子。他一定是一位大、大老爷，因为他的衣服，从上到下，全有金边边；伺候他的那些人，也是老爷；可是就算他是大老爷，真的，没有咱俩在那块儿，就淹死咧。

莎尔劳特　有你说的！

---

① "苏"等于一个法郎的二十分之一。十个苏等于半个法郎。
② "百合花钱"是巴黎造，钱上铸有百合花（王国国徽）。每四个等于外省五个苏。一个"代尼耶"值一"苏"的十二分之一。"双代尼耶"是一枚作两个代尼耶用的钱。乡下人穷，用了许多小钱（三十个代尼耶又四个百合花钱）凑成十个苏。

彼艾罗	哦!奶奶的,没有咱俩,他就蹬腿啦。
莎尔劳特	彼艾罗,他还精赤条条在你家?
彼艾罗	不在啦。他们当着咱们给他换好啦。老天爷,俺可从来没有见人那样穿过衣服。朝里那些老爷们,穿起衣服来,真蘑菇啦!俺钻进去,别想能出来,瞅就把俺瞅愣啦。老天爷,莎尔劳特,他们的头发跟他们的头就不连在一起;他们穿完衣服,拿它套到头上,像戴一顶大麻絮帽子。他们穿的衫子,袖筒那个宽哇,咱俩就这样也钻得进去。他们不穿裤子,扎一条围裙,那个大哇,像从今天到复活节。他们不穿小袄,穿一件小背心,连胸口都不到。他们不戴平领,脖子上拴一条有网眼的大手绢,挂着四个大布穗子,搭在胸脯上头。他们的胳膊梢也有小平领,腿上绑着金线带子大漏斗,其中还不算许多带子,左一条,右一条,真难看啦。就连鞋也这头到那头,全是带子。前也是,后也是,绊来绊去,俺别想能有活命。
莎尔劳特	真的,彼艾罗,俺得开开眼去。
彼艾罗	喂!莎尔劳特,先听俺讲一句话,俺有旁的话对你讲哇。
莎尔劳特	好吧!什么事,说吧。
彼艾罗	你晓得,莎尔劳特,常言说得好,得把心里的话掏出来。俺爱你,这你知道,咱俩就要成亲啦,可是奶奶的,俺对你可不满意咧。
莎尔劳特	怎么啦?到底是怎么回事啊?
彼艾罗	实说了吧,你老伤俺的心。
莎尔劳特	怎么会的?
彼艾罗	奶奶的,你不爱俺。
莎尔劳特	哎呀!哎呀!单为这个?

彼艾罗	是的,单为这个,这就够受的啦。
莎尔劳特	老天爷,彼艾罗,你总对俺唠叨这个。
彼艾罗	俺总对你唠叨这个,因为老是这个呀;不老是这个,俺还不会总对你唠叨这个咧。
莎尔劳特	可是你要怎么着?你这是什么意思?
彼艾罗	奶奶的!俺要你爱俺呗。
莎尔劳特	难道俺不爱你?
彼艾罗	不,你不爱;俺可为这出足了力:来一个过路贩子,俺就给你买一回带子,俺说这话,可没有怪你的意思。俺不怕摔死,为你爬到鸟窠;你过生日,俺叫弹绞弦琴①的,弹给你听。俺可象井里捞月,捞一个空。你晓得,人家爱俺,俺不爱人家,就不应该,就不象话。
莎尔劳特	可是老天爷,俺也爱你呀。
彼艾罗	是的,你爱的可好样儿啦!
莎尔劳特	你要俺怎么个爱法?
彼艾罗	俺要你照规矩爱,象人家那样爱。
莎尔劳特	难道俺不也照规矩爱你?
彼艾罗	才不,爱呀,一眼就看得出来。一个人真心相爱,就会对相爱的人做出许许多多小嗲样子来。瞅瞅胖丫头陶玛丝,爱疯了小罗班,老去逗他,从来不让他安静,老去跟他捣乱,要不呀,从跟前走过,揍他几下子;前天他坐在凳子上头,她从底下抽掉凳子,摔了他一个狗吃屎。奶奶的!这才叫相爱咧。可是你呀,见了俺从来不开口,老是那么一站,活像一块木桩子;俺在你跟前走过二十回,你可身

---

① 绞弦琴 Vielle 类似小提琴,六弦,左手绞弦,右手上过松香的轮状物弹拨。

282

	子僵僵的，轻轻拍俺一下子，扯一句闲谈，你都不肯。奶奶的！不管怎么讲，反正不应该。
莎尔劳特	你要俺咋着？俺这是天生的，不能换一个样子做。
彼艾罗	没有什么天生不天生。跟人相好，再咋着也总会有一点小表示的。
莎尔劳特	反正俺用心爱你来着。你嫌不称心呀，去爱旁人好了。
彼艾罗	好呀！这可是你讲的，奶奶的！你爱俺，会对俺讲这话？
莎尔劳特	那你又为什么跟俺死蘑菇？
彼艾罗	奶奶的！俺咋着你啦？俺不过是给你点子情意。
莎尔劳特	好吧！那你就放自在，千万别逼俺啦。也许俺有一天，会猛不愣瞪改过来的。
彼艾罗	给我手，莎尔劳特。
莎尔劳特	好吧！给你。
彼艾罗	那你答应俺，你想法子多爱着俺。
莎尔劳特	俺能做多少，就做多少，可是也得自己来呀。彼艾罗，这就是那位老爷吗？
彼艾罗	对，就是他。
莎尔劳特	哎呀！老天爷，长得多秀气呀，淹死了真可惜啦！
彼艾罗	俺去去马上就来：俺累坏啦，去喝碗酒，提提神。

第 二 场

堂·璜，斯嘎纳耐勒，莎尔劳特。

堂·璜	斯嘎纳耐勒，我们没有抢成功，那阵意外的飓风把我们的

　　　　　　船，连带我们拟订的计划，都给打翻了。不过实对你说，我方才离开的那个乡下姑娘，补偿了这场灾殃。我们不走运，抢亲不成，可是这个乡下姑娘，美貌动人，我看在眼里，一肚子懊恼也就化为乌有了。我已经做好准备，决不白白放她过去，用不了多久时间，就会把她弄到手的。

斯嘎纳耐勒　少爷，说实在的，您这话让我大吃一惊。上天垂怜，我们方才死里逃生，您不但不感谢，反而又拈花惹草，冒犯天威，积习难返，伤……①少说废话！你这坏蛋，你就不晓得在说什么，可是少爷晓得他在干什么。走吧。

堂·璜　　　（望见莎尔劳特。）喝！喝！斯嘎纳耐勒，这个乡下姑娘又是哪儿来的？你见过比她更标致的？你说，你不觉得两个一样好看？

斯嘎纳耐勒　当然。②又耍新花样啦。

堂·璜③　　美人，是什么缘分让我和你相逢？什么？在这田野地方，树木山石所在，会遇见你这样的妙人？

莎尔劳特　　先生夸奖。

堂·璜　　　你是这个村的？

莎尔劳特　　是，先生。

堂·璜　　　你住在这个村吗？

莎尔劳特　　是，先生。

堂·璜　　　你叫什么名字？

莎尔劳特　　莎尔劳特，听您使唤。

堂·璜　　　哎呀！长得好标致，眼睛也水汪汪的！

---

① 1734年版增添："（堂·璜摆出威胁的神情。）"斯嘎纳耐勒急忙改口骂自己。
② 1734年版增添："（旁白。）"。
③ 1734年版增添："（向莎尔劳特。）"。

莎尔劳特	先生,您不怕把我臊死。
堂·璜	哎!我说的是实情,千万害臊不得。斯嘎纳耐勒,你怎么说?谁见过还有比她招人爱的?请你转转身子。喝!身材有多苗条!请你仰仰头。喝!脸有多秀丽!把你的眼睛睁得大大的。喝!有多美呀!让我看看你的牙齿,求求你。有多销魂呀,嘴唇又这么鲜妍!说真的,我已经神魂颠倒啦,我从来没有见过这样一位如花似玉的姑娘。
莎尔劳特	先生,您说这话,是一时高兴,我不晓得您是不是取笑我。
堂·璜	我,取笑你?上帝不容我这样做!我太爱你啦,我对你讲的全是真心话。
莎尔劳特	这样我就很感谢您啦。
堂·璜	千万不要道谢!我说的话,没有一句值得你道谢的,你要谢就谢你的花容月貌吧。
莎尔劳特	先生,您说的话对我全太高啦,我拙嘴笨舌的,就回答不来。
堂·璜	斯嘎纳耐勒,看看她的手。
莎尔劳特	啐!先生,黑得简直就要不得。
堂·璜	哎呀!你说到哪儿去啦?这是世上一双顶美的手;让我亲亲你的手,求你啦。
莎尔劳特	先生,您太赏脸啦,我要是早晓得的话,会拿麸皮把手洗干净的。
堂·璜	你说给我听,美丽的莎尔劳特,你想必还没有嫁人吧?
莎尔劳特	没有,先生;不过没有多久我就要嫁给彼艾罗,他是女邻居席莫易特的儿子。
堂·璜	什么?像你这样一位姑娘,嫁给一个乡下人作老婆!不

　　　　　　好，不好，简直是冒渎天仙。你天生就不该住在乡村的。毫无疑问，你配得上更好的运道。总算上天有眼，特意让我来到这儿，阻挠这门亲事，不辜负你的美貌，因为实对你说，美丽的莎尔劳特，我是真心真意爱你，所以要不要我把你从这穷乡僻壤带走，放到和你相称的地位上，全看你啦。当然了，我很快就爱上了你，可这又怎么样？莎尔劳特，怪也只好怪你自己长得太美，人一刻钟就爱上了你，爱旁人总得半年啊。

莎尔劳特　　说真的，先生，您说话的时候，我就不晓得怎么做才好。您说的话，我全爱听，也一心希望能信得过；不过我常听人言，老爷们的话千万信不得，你们在朝里当官的，花言巧语，就只想着玩弄女孩子。

堂·璜　　我不是这种人。

斯嘎纳耐勒①　不是才怪。

莎尔劳特　　先生，您明白，被人玩弄，不是什么开心的事。我是一个可怜的乡下姑娘，可是我看重名声，宁可看我死了，也不要看我名声败坏。

堂·璜　　难道我、我会昧足了良心，玩弄你这样一位姑娘？我会十足下流，败坏你的名声？不，不，我有的是良心，不会干这种事的。我爱你的心思，莎尔劳特，是万分真挚，万分规矩的。为了证明我说的是真心话起见，我不妨告诉你，我除去娶你之外，没有别的用意：难道你还要更大的证据不成？你愿意什么时候，我就什么时候娶你。那边这位先生，可以给我的话作见证。

---

① 1734 年版增添："（旁白。）"

斯嘎纳耐勒	是的，是的，用不着害怕：你愿意多少回，他就娶你多少回。
堂·璜	哎呀！莎尔劳特，我看出你还是不晓得我的为人。你将人比我，可就太冤枉我啦。世上假如有坏蛋、有存心玩弄女孩子的恶人的话，你就该从中把我剔出来，不怀疑我对你情真意切才是。再说，你的姿色就是你的保证，一个女孩子有你这般模样，就什么害怕的心思也用不着了。相信我吧，你根本就没有那种受人玩弄的长相。拿我来说，我要是有一点点负心的念头，实对你说，我会一千次刺穿自己的心的。
莎尔劳特	我的上帝！我不晓得您说的话是真是假，可是您有本事让我相信。
堂·璜	你相信我，也就必然待我公道，我方才和你相约的话，也就不妨再说一遍：你答应不答应、情愿不情愿作我太太？
莎尔劳特	成，只要我的姑妈答应。
堂·璜	那么，莎尔劳特，你本人既然愿意，就把手给我吧。
莎尔劳特	不过我求您先生，千万骗我不得。您看我这么相信您，那可就太黑良心啦。
堂·璜	怎么？你好像还不相信我的真诚！你要我发大誓吗？上天……
莎尔劳特	我的上帝，千万别发誓，我相信就是。
堂·璜	那么，作为你的情意的保证，你就轻轻亲我一下吧。
莎尔劳特	哟！先生，等我们成了亲吧，求您啦。成亲以后，您愿意我亲多少回，我亲您多少回。
堂·璜	好吧！美丽的莎尔劳特，你要怎么着，我就怎么着。单把你的手给我好了，让我亲一千遍你的手，表白一下我多神

魂颠倒……

第 三 场

堂·璜,斯嘎纳耐勒,彼艾罗,莎尔劳特。

彼艾罗　　（来在他们两人中间,推开堂·璜。）慢着,先生,后退,请啦。你太兴奋,要害肋膜炎的。

堂·璜　　（粗暴地推开彼艾罗。）这没规没矩的家伙是从哪儿钻出来的?

彼艾罗[①]　俺告诉你,后退,别跟咱们有婆家的姑娘亲热。

堂·璜　　（继续推他。）哎呀！嚷嚷什么！

彼艾罗　　奶奶的！推人没有这样推的。

莎尔劳特　（揪着彼艾罗的胳膊。）彼艾罗,随他去。

彼艾罗　　怎么？随他去？俺呀,不干。

堂·璜　　哦！

彼艾罗　　奶奶的！因为你是大老爷,你就当着咱们的下巴壳跟咱们的女人亲热？去亲热你们自己的吧。

堂·璜　　嗯?

彼艾罗　　嗯。（堂·璜打了一记耳光。）奶奶的！别打我。（又挨了一记耳光。）哦！他妈的！（又挨了一记耳光。）狗的！（又挨了一记耳光。）妈的！婊子养的！打人可不对,这也不是救你不淹死的报酬。

---

① 1734 年版增添:"（走在堂·璜和莎尔劳特中间。）"

莎尔劳特	彼艾罗,千万别生气。
彼艾罗	我偏生气;你呀,尽着人家调戏,也不是好东西。
莎尔劳特	哎呀!彼艾罗,不像你想的那样。这位先生打算娶我,你就不该发脾气。
彼艾罗	怎么?奶奶的!你是许配给俺的。
莎尔劳特	彼艾罗,那算不了什么。你爱俺,俺当阔太太,难道不该高兴吗?
彼艾罗	奶奶的!就是不高兴。俺宁可看你死了,也不要看你跟旁人。
莎尔劳特	去,去,彼艾罗,千万别急:俺当了阔太太,会有你的好处的,咱们吃你的牛油和干酪。
彼艾罗	奶奶的!你出两倍价钱,俺也不送。原来你是这个缘故,才听他讲话的?婊子养的!俺要是老早晓得这个呀,不但不从水里救他出来,还要一桨打开他的天灵盖。
堂·璜	(走近彼艾罗,要打他。)你说什么?
彼艾罗	(闪到莎尔劳特身后。)奶奶的!俺就是不怕。
堂·璜	(走到彼艾罗那边。)等着我。
彼艾罗	(闪到莎尔劳特另一边。)俺哇,啥也不摆在心上。
堂·璜	(追彼艾罗。)我倒要看看。
彼艾罗	(又躲到莎尔劳特身后。)俺见到的可多啦。
堂·璜	啊哈!
斯嘎纳耐勒	哎呀!少爷,由这可怜家伙去吧。打他要遭罪的。①我可怜的孩子,听我说,走吧,别对他叨叨啦。
彼艾罗	(从斯嘎纳耐勒面前走过,傲然向堂·璜。)俺呀偏对他

---

① 1734 年版增添:"(向彼艾罗,来在他和堂·璜之间。)"

叨叨！

堂·璜　　　（举手打彼艾罗耳光，彼艾罗一低头，斯嘎纳耐勒正好挨上。）啊！我要教训教训你。

斯嘎纳耐勒　（看着低下头躲过耳光的彼艾罗。）瘟死你这小杂种！

堂·璜①　　这是你慈心的好报。

彼艾罗　　妈的！俺去把这事都讲给她姑妈听。

堂·璜②　　这回我要成最快乐的人了，世上随便什么东西，我也不会拿我的造化调换的。你当我的太太，该多快活！……

第 四 场

堂·璜，斯嘎纳耐勒，莎尔劳特，玛杜莉娜。

斯嘎纳耐勒　（望见玛杜莉娜。）啊哈！

玛杜莉娜　　（向堂·璜。）先生，您在这儿跟莎尔劳特干什么？也在跟她谈恋爱呀？

堂·璜　　　（向玛杜莉娜。）③不，倒是相反，她对我表示，情愿当我的太太，我回答她，和你已经有了婚约。

莎尔劳特④　玛杜莉娜问您一些什么？

堂·璜　　　（低声，向莎尔劳特。）她嫉妒我跟你说话，直想我娶她，可是我告诉她，我要你。

---

① 1734年版增添："（向斯嘎纳耐勒。）"
② 1734年版增添："（向莎尔劳特。）"
③ 1734年版改为："（低声，向玛杜莉娜。）"
④ 1734年版增添："（向堂·璜。）"

玛杜莉娜	什么？莎尔劳特……
堂·璜	（低声，向玛杜莉娜。）你就是跟她说破了嘴，也不顶事，她是一个死心眼儿。
莎尔劳特	怎么？玛杜莉娜……
堂·璜	（低声，向莎尔劳特。）你跟她讲什么，也是白费唾沫；你怎么也打消不掉她这个念头。
玛杜莉娜	难道……？
堂·璜	（低声，向玛杜莉娜。）要她懂道理，就没有办法。
莎尔劳特	我想……
堂·璜	（低声，向莎尔劳特。）她固执起来呀，跟个魔鬼一样。
玛杜莉娜	真就……
堂·璜	（低声，向玛杜莉娜。）她是一个疯子，别理她。
莎尔劳特	我想……
堂·璜	（低声，向莎尔劳特。）由她去吧，她是一个怪人。
玛杜莉娜	不，不，我一定要跟她讲话。
莎尔劳特	我要听听她的理由。
玛杜莉娜	什么？……
堂·璜	（低声，向玛杜莉娜。）我打赌她要对你讲，我答应娶她来的……
莎尔劳特	我……
堂·璜	（低声，向莎尔劳特。）我们打打赌看，她要对你坚持，我跟她讲好了娶她当太太的。
玛杜莉娜	喂！莎尔劳特，抢旁人的生意，就不应该。
莎尔劳特	玛杜莉娜，先生跟俺讲话，你吃飞醋，就不像话。
玛杜莉娜	先生头一个看见俺。
莎尔劳特	他头一个看见你，第二个看见我，答应娶我。

堂·璜	（低声，向玛杜莉娜。）好啊！我对你说什么来的？
玛杜莉娜[①]	算了吧，他答应娶的是俺，不是你。
堂·璜	（低声，向莎尔劳特。）我没有猜错吧。
莎尔劳特	请你哄旁人去吧，俺对你讲他答应娶的是俺。
玛杜莉娜	你别拿人开心啦，俺再讲一遍，他答应娶的是俺。
莎尔劳特	好在他本人就在眼面前，俺讲错了，他好讲的。
玛杜莉娜	好在他本人就在眼面前，俺扯谎呀，他好不认账的。
莎尔劳特	先生，您答应娶她来的？
堂·璜	（低声，向莎尔劳特。）你在寻我开心。
玛杜莉娜	先生，您讲好了当她丈夫来的？
堂·璜	（低声，向玛杜莉娜。）你想到哪儿去啦？
莎尔劳特	您看见的，她坚持到底。
堂·璜	（低声，向莎尔劳特。）由她闹去。
玛杜莉娜	您是见证，她怎么也不改口。
堂·璜	（低声，向玛杜莉娜。）由她说去。
莎尔劳特	不，不，一定要晓得实情。
玛杜莉娜	非辨明真假不可。
莎尔劳特	是的，玛杜莉娜，俺要先生指出你这黄毛丫头不懂事。
玛杜莉娜	是的，莎尔劳特，俺要先生叫你丢丢脸。
莎尔劳特	先生，请您就说明谁对吧。
玛杜莉娜	给我们作决定吧，先生。
莎尔劳特	（向玛杜莉娜。）你看好啦。
玛杜莉娜	你自己看好啦。
莎尔劳特	（向堂·璜。）讲呀。

[①] 1734年版增添："（向莎尔劳特。）"

玛杜莉娜　　说呀。

堂·璜　　（窘，同时向两个人讲。）你们要我说什么？你们异口同声，坚持我答应娶你们当太太。难道你们各人不晓得怎么一回事，还用得着我往细里解释吗？何苦逼我再讲一回？我真答应了谁，谁就自己心中有数，还在乎别人说什么不成？我答应的事，只要我办到也就是了，又何必放心不下？说实话，千言万语，无补于事。重要的是做，不是说。行动比说话还解决问题。所以要辨真假，只有这么一个办法：我结婚的时候，你们就看出两个人里头我爱谁了。（低声，向玛杜莉娜。）她愿意相信什么，让她相信什么好了。（低声，向莎尔劳特。）她爱怎么胡思乱想，让她怎么胡思乱想好了。（低声，向玛杜莉娜。）我爱疯了你。（低声，向莎尔劳特。）我心里只有你。（低声，向玛杜莉娜。）跟你的脸子一比，谁也难看。（低声，向莎尔劳特。）我看到了你，谁我也受不了。①我有几句话要吩咐，过一刻钟就找你们来。②

莎尔劳特　　（向玛杜莉娜。）反正他爱的是俺。

玛杜莉娜③　　他要娶的是俺。

斯嘎纳耐勒④　　哎呀！你们这两个可怜的姑娘，我可怜你们天真无邪，不忍心看你们受害。两个人听我的话：千万别上他的当，他那些话全是瞎扯淡，还是待在自己的村子里吧。

---

① 1734 年版增添："（高声。）"
② 堂·璜下。
③ 1734 年版增添："（向莎尔劳特。）"
④ 1734 年版增添："（阻止莎尔劳特和玛杜莉娜。）"

堂·璜	（回来。）①我倒想知道，为什么斯嘎纳耐勒不跟我来。
斯嘎纳耐勒	我的主人是一个坏蛋；他唯一的存心就是骗你们；他骗过许多人了；他见一个娶一个……（他望见堂·璜。）这话是假的；不管是谁对你们讲这话，你们都该对他讲：他在扯谎。我的主人绝不是见一个爱一个，他绝不是坏蛋，他没有存心骗你们，也没有骗过许多人。啊！看，他来啦！你们问他本人好啦。
堂·璜②	对。
斯嘎纳耐勒	少爷，世上多的是说人坏话的人，所以我抢先一步告诉她们，万一有人对她们讲你的坏话，千万相信不得，还一定要对他讲，他在扯谎。
堂·璜	斯嘎纳耐勒。
斯嘎纳耐勒	是呀，少爷是一个有德行的人，我担保他是。
堂·璜	哼！
斯嘎纳耐勒	那是没规矩的家伙。

第 五 场

堂·璜，树枝，莎尔劳特，玛杜莉娜，斯嘎纳耐勒。

树 枝③	少爷，我来警告您，这儿对您不利。

---

① 堂·璜上。1734年版改动作："（回来）"为"（在舞台深处，旁白。）"
② 1734年版增添："（看着斯嘎纳耐勒，疑心他多嘴。）"
③ 1734年版增添："（低声，向堂·璜。）"

堂·璜　　怎么？

树　枝　　有十二个人，骑着马找您，很快就要到这儿来了。我不晓得他们怎么会跟下来的，不过他们盘问过一个乡下人，对他把您比画了一番，我就是从他那儿得到的消息。事情紧急，您越早离开这儿越好。①

堂·璜　　（向莎尔劳特和玛杜莉娜。）我有急事在身，非走不可；不过我请你们记住我的约言，不到明天天黑，保准会听到我的消息。②敌强我弱，就非用计摆脱眼前的祸事不可。我希望斯嘎纳耐勒穿上我的衣服；我……

斯嘎纳耐勒　　少爷，您在开玩笑。穿上您的衣服去送死……

堂·璜　　快换吧，我这是太赏你脸了！你要知道，有荣誉为主人而死的仆人，是很幸运的。

斯嘎纳耐勒③　　谢谢您赏我这个脸。老天爷，既然关系着死，您就开恩，千万别让我被人错当成另一个人。

---

① 剑客下。
② 两位乡下姑娘下。
③ 1734年版增添："（一个人。）"

第 三 幕

第 一 场

堂·璜（乡间装束），斯嘎纳耐勒（医生打扮）。

斯嘎纳耐勒 说真的，少爷，您得承认我有道理，我们两个人的改装，妙到秋毫。您的头一个计划，根本就不合适；我们这个藏身法儿，要比您的想法高明多了。

堂·璜 你这身打扮，的确不错。我不晓得你从哪儿弄到这套滑稽行头。

斯嘎纳耐勒 是吗？这是一位老医生的衣服，一直搁在当铺，是我花了钱把它赎出来的。不过您知道，少爷，这件衣服已经让我受到尊重，我遇见的人们对我行礼，有人把我当作学者请教啦！

堂·璜 怎么会的？

斯嘎纳耐勒 有五六个乡下人，男男女女，见我走过，都来问我医治几种病的意见。

堂·璜 你就回答你什么也不懂？

斯嘎纳耐勒 我？才不呐。我希望维持我的衣服的荣誉：我谈论病情，给他们个个人开方子。

堂·璜　　　　你有什么好方子给他们开?

斯嘎纳耐勒　说真的,少爷,我想到什么就开什么;我靠临机应变开方子。万一手到病除,有人来道谢的话,倒真成了妙事一桩。

堂·璜　　　　凭什么不?个个医生有的特权,你凭什么就不该有?治好病人,你没有份,他们照样没有份,他们的医道完全是样子货。他们的本领也就是接受坐享其成的荣誉。病人的幸运你和他们一样可以利用,你也很可以把机缘的巧合和自然的力量说成你的药方子的功劳。

斯嘎纳耐勒　怎么,少爷,您对医学也没有信心!

堂·璜　　　　这是人们铸成的一个大错。

斯嘎纳耐勒　什么?您不相信决明,不相信旃那,也不相信呕吐酒?

堂·璜　　　　你凭什么要我相信?

斯嘎纳耐勒　您是打心眼儿里就什么也不信。可是您看,这些天,呕吐酒出了大名。它那个灵劲儿,就连最爱怀疑的人也感化过来了,还不到三个星期,我亲眼见到的,效果可神啦。

堂·璜　　　　什么效果?

斯嘎纳耐勒　有一个人,六天以来等着断气,医生不晓得开什么方子好,什么药也不济事,临了大家想到给他呕吐酒喝。

堂·璜　　　　是不是他有救啦?

斯嘎纳耐勒　没有,他死啦。

堂·璜　　　　真见效啦。

斯嘎纳耐勒　怎么?整整六天他不能死,这一下子就送了他的性命。您还要怎样见效?

堂·璜　　　　你说得对。

斯嘎纳耐勒　可是不谈医学也好,反正说什么您也不信,还是谈旁的

297

	吧。原因是这件衣服启发我的才情,我才觉得自己起了和您争论的兴致。您明白,您许我争论来的,您只禁我劝告罢了。
堂·璜	怎么样?
斯嘎纳耐勒	我想彻底了解您的思想。您真就一点也不相信上天吗?这可能吗?
堂·璜	这没有什么好谈的。
斯嘎纳耐勒	那就是说不相信。那么地狱呢?
堂·璜	哎呀!
斯嘎纳耐勒	照样儿不相信。请问,魔鬼呢?
堂·璜	是,是。
斯嘎纳耐勒	也不怎么相信。您对来世也决不相信?
堂·璜	哈!哈!哈!
斯嘎纳耐勒	感化这位先生,我算是无能为力了。您倒是说给我听,夜叫鬼①,您相信不?哎!
堂·璜	瘟死你这蠢驴!
斯嘎纳耐勒	这我就不能答应您啦,因为没有比夜叫鬼再真的了,不真的话,我上绞刑架②。不过人在世上总得相信点什么:到底您相信什么?
堂·璜	我相信什么?
斯嘎纳耐勒	是的。
堂·璜	我相信二加二等于四,斯嘎纳耐勒,还有四加四等于八。
斯嘎纳耐勒	信这个,叫真绝啦,这么说来您的信仰难道是数学?必须

---

① 根据迷信,夜叫鬼在圣诞节前四个星期内出现,叫声凄厉,为害于人。
② 从"夜叫鬼,您相信不?"到"我上绞刑架",莫里哀在第二场演出时删去,1683年荷兰版收入。

承认，人脑子里存着好些古怪想法，学问越深，往往就越胡涂。让我来说，少爷，感谢上帝，我的学问万不及您，也没有人会夸口，从来教我什么来的。不过根据我的有限的见识、我的浮浅的判断，我看事倒比什么书全都高明。我十分明白，我们看见的世界，不是一只香菌，一夜工夫就自己长了出来。我倒很想问您：谁造出这些树木、这些石头、这地和那高高在上的天，是不是全是自己把自己造出来的？就拿您来说吧，您活在世上，难道是您养出自己来的？难道老夫人不怀孕，您就有了自己？您能看着构成人的这架机器的种种发明而不赞美彼此搭配的方式？这些神经、这些骨骼、这些静脉、这些动脉，这些……这肺、这心、这肝，和一切应有尽有的成分……哎呀！我的妈唉，请您就打断我的话吧。人家不打断我的话，我就争论不下去啦。您故意不开口，不存好心，尽看我说下去。

堂·璜 我在等你讲完你的道理。

斯嘎纳耐勒 我的道理就是，随您怎么说，人身子里的妙处，学者就全解释不来。我站在这儿，脑壳里有什么东西，在短短一个时间，想到许许多多不同的事情，而且随意支配着我的身体，您说出奇不出奇？我想拍手，举胳膊，眼睛朝天望，低下头，动动脚，向右走，向左走，向前走，向后走，转身子……

〔他一转身，摔倒了。

堂·璜 妙啊！你的道理摔了一个狗吃屎。

斯嘎纳耐勒 去他妈的！我是傻瓜，跟您理论，就是糟蹋时候。您爱相信什么，就相信什么好了；您下不下地狱，关我屁事！

堂·璜 可是我相信，我们尽顾理论，把路迷了。那边有一个人，

斯嘎纳耐勒　喂，喂，你来呀！喂，老乡！喂，朋友！对不住，问你一句话。

第 二 场

堂·璜，斯嘎纳耐勒，一个穷人。

斯嘎纳耐勒　指引我们一下去城里的路。

穷　人　先生们，你们只要顺着这条路走，走到大树林子边边头，往右手转就是。不过我劝你们要多加小心，这一带最近出了强盗。

堂·璜　朋友，承你指路，我十二分感谢。

穷　人　先生，您行好施舍我几个钱，成不成？

堂·璜　哈！哈！我看出来啦，你的劝告是有打算的。

穷　人　先生，我是一个穷人，一个人在这树林里隐居了十年。我会祷告上天赐给你各样财富的。

堂·璜　哎呀！祷告上天赐给你一件衣服穿，少管旁人的闲事吧。

斯嘎纳耐勒　老实人，你不晓得这位先生：他只相信二加二等于四，四加四等于八。

堂·璜　你在这树林里干什么？

穷　人　每天祷告上天，让给我施舍的正人们前程万里。

堂·璜　这么说来，你的生活不会不舒服了？

穷　人　哎呀！先生，我过的是世上顶穷顶苦的日子。

堂·璜　你在开玩笑，一个人每天祷告上天，就不会少东缺西的。

穷　人　　　先生，实对你说，我常常啃不到一星星面包。

堂·璜　　　这可就怪啦，你行好不得好报。啊！啊！我马上给你一个金路易①，只要你肯咒骂上天。

穷　人　　　哎呀！先生，难道你愿意我干这种坏事？

堂·璜　　　你要不要赚一个金路易，现在全看你了。这儿是一个金路易，只要咒骂上天，我就给你一个金路易。来吧，非咒骂上天不可。

穷　人　　　先生……

堂·璜　　　你不这样做，钱就到不了手。

斯嘎纳耐勒　好，好，咒骂两句吧，不碍事的。

堂·璜　　　拿去吧，这儿是钱；拿去吧，你听我讲；不过先得咒骂上天。

穷　人　　　不，先生，我宁可饿死。

堂·璜　　　得，得，看在人类的分上，我就给了你吧。②可是我看见了什么？三个人攻打一个人？太不势均力敌啦，我不该容忍这种不平的事的。

第 三 场

堂·璜，堂·卡尔劳斯，斯嘎纳耐勒。

---

① 金路易当时合二十四个法郎。
② 从"这可就怪啦"到"我就给了你吧"，莫里哀在第二场演出时删去，1683年荷兰版收入。

斯嘎纳耐勒① 我的主人真是一个疯子,去冒不相干的险。可是说真的!忙儿倒帮上啦,两个人把三个人吓跑了。

堂·卡尔劳斯 （拿着剑。）强盗逃跑,说明阁下拔刀相助,作用很大,所以先生,允许我向你致谢这种见义勇为的行径……

堂·璜 （回来,拿着剑。）先生,不足挂齿,你在我的地位,也会这样做的。我们自己的荣誉就和这一类的遭遇息息相关。这些恶棍未免也太不成话,我不反抗这种坏事,等于同流合污。不过你怎么会赶巧落在他们手里的?

堂·卡尔劳斯 我和家兄,还有我们的所有随从,不幸全都失散了。我正在寻找他们,就遇到了这些强盗,他们先收拾我的马,不是阁下舍命相救,会把我也收拾了的。

堂·璜 你打算奔城那边去?

堂·卡尔劳斯 是的,不过不想进去。家兄和我,为了一桩倒楣事,不得不待在田野。遇到这些倒楣事,当贵人们就要按照他们的荣誉的严格要求,牺牲自己和一家大小,因为最美满的结果也永远悲惨,不放弃生命,就得放弃祖国②。所以在我看来,贵人身分就是一种不幸,所作所为,即使小心谨慎、正直无亏,也决不能就高枕无忧;可是旁人为非作歹,又必须照荣誉的准则行事;随便一个狂徒,心血来潮,羞辱正人君子一场,他就非死不可,眼睁睁看着他的生命、他的休息和他的财产由着狂徒摆弄。

堂·璜 可也有这种好处:那些轻举妄动,随意侮辱我们的人,我

---

① 1734年版增添:"（一个人。）"
② 为耻辱而进行决斗,是贵族的荣誉观点,但在路易十三时代,政府严厉处分决斗双方,所以决斗后,便非逃亡国外不可。莫里哀这里说的显然是法国情况。

们能使他们同样冒险、同样生活不得安定。不过我倒想知道你有什么事？我问这话也许不算怎么冒昧。

堂·卡尔劳斯　事情已经到了不能隐瞒的地步，羞辱一经张扬在外，关系着我们的荣誉，我们不但不该加以隐瞒，而且就该进行报复，甚至于公开我们已有的计划。所以不瞒你说，先生，我们要报的仇就是：我们有一个妹妹，被人奸骗，拐出了修道院，这人就是堂·路易·太诺里奥的儿子、一个叫作堂·璜·太诺里奥的。我们找他找了好几天了，有一个听差告诉我们，说他骑着马，带了四五个人，沿着这边海岸来了，所以我们今天早晨跟踪下来。可是我们白费气力，没有能发现他的去处。

堂·璜　先生，你说起的这个堂·璜，你认识吗？

堂·卡尔劳斯　不，我不认识。我从来没见过他，我只是听到家兄形容他来的。不过他的名声很不好，他的生活……

堂·璜　先生，请你别说下去了。他也算我的朋友，听人讲他的坏话，在我就未免不够朋友了。

堂·卡尔劳斯　先生，看在你的分上，我一句也不说起他就是。你认识的一个人，我谈起他来，又非讲他的坏话不可，所以在你面前，我还是不谈他的好，因为比起搭救我的性命来，我的报答是太微不足道了。不过尽管你和他是朋友，我还是斗胆希望你不赞成他这种行径，并不认为我们报仇奇怪。

堂·璜　正相反，我希望助你一臂之力，免去徒劳无益的搜寻。我和堂·璜是朋友，我没有办法不是；不过侮辱贵人而不受到惩罚，也不合理，我答应他满足你就是了。

堂·卡尔劳斯　什么样儿的满足才能抵补这一类羞辱？

堂·璜　你的荣誉所能希望的任何满足。你不必劳神找堂·璜了，堂·卡尔劳斯　先生，这种希望，对受羞辱的人们说来，十分称心。不过你是我的救命恩人，把你也牵连在内，我会感到很大的痛苦的。①

堂·璜　我是堂·璜的知己，有他决斗，一定就会有我；不管怎么样，我担保他，就像担保自己一样，你只要说出你希望他出面满足你的时间就成。

堂·卡尔劳斯　我的命运怎么这样坏啊！你是我的救命恩人，怎么堂·璜偏偏又是你的朋友？

第 四 场

堂·阿龙斯（和三个随从），堂·卡尔劳斯，堂·璜，斯嘎纳耐勒。

堂·阿龙斯②　到那边饮饮马去，饮完了，再牵过来；我想走动走动③。天呀！我看见了谁！什么？兄弟，你和我们的死对头在一起。

堂·璜　（后退三步，把手傲然放在剑柄上。）是的，我就是堂·璜。你们人数虽然多，却也不足以使我改名换姓。

---

① 当时进行决斗，副手同样参与比拼，他担心他会和他的救命恩人交锋。
② 1734年版增添："（向他的随从说话，没有看见堂·卡尔劳斯和堂·璜。）"
③ 1734年版增添："（望见他们两个人。）"

堂·阿龙斯① 啊！坏东西，你的死时到了……②

堂·卡尔劳斯 啊！哥哥，住手。我的性命是他救下来的；我遇到强盗，不是他拔刀相助，早已死了。

堂·阿龙斯 你愿意让这种考虑阻挠我们报仇吗？你要知道，仇人对我们效劳，不论大小，都不屑我们一顾。我们只要比较一下恩和仇，兄弟，你就明白你的感激有多好笑了。荣誉既然远比生命可贵，一个人糟蹋我们的荣誉，即使他救下我们的性命，也算不得一回什么事了。

堂·卡尔劳斯 哥哥，我晓得一位贵人应当永远把这两样儿东西区别开来；感激的心思也绝取消不了我对羞辱的憎恨。不过你还是让我现在就答谢他，立刻回报他的再生之德吧：我们推迟一下报仇的日子，让他自由自在享受几天他做好事的果实，也就成了。

堂·阿龙斯 不，不，延迟就可能再也报不了仇，永远把机会丢掉。上天现在把机会送到我们跟前，用不用全在我们。荣誉既然受到了致命伤，我们就决不应该有任何让步；如果你不愿意动手的话，你尽可以闪开，把这种任务的荣誉留给我好了。

堂·卡尔劳斯 哥哥，我求你……

堂·阿龙斯 这些话都是多余：他非死不可。

堂·卡尔劳斯 哥哥，听我的话，住手。我决不答应你把他害死，上天作证，我现在要保护他，对付任何一个人；我决定以这条他救下的性命来保卫他；你想杀死他，就得先把我刺死。

---

① 1734年版增添："（拔出剑来。）"
② 1734年版增添："（斯嘎纳耐勒跑开，躲藏起来。）"

堂·阿龙斯　什么？你站到我们的仇人那边，跟我作对？你见到他，不但不像我一样动怒，反而对他流露十分的好感？

堂·卡尔劳斯　哥哥，即使行动正当，也让我们表示一下有节制吧；即使为我们的荣誉报仇，也千万不要像你这样激动吧。我们要勇敢，但是也要头脑冷静，千万不能蛮不讲理；应付事变，必须完全根据我们理智上的考虑，决不能根据忿怒的盲目冲动。哥哥，我决不希望欠下仇人的情分，他对我有恩，我就应该首先回报才是。我们延迟报仇，不会因为延迟，就欠光采；正相反，只有更好。有机会而不用，世人会越发觉得我们是正当的。

堂·阿龙斯　哎呀！为了虚无缥缈的恩惠的滑稽想法，就这样把荣誉的利益放在未定之天，真是奇怪的软弱、可怕的盲目！

堂·卡尔劳斯　不，哥哥，用不着担心。如果是我错，我会补救的；我承担保卫我们的荣誉的全部责任。我知道报答的限度。我的感激心情为他要求宽限一天，只有增加报仇的决心。堂·璜，你看见的，我受了你的好处，我在用心报答。此外我就是不说，你也应当明白，我这人恩怨分明，报恩固然心切，可是回答你的羞辱，也不会不如报恩那样准确。我决不希望强迫你现在就表示你的态度，我给你仔细考虑你应当做出什么样的决定的自由。你对我们的侮辱，大到什么程度，你也很清楚，所以该怎么办，才能解决，你自己想好了。满足我们的要求，有息事宁人的办法，也有激烈和流血的方法，不过随你走哪一条路，你答应下我，让堂·璜满足我来的：请你就想着给我办到了吧。你记好了，离开此地，我就只有我的荣誉在我的心上。

堂·璜　我对你没有要求，我答应你的事，我一定办到。

堂·卡尔劳斯　走吧，哥哥。暂时的祥和绝不妨碍我们坚决执行责任。

第 五 场

堂·璜，斯嘎纳耐勒。

堂·璜　喂，嗐，斯嘎纳耐勒！

斯嘎纳耐勒[①]　有什么吩咐？

堂·璜　怎么？混账东西，人家攻打我，你倒跑啦？

斯嘎纳耐勒　少爷，您饶了我吧，我就在近处。这件衣服我相信是一剂泻药，穿它等于吃药。

堂·璜　瘟死你这没上没下的东西！你还是另找一块像样的料子把你的小胆盖起来吧。你晓得我救的人是谁？

斯嘎纳耐勒　我？不晓得。

堂·璜　他是艾耳维尔的一位哥哥。

斯嘎纳耐勒　一位……

堂·璜　他算得上一位君子，很有风度，我懊恼不该和他有纠纷。

斯嘎纳耐勒　息事宁人，在您也并不难。

堂·璜　是的；不过我爱艾耳维尔的心思已经消了。宜家宜室根本不合我的脾胃。你晓得，我在恋爱上，就爱自由。把我的心关在四堵墙里头，我打不定这个主意。我对你说过多少回了，什么吸引我，我就跟什么走，这是我的天性。我的心属于普天下的美人，所以她们也就应该轮流享用，尽她

---

① 1734年版增添："（从他躲藏的地方出来。）"

们的能力把它留住。不过我看见那些树当中，有一座庄严的建筑物，那是什么？

斯嘎纳耐勒　您不晓得？

堂·璜　我的确不晓得。

斯嘎纳耐勒　好！那是您杀死的统领生前给自己立的坟。

堂·璜　哦！你说对啦。我不晓得就在这一带。人人对我讲起这座建筑物，还有统领的雕像，怎么怎么了不起，我倒想看看去。

斯嘎纳耐勒　少爷，千万去不得。

堂·璜　为什么？

斯嘎纳耐勒　去看一个你杀死的人，并不礼貌。

堂·璜　才不呐，我拜访他，正表示我愿意对他有礼貌，他要是漂亮的话，就该心悦诚服地接待才是。来吧，进去吧。

（墓冢打开，①露出一座庄严的墓碑和统领的雕像。）

斯嘎纳耐勒　呀！真美！雕像都多美呀！大理石多美呀！柱子都多美呀！呀！真美！少爷，您说怎么样？

堂·璜　我看一个死人好胜也就到此为止了。我觉得奇怪的是，一个人活着的时候，有几间平屋陋居，也就心满意足，可是临到用不着了，倒要来这么所高楼大厦。

斯嘎纳耐勒　这儿是统领的雕像。

堂·璜　家伙！他这身罗马皇帝装束，可滑稽啦！

斯嘎纳耐勒　说真的，少爷，雕得挺好，就像他还活着，要开口说话。他一双眼睛望着我们，单只我一个人呀，我会害怕的，我

---

①　当指推开入口的栅栏。

	想他是不乐意看见我们吧。
堂·璜	那是他错,是他不识抬举。问问他要不要和我一道用晚饭。
斯嘎纳耐勒	我想,他用不着吧。
堂·璜	我叫你问问他。
斯嘎纳耐勒	您不是开玩笑吗?去跟一个雕像讲话,简直成了疯子。
堂·璜	照我的吩咐问他就是了。
斯嘎纳耐勒	真是想入非非!统领大人……①我笑我这样胡闹,不过是我的主人要我这样做的。②统领大人,我的主人堂·璜问您,肯不肯赏光,和他一道用晚饭。(雕像点头。)妈呀!
堂·璜	什么?你怎么啦?讲呀,你要不要讲?
斯嘎纳耐勒	(学雕像点头。)雕像……
堂·璜	好啦!坏东西,你要说什么?
斯嘎纳耐勒	您听我说,雕像……
堂·璜	好啦!雕像?你不说,我揍你。
斯嘎纳耐勒	雕像跟我打招呼。
堂·璜	瘟死你这混账东西!
斯嘎纳耐勒	您听我说,它跟我打招呼:真有这事来的。您自己去对它说,就知道了。也许……
堂·璜	来,狗东西,来,我要你自己看看你多胆小。看仔细了。统领大人,你愿不愿意和我一道用晚饭?

〔雕像又点了点头。

---

① 1734 年版增添:"(旁白。)"
② 1734 年版增添:"(高声。)"

斯嘎纳耐勒　我宁可放弃十个皮司陶,也不要错过这个。好啦!少爷?

堂·璜　　　走,离开这儿。

斯嘎纳耐勒①这就是我那些什么也不要相信的自由思想人士。

---

① 1734年版增添:"(旁白。)"

第 四 幕

第 一 场

堂·璜，斯嘎纳耐勒。

堂·璜 不管怎么样，由它去吧：一点点小事，算不了什么，可能就是光线模糊，我们看晃了眼，要不就是气往上冲，我们眼花了。

斯嘎纳耐勒 哎呀！少爷，明明是我们这双眼睛看见的，眼睛又都好好儿的，您就不要费心否认了吧。确实是点头来的，再真不过了；我相信是上天见不得您那种生活，才来这种奇迹说服您，好让您改邪……

堂·璜 听我讲。你要是再拿你这些瞎胡闹的教训麻烦我，再有半句话说到这上头，我就去叫人来，找一根牛皮条，让三四个人把你捆起来，重责一千记。你听明白了没有？

斯嘎纳耐勒 很好，少爷，再好没有。您解释得一清二楚：做事绝不兜圈子，这就是您的好处。您说起话来，一是一，二是二，干净利落之至。

堂·璜　　　得啦，开晚饭来，越快越好。小东西①，端一张椅子来。

第 二 场

堂·璜，二月蓝，斯嘎纳耐勒。

二月蓝　　少爷，您那位生意人狄芒舍先生来了，有事要见您。

斯嘎纳耐勒　得，债主上门，我们算赶上啦。他犯了什么病，想起讨债来了，你怎么不对他讲，少爷不在家啊？

二月蓝　　我对他说了有三刻钟了，可是他偏不相信，坐在那边死等。

斯嘎纳耐勒　他高兴等，就让他等去。

堂·璜　　　不，恰相反，叫他进来。避开债主不见，是一种顶坏的手段，应当还他一点儿东西才是，我有妙法不给他们一文钱，就满意而去。

第 三 场

堂·璜，狄芒舍先生，斯嘎纳耐勒，随从。

堂·璜　　　（彬彬多礼。）呀！狄芒舍先生，走近些。见到您，我多开心呀！底下人没有立刻请您进来，我对他们可不满意

---

① 这个"小东西"可能就是他的跟班小矮胖。他端过椅子，就又走了。

狄芒舍先生	啦！我吩咐过他们，我不见客；可是这话不是为您说的，您有权利随时到舍下来。
狄芒舍先生	少爷，您待我太好啦。
堂·璜	（对他的跟班发话。）家伙！混账东西，你们让狄芒舍先生待在前厅，我要教训你们一顿，我要叫你们把客人认认清楚。
狄芒舍先生	少爷，没有什么。
堂·璜	怎么？对您、对我的最好的朋友狄芒舍先生讲：我不在家？
狄芒舍先生	少爷，您抬举我。我来是……
堂·璜	快去，给狄芒舍先生端一个座儿来。
狄芒舍先生	少爷，我站着就好。
堂·璜	不，不，我要您坐在我旁边。
狄芒舍先生	实在用不着。
堂·璜	拿去这张折凳，端一张扶手椅来。①
狄芒舍先生	少爷，您在寻我开心……
堂·璜	不，不，我晓得欠您的情分，我决不希望我们两个人中间还分什么上下。
狄芒舍先生	少爷……
堂·璜	来，坐下。
狄芒舍先生	少爷，没有这个必要，我只有一句话回禀。我来……
堂·璜	听我说，坐下来吧。
狄芒舍先生	不，少爷，这样就好。我来是为……

---

① 17世纪法国贵族社会非常重视身分、名次，扶手椅或靠背椅，椅或凳，坐或立，由主人按照来客不同的社会地位分配。

堂·璜	不,您不坐,我决不听您说下去。
狄芒舍先生	少爷,我遵命就是。我……
堂·璜	家伙,狄芒舍先生,您的气色很好。
狄芒舍先生	是的,少爷,为了效劳。我来……
堂·璜	您的身子骨儿结实得不得了,鲜红的嘴唇,脸色也白里透红,雪亮的眼睛。
狄芒舍先生	我希望……
堂·璜	嫂夫人,狄芒舍太太这一向好吗?
狄芒舍先生	很好,少爷,感谢上帝。
堂·璜	她是一位贤德女子。
狄芒舍先生	承您夸奖,少爷。我来……
堂·璜	还有您的小女儿克楼狄娜,她好吗?
狄芒舍先生	好得很。
堂·璜	她可真是一位漂亮的小姑娘!我打心眼里喜欢她。
狄芒舍先生	您太赏她脸啦,少爷。我请您……
堂·璜	还有小高兰,他敲起鼓来,总是那样响?
狄芒舍先生	总是那样,少爷。我……
堂·璜	还有您的小狗柏吕斯盖?总是那样汪汪地叫,总在咬您的客人的腿?
狄芒舍先生	比先前还要厉害,少爷,我们简直没有办法。
堂·璜	我打听府上的消息,没有什么好惊奇的,因为本来就非常关切。
狄芒舍先生	少爷,我们是万分感激。我……
堂·璜	(伸手给他。)那么,拉拉手,狄芒舍先生。您真是我的朋友吗?
狄芒舍先生	少爷,您看得起我。

堂·璜	家伙！我由衷敬重您。
狄芒舍先生	您太体面我啦。我……
堂·璜	任何事我都好为您效劳的。
狄芒舍先生	少爷，您待我太好啦。
堂·璜	而且没有自私的打算，请您相信我。
狄芒舍先生	我实在不配这种恩典。不过，少爷……
堂·璜	好，狄芒舍先生，您愿意跟我随便用点儿晚饭吗？
狄芒舍先生	不，少爷，我得马上就回去。我……
堂·璜	（站起。）来呀！快拿火把给狄芒舍先生照路，派四五个人带上他们的铳子护送。①
狄芒舍先生	（也站起。）少爷，不需要，我一个人就好走的。不过……
	〔斯嘎纳耐勒立刻撤去座椅。
堂·璜	怎么？我坚持他们护送，我太关心您个人的安危了。我是您的仆人，又是您的债户。
狄芒舍先生	哎呀！少爷……
堂·璜	我不但不瞒着这事，而且逢人就讲。
狄芒舍先生	假如……
堂·璜	您要不要我送您一程？
狄芒舍先生	哎呀！少爷，您在开玩笑。少爷……
堂·璜	那么，请您吻抱我吧。我再一次求您相信我十分敬重您，世上没有任何事我不好为您效劳的。
	〔他下。

---

① 巴黎当时没有街灯，盗匪出没，行人不便。两年后（1667年），巴黎开始在冬季五个月内安装烛灯，并派马步弓箭手，于夜间巡逻街巷。背景虽在西西里，剧作者显然意指巴黎。

斯嘎纳耐勒	必须承认,少爷很爱您,您算遇着人啦。
狄芒舍先生	没有二话。他待我礼貌周到,恭维备至,我就一直没有法子向他开口要账。
斯嘎纳耐勒	我告诉您,他一家人会为您舍命的。我倒希望您遇到什么困难,有人不怀好意,要揍您一顿,您也好看他一家人怎么样。……
狄芒舍先生	这话我信得过。可是斯嘎纳耐勒,我求您在他跟前提醒一声我那笔钱。
斯嘎纳耐勒	这呀!您就别操心啦,他会还清的。
狄芒舍先生	不过你自己,斯嘎纳耐勒,你也欠我钱的。
斯嘎纳耐勒	啐!您就别提啦。
狄芒舍先生	怎么?我……
斯嘎纳耐勒	难道我不晓得欠您钱,还是怎么的?
狄芒舍先生	是的,不过……
斯嘎纳耐勒	来吧,狄芒舍先生,我来给您打亮。
狄芒舍先生	不过我那笔债……
斯嘎纳耐勒	(握住狄芒舍先生的胳膊。)您在开玩笑?
狄芒舍先生	我希望……
斯嘎纳耐勒	(拉他。)哎呀!
狄芒舍先生	我的意思是……
斯嘎纳耐勒	(推他。)小事!
狄芒舍先生	不过……
斯嘎纳耐勒	(推他。)啐!
狄芒舍先生	我……
斯嘎纳耐勒	(把他完全推到台外。)啐,我说。

第 四 场

堂·路易,堂·璜,二月蓝,斯嘎纳耐勒。

二月蓝	少爷,老爷来啦。
堂·璜	啊!这下子我算碰上啦:我就欠他来逼我发疯啦。
堂·路易	我一眼就看出来,我把你为难住啦。我顶好是不来,你才称心。说实话,我们两个人谁也是谁的眼中钉,肉中刺。你不待见我,我对你的行为也是不待见。唉!我们不让上天为我们做出最好的安排,自以为比上天聪明,不怕它讨厌,对它啰哩啰嗦,提出盲目的希望和轻率的要求,我们就不知道自己在干什么!我盼望儿子,盼到无言可喻的地步,情急意切,简直难以令人相信,于是上天经不起我求,把儿子给了我,而这个儿子,我满以为是我一生的喜悦和安慰,不料竟是我这一生的痛苦和灾难。你那许许多多不争气的行为,一点体面也不留,我就是想对世人解释两句,也找不出话来解释。你那一连串伤天害理的坏事,让我不时去求主上开恩,眼看我的功勋和朋友的威望对主上也不起什么作用。你倒说说看,我会不会好受?啊!称下流到了什么程度!你配不上你的门第,你害不害羞?你有什么权利引以为荣,你倒是说给我听呀?你在人世立过什么功劳,也当贵人?你以为有名有姓,有祖荫可庇,就够了吗?你以为平日为非作歹,只要出身高贵,就脸上有光吗?不,不,没有人品,门第不值分文。我们除非努力学我们的祖先,否则祖先的荣誉我们就没有份。他们的功

勋光耀子孙，我们想当他们的真正后裔，就不得不以同样的荣誉孝敬他们，就不得不遵循他们的遗范，无损于他们的德业。所以你是祖先的后代，无济于事：他们不承认你是他们的子孙，他们的全部功勋对你没有一丝好处。正相反，他们的光辉照在你身上，只有把你衬得更不光彩：他们的荣誉就是火炬，把你的恶行在人人眼前照亮。总之，你要知道，一位贵人，行为不检，就是自然界的一个怪物。品德是贵族的第一个头衔。我看重你的为人远在你的签名之上：一个挑夫的儿子，正直无欺，比起你这样的太子来，我更器重。

堂·璜 父亲，您坐下来说话要舒服多了。

堂·路易 不，没规没矩的东西，我不要坐，也不要再说下去。我看出来我的话对你毫无作用。可是你要知道，不肖子，你的行为伤透了父亲的心，我制止你的胡作非为，比你想到的还要快，赶在上天的盛怒前头惩罚你，洗雪生养你的耻辱。

〔他下。

第 五 场

堂·璜，斯嘎纳耐勒。

堂·璜 哎呀！你给我趁早儿咽气，越早越好：这是你能做得最好的事。人皆有死，所以看见父亲和儿子一样命长，我就有气。

〔他坐在他的扶手椅里。

斯嘎纳耐勒　哎呀！少爷，您错。

堂·璜　我错？

斯嘎纳耐勒①　少爷……

堂·璜　（从他座椅站起。）我错？

斯嘎纳耐勒　是呀，少爷，您错；您就不该由他说长道短，就该把他搡出门外才是。谁从来见过比这还不成体统的？当父亲的来训斥儿子，要他改邪归正，要他记住他的门第，要他过正人君子的生活，以及其他许许多多类似的怪话！像您这样的一个人，又懂得处世之道，能忍受这个？我奇怪您怎么会这样有耐性。我要是您呀，早打发他上路啦。②嗐！该死的奴性！你把我害到什么地步！

堂·璜　晚饭要开了吧？

第 六 场

堂·璜，艾耳维尔，小矮胖，斯嘎纳耐勒。

小矮胖　少爷，来了一位太太，蒙着面纱，她要见您。

堂·璜　会是谁？

斯嘎纳耐勒　还是见见吧。

艾耳维尔　堂·璜，你见我来在这时候，这样一身装束，大可不必惊

---

① 1734 年版增添："（打哆嗦。）"
② 1734 年版增添："（低声，旁白。）"

奇。我有迫切的理由，非来看你不可，我对你讲的话，也不希望再耽搁下去。方才我大生其气，如今我已经心平气静，你看我已经不和早晨一样了。先前艾耳维尔恼怒在怀，一心想着恐吓、报复，现在我已经不是那个咒骂你的艾耳维尔了。上天从我心里赶走我对你的种种不争气的痴情，来自有罪的热恋的种种狂乱的兴奋和由尘世庸俗的爱情引起的种种可耻的激动，在我心里只给你留下一种不受任何欲念干扰的感情，一种至圣的恩情，一种无私的爱，丝毫不为自己打算，关心的只是你的利益。

堂·璜 （向斯嘎纳耐勒。）我想你是在哭。

斯嘎纳耐勒 饶了我吧。

艾耳维尔 正是这种完美、纯洁的爱，让我来到你这儿，为了你好，为了告诉你上天的警告，尽力把你从悬崖的边沿救回。是的，堂·璜，你的荒唐生活，我都晓得；也正是点化我，让我看出我的行为失检的同一上天，提醒我来看你，要我通知你：慈悲有限，你作恶多端，激怒上天，上天就要降罚于你。你想免除祸殃，只有立即悔改，否则大难临头，就许一天也不给你留下来。我这方面，已经和你没有丝毫瓜葛。我过去沉湎情欲，误入歧途，本当受上天惩罚，感谢上天，我如今已经摒绝种种邪念，决意隐居修行，不求长寿，但求能赎回我的过错，得到宽恕就好。不过想起我钟情的男子，变成上天惩罚的一个可怕的例证，我尽管隐居修行，也会感到深切的痛苦。我要是感动得了你，能把即将到来的大祸从你的身边移开，在我会是一种难以相信的喜悦。堂·璜，你就作为最后的恩情，把这愉快的安慰赐给我吧。千万不要不为自己设想，我淌着眼泪求你。你就是不为你的利益着想，起码也要看在我的哀求分上。免去我看你堕入永劫的伤心的痛苦吧。

斯嘎纳耐勒[①] 可怜的女人！

艾耳维尔 我曾经一心一意热爱你来的，世上也没有比你对我再相亲的了；我为你忘却我的本分，我为你什么也做过，而我向你要的唯一的报酬，就是要你改过自新，防祸于未然。救救你自己吧，我恳求你了，不算为你，就算为我吧。我再一次，堂·璜，淌着眼泪求你。万一你相爱过的一个女人的眼泪还感动不了你，我就以一切最能感动你的事物来哀求你。

斯嘎纳耐勒[②] 简直是铁石心肠！

艾耳维尔 我要对你说的话，我全说了，现在我要走了。

堂·璜 夫人，天黑啦，就在这儿住下来吧：我们尽力让你住舒服了。

艾耳维尔 不，堂·璜，不要再留我了。

堂·璜 说实话，夫人，你住下来，我才感到愉快。

艾耳维尔 不，我告诉你，我们不要白费时间，尽说废话了。快让我走吧，不劳大驾送我，单想着利用我的劝告吧。

第 七 场

堂·璜，斯嘎纳耐勒，随从。

---

① 1734年版增添："（旁白。）"
② 1734年版增添："（旁白，望着堂·璜。）"

堂·璜	你晓得吗？我对她的心情又有了点儿波动，觉得这种古怪的新变化挺有意思；她的不经意的衣著，她的弱不禁风的模样和她的眼泪把我熄了的火烬又有点儿点着了。
斯嘎纳耐勒	这就是说，她那些话对您还有影响。
堂·璜	快开饭吧。
斯嘎纳耐勒	就开。
堂·璜	（坐在桌前）斯嘎纳耐勒，可也真得想到悔改哟。
斯嘎纳耐勒	说的是呀！
堂·璜	是呀，说真的，非改不可。我们再活上这么二三十年，到时候就要想到自己了。
斯嘎纳耐勒	哦！
堂·璜	你说怎么样？
斯嘎纳耐勒	我没有话说。饭来啦。

〔他从端上来的一只盘子，取下一块东西，放在嘴里。

堂·璜	我觉得你的脸庞臌胀胀的。怎么会的？说呀，你怎么啦？
斯嘎纳耐勒	没有什么。
堂·璜	让我看看，家伙！他这半边儿脸浮肿起来啦。快找竹叶刀戳破了它。可怜的人受不下去啦，脓会把他噎死的。等一下：看已经熟透了。啊！你这混账东西！
斯嘎纳耐勒	说真的！少爷，我想尝尝厨子有没有把盐或者胡椒放得太多了。
堂·璜	算啦，坐到那边，吃吧。用过晚饭我有事差遣你。看样子，你是饿啦。
斯嘎纳耐勒	（坐在桌旁。）我想是吧，少爷：我从早晨起，还什么也没有吃过。尝尝这个看，好吃极啦。（斯嘎纳耐勒才往盘

子里放好东西，就有一个跟班把盘子撤走了。）我的盘子，我的盘子；请你摆着。妈的！小东西，你撤干净盘子倒有本领！还有你，小二月蓝，你斟酒要在当口上斟！

〔一个跟班给斯嘎纳耐勒斟酒，另一个跟班又撤走他的盘子。

堂·璜　　　谁敲门敲得这样急？

斯嘎纳耐勒　是什么鬼东西来打搅我们用饭？

堂·璜　　　起码晚饭要让我用安静。任何人不许放进来。

斯嘎纳耐勒　交给我办。我亲自去。

堂·璜①　　到底怎么啦？什么事？

斯嘎纳耐勒　（学雕像点头。）那……在外头。

堂·璜　　　让我去看看，你就晓得什么也吓不住我。

斯嘎纳耐勒　哎呀！可怜的斯嘎纳耐勒，你藏到哪儿好？

第 八 场

堂·璜，统领雕像（走来坐在桌前），斯嘎纳耐勒，随从。

堂·璜②　　一张椅子，一份刀叉，快些。（向斯嘎纳耐勒。）来，过来吃饭。

斯嘎纳耐勒　少爷，我已经不饿啦。

堂·璜　　　我告诉你，坐在这儿斟酒。祝统领健康。斯嘎纳耐勒，敬

---

① 1734 年版增添："（看见斯嘎纳耐勒心惊胆战地回来。）"
② 1734 年版增添："（向他的仆人们。）"

	酒。给他斟酒。
斯嘎纳耐勒	少爷，我不喝。
堂·璜	喝吧，唱个歌儿，娱乐娱乐统领。
斯嘎纳耐勒	少爷，我着了凉。
堂·璜	没有关系。好。你们都来呀，给他伴唱。
雕　像	堂·璜，够啦。我请你明天和我一道用晚饭。你有胆量来吗？
堂·璜	好，我来，只带斯嘎纳耐勒一个人。
斯嘎纳耐勒	谢谢您啦，我明天吃斋。
堂·璜	（向斯嘎纳耐勒。）拿着那个火把。
雕　像	我有上天指引，用不着照亮。

第 五 幕

第 一 场

堂·路易，堂·璜，斯嘎纳耐勒。

堂·路易 什么？孩子，上天见怜，遂我的心，这有可能吗？你对我讲的是真话？你不是用空洞的希望骗我？我能相信这样一种惊人的新转变吗？

堂·璜 （装作伪君子的模样。）是的，您看见的我已经改邪归正，不复是昨天夜晚的我了。上天在一刹那间把我转变过来，谁听到这消息，也会大吃一惊。上天感应我的灵魂，掰开我的眼睛，让我痛心疾首看出自己长久迷误，过着伤风败俗的罪恶生活。我过去作恶多端，如今细细想来，不由万分奇怪，天理昭彰，怎么能容我作恶如此之久，不以雷霆万钧之势，多次降罚。我犯罪累累，上天不加惩罚，想见天心宽大，所以我决定利用我应当利用的这个大好机会，让人人看见我生活上有了迅速的转变，借以挽回先前的坏名声，努力取得上天的全面饶恕。我今后朝着这个方向做，父亲，我求您成全这个计划，亲自为我选择一位导师，在他指引下，我能稳步迈入我要走的道路。

堂·路易	哎呀！孩子，作父亲的心是容易受感动的，孩子有半句话表示悔改，天大的罪过也就很快烟消云散了！我现在已经忘却你给我的种种痛苦，你方才说给我听的话也把什么都一笔勾销了。我承认自己乐不可支，流出了喜悦的眼泪；我的心愿统统实现了，从今以后，我不再烦渎上天了。孩子，吻抱我吧。这种上进的心思，我要你坚持下去，我如今立刻就把这好消息告诉你母亲去，和她一道享受我这种愉快的美好心情，同时感谢上天不弃，让你做出神圣的决定。

第 二 场

堂·璜，斯嘎纳耐勒。

斯嘎纳耐勒	哎呀！少爷，看见您改过自新，我真开心！我盼这盼了许久，感谢上天，现在我完全如愿以偿了。
堂·璜	瘟死你这笨蛋！
斯嘎纳耐勒	怎么，笨蛋？
堂·璜	什么？我方才的话，你居然信以为真，以为我心口相应啊？
斯嘎纳耐勒	什么！难道……您不……您的……①哦！什么样的人哟！什么样的人哟！什么样的人哟！
堂·璜	不，不，我根本没有转变，我的想法还是和老想法一样。

---

① 1734 年版增添："（旁白。）"

斯嘎纳耐勒　　难道那座雕像走动、说话，这惊人的奇迹你也好不信？

堂·璜　　其中有些情况，我的确不懂；不过不管这是什么，反正不能说服我，动摇我的灵魂。如果我说，我希望改邪归正，那是我纯粹由于策略的缘故而形成的一种计划、一种有用的战略、一种我想逼迫自己采取的必要的虚伪手段，为了应付一位对我有用处的父亲，预防我在社会上可能遭遇到的许许多多的意外困难。斯嘎纳耐勒，我很想把真话讲给你听，我也十分高兴有一位见证，在我的灵魂深处；对我非这样做不可的真正动机有所领会。

斯嘎纳耐勒　　什么？您什么也不信，倒想当起道德高尚的人来了？

堂·璜　　凭什么不？许多人和我一样，干这种生意，用同一面具欺骗世人！

斯嘎纳耐勒①　　哎呀！什么样的人哟！什么样的人哟！

堂·璜　　这在今天也没有什么可惭愧的：虚伪是一种时髦的恶习，而任何时髦的恶习，都可以冒充道德。在所有的角色里面，道德高尚的人是今天人们所能扮演的最好的角色，而伪君子这种职业也有无上的便利。这是一种艺术，伪装在这里永远受到尊重；即使被人看破，也没有人敢说什么话反对。别的恶习，桩桩难逃公论，人人有自由口诛笔伐；可是虚伪是享有特权的恶习，钳制众口，逍遥自在，不受任何处分。有人就靠装模作样，和党羽结成一个亲密的帮会。谁攻击其中一个，就全体起而应战；甚至于有些人，我们明明知道表里如一，而且人人晓得确实是在体天行

---

① 1734年版增添："（旁白。）"

事，也一直是受坏人操纵，他们纵身①跳入装模作样的人们布置的陷阱，盲目支持模仿自己的行为的猴子。多少我知道的人，你说说看，不是仗着这种战略，偷天换日，把青年时期的放荡生活补缀起来？不是把宗教的道袍变成一面盾牌，拿这件为人尊敬的衣服打掩护，肆行无忌，成为世上最坏的人的？尽管大家晓得他们的诡计，清楚他们的为人，他们在社会上照样还是有人望。他们只要低那么一下头，叹一口有克制工夫的气，两只眼睛转动一下，他们干的任何坏事就都在社会上面目一新了。我希望将在这有利的避难地带，让我的事情有个安全保障。我当然决不放弃我的风月勾当，不过我要把自己隐藏好了，然后不声不响，寻欢作乐。万一为人发觉，我用不着忙乱，就有整个兄弟会，同心一德，出面声辩，帮我反击一切对头。总之，这是我为所欲为而又不受制裁的不二法门。我可以道貌岸然，指摘旁人的行为，谴责每一个人，除去自己，对谁也没有好话说。有人得罪了我一回，哪怕是一点点小事，我也决不宽恕，怀恨在心，念念不忘。我把自己扮成上天的护法使者，然后利用这种方便的借口，击退我的仇敌，控告他们目无上天，想法子鼓动一些轻举妄动的热心人士和他们为难，不问情由，就公开攻讦，出口咒骂，然后运用私人的权势，在众目睽睽之下，把他们打入地狱。我们必须这样利用人们的弱点，一个识时务的人，也应该这样适应本世纪的恶习。

斯嘎纳耐勒 天呀！我听见了什么？你想功德圆满，欠的也就只有作伪

---

① 1682年硬封皮版把"纵身"改为"糊里糊涂"。

君子了。作恶到此，可以说是至矣尽矣。少爷，您这末一手儿也太那个了，我非说上两句不可。您高兴怎么收拾我，就怎么收拾我吧，打我，揍我，杀我，请便；反正我作为义仆，得把心里的话、把该说的话全对你说出来。少爷，您要知道，桶盛水，盛到后来就破了，这位作家——我不晓得他是谁——说得很好：人在世上就像鸟在枝上，枝和树相连，所以谁和树相连，谁就在照老话办事①；老话比漂亮话好；漂亮话在朝廷上讲；朝廷上有作官的，作官的学时髦，时髦是瞎想出来的，瞎想是一种灵魂活动；灵魂给我们生命，生命的结束是死；死让我们想到上天；天在地上；地不是海；海受风暴支配；风暴让船晃来晃去；船需要一位好领港；一位好领港就要小心，小心不合年轻人的心性；年轻人应当服从老年人；老年人爱财；财制造富翁；富翁不是穷人，穷人没吃没穿；没吃没穿就不守法，谁不守法，谁就是野兽；结局就是你要被打入地狱，与鬼为邻。

堂·璜 哎呀！妙论呀妙论！

斯嘎纳耐勒 听了这话，您还不改悔，那就只好活该啦。

第 三 场

堂·卡尔劳斯，堂·璜，斯嘎纳耐勒。

---

① 法国有一句谚语："抱牢树身子"，意思是要照谚语办事。

堂·卡尔劳斯　堂·璜，我正找你，问你决定了没有。我在这儿和你谈话，比在府上舒坦多了。你知道这事和我相关，因为我是当着你的面把责任承担下来的。就我来说，实不相瞒，我十分希望事情能走上和好的道路，愿意尽一切能力协助你公开承认舍妹是你的夫人。

堂·璜　（用一种伪君子的声调。）唉！我倒真心诚意热望满足你的希望，不过上天坚决反对，在我心里引起了改变生活的计划：我现在只有一个心思，就是完全抛弃尘缘，即早丢开种种虚荣，从今以后，规行矩步，不再干那些伤天害理的坏事：这都是年轻人不懂事，一时任性胡闹的结果。

堂·卡尔劳斯　堂·璜，这种计划和我的建议并不矛盾。有一位合法的夫人陪伴，和上天给你的上进心思，彼此之间，很能配合的。

堂·璜　唉！绝不可能。令妹本人选定了这个计划，决计隐居修行。我们两人同时受到了感应。

堂·卡尔劳斯　她隐居修行不能使我们满足，外人会把这看成你蔑视她和蔑视我们的家族的结果。我们的荣誉要求她和你住在一起。

堂·璜　对你实说了吧，这不可能。我本人一万二千分愿意，就在今天，我还为了这事，向上天求主意来的；可是就在求上天指引的时候，我听见一个声音对我讲，我决不应该思念令妹，有她在一起，我是一定不会得救的。

堂·卡尔劳斯　堂·璜，你相信这些漂亮借口就会把我哄得团团转吗？

堂·璜　我奉行上天的指示。

堂·卡尔劳斯　什么？你以为你这套鬼话说服得了我吗？

堂·璜　　　这是上天的旨意。

堂·卡尔劳斯　你从修道院拐走我的妹妹，难道就为了遗弃？

堂·璜　　　上天这样规定下来的。

堂·卡尔劳斯　我们容忍我们的家族有这污点？

堂·璜　　　你埋怨上天好了。

堂·卡尔劳斯　什么？老是上天？

堂·璜　　　上天要这样希望嘛。

堂·卡尔劳斯　够啦，堂·璜，我懂得你的意思啦。我不希望在这儿决斗，地点不相宜，不过用不了多久，我就会找到你的。

堂·璜　　　你愿意怎么做，就怎么做吧，你晓得我决不缺少胆量，到了必要的时候，我会用我的剑的。我回头就到那条通大修道院的僻静的小巷来，不过我告诉你，就我来说，希望决斗的却绝不是我：上天不许我有这种心思。如果你先动手，后果我们再看好了。

堂·卡尔劳斯　我们就再看好了，不错，再看好了。

第 四 场

堂·璜，斯嘎纳耐勒。

斯嘎纳耐勒　少爷，您说话怎么鬼腔鬼调的？这比什么都糟；像您往常那样，我倒爱看多了。我一直盼望您得救，可是如今我不存这个心啦。我相信许您活到今天的上天，对您最后干的这种坏事，说什么也不会答应的。

堂·璜　　　去，去，上天不像你想的那样严厉。如果人们每次……

斯嘎纳耐勒[①] 啊！少爷，上天对您说话来了，对您提警告来了。

堂·璜　　如果上天对我提警告，希望我懂，就该把话说得再清楚点儿。

第 五 场

堂·璜，一个鬼魂（女相，蒙面网），斯嘎纳耐勒。

鬼　魂　　上天的慈悲，堂·璜，只能有不多的时间利用了。他现在不忏悔，一定难逃劫数。

斯嘎纳耐勒　少爷，您听见了没有？

堂·璜　　谁敢说这样的话？我相信我听得出这个声音。

斯嘎纳耐勒　哎呀！少爷，是一个鬼魂，我看走势看出来了。

堂·璜　　鬼魂也罢，妖精也罢，魔鬼也罢，我要看看本相。

〔鬼魂改变形象，代表时间，手里拿着他的大镰刀。

斯嘎纳耐勒　天呀！少爷，您看见他改样子了没有？

堂·璜　　不，不，天下没有能叫我害怕的东西，我要用我的剑试试它是肉体还是灵魂。

〔鬼魂在堂·璜要砍的时候不见了。

斯嘎纳耐勒　呀！少爷，面对着这么多的证据，您就认输吧，快忏悔吧。

堂·璜　　不，不，不管出什么事，我不能让人讲，我能忏悔。来，跟我走。

---

① 1734年版增添："（望见了鬼魂。）"

第 六 场

雕像，堂·璜，斯嘎纳耐勒。

雕　像　站住，堂·璜，昨天你答应我，跟我一道去用饭。
堂·璜　对。到哪儿去？
雕　像　把手给我。
堂·璜　给你。
雕　像　堂·璜：执意为恶，必遭横死，拒绝上天的垂宥，就要身受雷殛。
堂·璜　天呀！我觉到了什么？一道看不见的火在烧我，我受不了，我的整个身子变成一团烈焰。啊！
　　　　　〔雷声轰轰，电光闪闪，扑向堂·璜；地面裂开，堂·璜下陷，从他陷落的地方，冒出大火。
斯嘎纳耐勒　他这一死，人人称心；被冒渎的上天、被破坏的法律、被奸污的少女、被损害的家庭、被羞辱的父母、被引入歧途的太太、被陷入绝境的丈夫：个个满意。倒楣的就我一个人，伺候了许多年，一点儿报酬也没有捞到，只有亲眼看见我的主人，对上天不敬，受到了极可怕的惩罚①。

---

① 1683年荷兰版，用"喂！我的工钱！我的工钱！"开始这段对话；末了又用"我的工钱！我的工钱！我的工钱！"代替"倒楣的就我一个人"，直到末尾。

·爱情是医生·

喜剧——舞剧

原作散文体。根据格朗吉的账簿,以及其他记录,同时还有一个标题,叫做《医生们》。1665年9月15日,奉旨在凡尔赛宫献演,同年9月22日公演。

与读者

　　这里只是一幅铅笔素描、一出即兴小戏，国王一时心喜，聊以娱目而已。我奉旨写的东西，数它急促；从建议到写成，从背到演，只有五天，我说这话并不夸张。我用不着提醒你：有许多东西，要靠动作，才看得出来。大家晓得，写戏只为上演；所以，我不劝人读这出戏，除非是谁能一边读，一边体会台上的演技。我要告诉你的也就是：这一类作品，只有能够永远照宫廷的装璜上演，才有可看。也只有这样，你才勉强看得下去。吕里先生①，才华盖世，所制的歌曲和伴奏，加之歌唱家歌声清丽，舞蹈家技艺非凡，美不胜收，自不必说，而这一类作品，离开他们，也就甚难得以自存。

---

① 吕里 Lulli（1633—1687）原籍意大利，留在巴黎，先与莫里哀合作，莫里哀死后，撺掇路易十四，逐出莫里哀剧团，在剧场创建法兰西国家歌剧院。

人物

斯嘎纳耐勒①	吕散德的父亲。
阿曼特	
吕克莱丝	
居由末先生	彩毡商人。
姚色先生	珠宝商人。
吕散德	斯嘎纳耐勒的女儿。
莉塞特	吕散德的女用人。
陶麦斯②先生	
代·佛南得莱斯③先生	
马克洛东④先生	医生。
巴伊斯⑤先生	
费勒龙⑥先生	

---

① 莫里哀本人扮演这个角色。根据他的财产目录（他死后，别人编制的），斯嘎纳耐勒的服装是："一个表演《医生们》的衣服盒子，里面有一件套在金线洛克上的彩缎小领紧身短袄、斗篷和金地丝绒短裤，有绞线和钮扣：值十五法郎。""洛克"rocoe 下面，原文有一个问号，意思不明。麦纳 P. Mesnard 疑心是一种长夹背心。

② "陶麦斯" Thomès 从希腊字变化得来，意思是"出血"，据说被影射的医生是国王医生达干 Daquin。

③ "代·佛南得莱斯" Des Fonandrès，从希腊字变化得来，意思是"杀人"，据说，被影射的医生是当时的名医代·福日莱 Des Fougerais。

④ "马克洛东" Macroton，从希腊字变化得来，意思是"口吃"，据说，被影射的医生是王后医生盖诺 Guenault。

⑤ "巴伊斯" Bahys，从希腊字变化得来，意思是"吠"，据说，被影射的医生是御弟的医生艾司波里 Esprit。

⑥ "费勒龙" Fileron，从希腊字变化得来，意思是"爱吵"，据说，被影射的医生是御弟夫人的医生伊勿兰 Ivelin。

克利荡德	吕散德的情人。
一位公证人	
江湖医生	卖万应药水的①。
几个特里勿阑与斯喀拉木赦②	
喜剧	
音乐	
舞剧	

景在巴黎，斯嘎纳耐勒家中一间大厅③

---

① "卖万应药水的" orvietan；另外的意思是"奥尔维艾陶" Orvieto 人，或者，"从奥尔维艾陶来的"。一个意大利江湖医生、奥尔维艾陶人，在巴黎的法院和新桥附近，出售一种药水，据说无病不治，一直卖了几代。

② 特里勿阑 Trivelin 是意大利职业喜剧的一种定型丑角，17 世纪中叶，在巴黎舞台出现，衣服上面有三角形、太阳和月亮做装饰。
斯喀拉木赦 Scaramouche 是意大利职业喜剧的一种定型丑角，在巴黎极受欢迎，莫里哀也十分欣赏他的演技，衣服完全是黑颜色。
江湖医生雇用若干听差，扮演这些滑稽形象，在摊旁做即兴表演，招揽生意。

③ 米收教授认为："序幕"的背景应当是野景；"幕间"和第二幕最后一场的背景应当是广场。
关于道具，马艾劳的札记有这样的记载："一个文具匣、纸、一个戒指、假钱、一只钱口袋、四张椅子。"
根据 1734 年版，人物归类如下：
序幕的演员
喜剧
音乐
舞剧
喜剧的演员：
斯嘎纳耐勒　吕散德的父亲。

（转下页）

339

序幕

喜剧、音乐与舞剧。

喜　剧

　　丢开我们无谓的争吵，

　　别管到底是谁才分顶高，

（接上页）　吕散德　斯嘎纳耐勒的女儿。
克利荡德　吕散德的情人。
阿曼特　斯嘎纳耐勒的女邻居。
吕克莱丝　斯嘎纳耐勒的侄女。
莉塞特　吕散德的女用人。
居由末先生　彩毡商人。
姚色先生　珠宝商人。
陶麦斯先生 ⎫
代·佛南得莱斯先生 ⎬
马克洛东先生 ⎬ 医生
巴伊斯先生 ⎬
费勒龙先生 ⎭
一位公证人
香槟人　斯嘎纳耐勒的听差。
舞剧的演员：
第一幕间
香槟人　斯嘎纳耐勒的听差，舞蹈。
四位医生　舞蹈。
第二幕间
一位江湖医生　歌唱。
众特里勿阑与斯喀拉木赦　舞蹈，江湖医生的随从。
第三幕间
喜剧
音乐
舞剧
众竞技之神、笑神、游戏之神，舞蹈。

　　　　　　　今天一同来争取
　　　　　　　一种更大的荣誉：
　　　　　　　我们三个要以无比的热狂，
　　　　　　　娱乐我们人世最伟大的国王。

全　体

　　　　　　　我们三个要以无比的热狂，
　　　　　　　娱乐我们人世最伟大的国王。

喜　剧

　　　　　　　有时候他找我们散心，
　　　　　　　人就想不到他多么勤劳过分；
　　　　　　　有什么荣誉、幸福，
　　　　　　　会比这个入目？
　　　　　　　我们三个要以无比的热狂，
　　　　　　　娱乐我们人世最伟大的国王。

全　体

　　　　　　　我们三个要以无比的热狂，
　　　　　　　娱乐我们人世最伟大的国王。

第 一 幕

第 一 场

斯嘎纳耐勒，阿曼特，吕克莱丝，居由末先生，姚色先生。

斯嘎纳耐勒　啊！人生也真古怪！古时那位大哲学家说得好："谁有地，谁有气"，还说："祸不单行"，我也这么说。我只有一个太太，她死啦。

居由末先生　你到底想要几个？

斯嘎纳耐勒　她死啦，先生，我的朋友。她这一死，我难过得不得了，不想便罢，一想就哭。我不很满意她的行为，我们经常在一起吵嘴，可是，一死百了。她死啦，我哭她。她活着的话，我们会吵嘴的。老天爷给了我一群孩子，活下来的只有一个女儿，这个女儿成了我的挂累。因为，不瞒众位说，我见她整天愁眉苦脸，闷闷不乐，我没有法子逗她开心，就连一个原因，也问不出个所以然来。我为了这事，费尽心血，不知如何是好，直盼有人帮我出出主意。①你

---

①　根据1734年版，补加："（向吕克莱丝。）"

	是我的侄女；①你是我的女邻居；②还有你们，我的老朋友：我求你们全帮我想想主意，看我该怎么做才是。
姚色先生	依我看来，我认为，衣服、首饰，最得女孩儿们欢心；我是你的话，从今天起，就给她买上一批金刚钻，或者，红宝石，或者，翡翠。
居由末先生	我呐，我是你的话，就买一幅绣了风景的织锦，或者，绣了人物的织锦，挂在她的睡觉房间，又醒目，又散心。
阿曼特	依我看来，我才不这样张致。不是说，前些日子，有人上门来求婚嘛，尽早拿她嫁给那人，不也就得了。
吕克莱丝	我呐，我认为，你的女儿出嫁就不相宜。她的体气也太娇脆、太不结实，像她这样风吹就倒的人，要她养孩子，还不是存心要她的命。人世根本对她不适合，我劝你不如送她进修道院，里头有的是消遣，她会觉得更对劲的。
斯嘎纳耐勒	这些主意，当然全有道理，不过，我认为，都有一点为自己着想：对你们来说，倒怪好的。姚色先生，你是珠宝商人，听你的主意，觉得你像急于要货脱手。居由末先生，你卖织锦，看你的样子，像是嫌货太多。我的女邻居，据说，你爱的那个男人，对我的女儿很有好感，所以拿她嫁给另一个男人，你并不遗憾。至于你，我的亲爱的侄女，大家知道，我没有意思要她嫁人，我这么做，有我自己的理由；不过，你劝我逼她做女修士，听上去像是慈悲为怀，其实，你也就是指望做我的唯一无二的继承人罢

---

① 根据1734年版，补加："（向阿曼特。）"
② 根据1734年版，补加："（向居由末先生和姚色先生。）"

了。所以，先生们与女士们，你们的主意虽然好得不得了，请你们别见怪，我是一个也不要听。①出的好时髦主意！

第 二 场

吕散德，斯嘎纳耐勒。

斯嘎纳耐勒　啊！女儿到外头溜达来啦。她没有看见我；她在叹气；她拿眼睛望着天。②上帝保佑你！你好，我的乖孩子。哎呀！什么事？你怎么样？哎！什么？总像这样愁眉不展的，也不肯告诉我你的毛病。得啦，就拿你的小心眼儿全给我抖出来吧。咴，我的小乖乖，说呀，说呀；拿你的小心事说给你的小乖乖爸爸听。拿出勇气来！你要我吻吻你吗？过来。③看见这种拗脾气，我就有气。④倒是，说给我听，你是有意要我难过，死了算数，还是怎么的？我就没有法子知道你怎么会这样无精打采了吗？什么缘故，你就给我讲出来吧；我答应一定帮你做到。是的，你只要告诉我，你为什么愁闷就成；我现在担保，我也发誓，只要你满意，我什么也干；我没有什么好说的啦。难道你的女伴儿衣服比你好看，你眼红不过？还是有什么

---

① 根据 1734 年版，补加："（一个人。）"
② 根据 1734 年版，补加："（向吕散德。）"
③ 根据 1734 年版，补加："（旁白。）"
④ 根据 1734 年版，补加："（向吕散德。）"

新料子，你想做一件衣服？不是，还是你的睡觉房间你嫌不够花哨？还是你想上圣·劳朗集①，买一只花花小柜？也不是。你想学什么不成？你要我给你请一位教师，教你弹琴？不对。你爱上了什么人，你想出嫁？

〔吕散德点头。

第 三 场

莉塞特，斯嘎纳耐勒，吕散德。

莉塞特	先生，原来你在同小姐讲话。你查出她的愁闷来由没有？
斯嘎纳耐勒	没有，贼丫头就会气我。
莉塞特	先生，交我办，我来问问她的底细。
斯嘎纳耐勒	用不着问；她爱发这种脾气，我看还是尽她发去吧。
莉塞特	你听我说，交我办好了。有些话，她对我出口，就许比你方便。什么？小姐，你是怎么回事，就是不说给我们听，你存心折磨人玩儿，还是怎么的？叫我看，旁人都不像你这样别扭，你就算不高兴讲话给父亲听，讲给我听，你总该没有什么不高兴了吧。告诉我，你是不是要他送你什么东西？他对我们说过不止一回了，只要你称心，他什么也肯。还是你要由着性子自在，他不应你？还是散步呀，野宴呀，逗不起你的兴致？哦！有谁得罪你了，还

---

① 圣·劳朗 Saint Laurent 集，从 6 月 20 日到 9 月 30 日，在巴黎圣·马丁区举行。

345

	是怎么着？哦！是不是你私底下喜欢什么男人，希望父亲答应你们成亲？啊！我明白了，原来是这么回事。真也是的，干什么要这样张致？先生，秘密问出来啦！原来是……
斯嘎纳耐勒	（打断她的话。）走开，没有心肝的东西，我再也不要跟你讲话了，你死不开口，我也由着你。
吕散德	父亲，你既然要我说实话给你听……
斯嘎纳耐勒	对，我先前向着你，现在我可一点也不向着你。
莉塞特	先生，她愁眉不展……
斯嘎纳耐勒	贼丫头就盼我死。
吕散德	父亲，我想……
斯嘎纳耐勒	我把你教养成人，没有得到好报。
莉塞特	不过，先生……
斯嘎纳耐勒	不成，我生了她的大气。
吕散德	不过，父亲……
斯嘎纳耐勒	我再也不疼你啦。
莉塞特	不过……
斯嘎纳耐勒	她是一个坏丫头。
吕散德	不过……
斯嘎纳耐勒	一个没有心肝的丫头。
莉塞特	不过……
斯嘎纳耐勒	一个贼丫头，不肯对我说出她的真心话来。
莉塞特	她想嫁人。
斯嘎纳耐勒	（做出没有听见的模样。）我不要她。
莉塞特	嫁人。
斯嘎纳耐勒	我恨透了她。

莉塞特	嫁人。
斯嘎纳耐勒	我不认她做我的女儿。
莉塞特	嫁人。
斯嘎纳耐勒	不,别讲给我听。
莉塞特	嫁人。
斯嘎纳耐勒	别讲给我听。
莉塞特	嫁人。
斯嘎纳耐勒	别讲给我听。
莉塞特	嫁人,嫁人,嫁人。

第 四 场

莉塞特,吕散德。

莉塞特	人家说得对,世上顶坏的聋子,就是那些不肯听人讲话的人。
吕散德	好!莉塞特,我有心事,不该瞒着不讲,我一讲出来,父亲就会全答应我的!这回你可看见啦。
莉塞特	可不!这人真坏;我告诉你,耍弄耍弄他,我才开心。可是,小姐,你为什么一直拿你的苦恼瞒着我呀?
吕散德	唉呀!我早一时讲给你听,又有什么用?一辈子瞒着人不讲出来,不也就混过去了吗?现在你看见的事,你以为我早先没有料到吗?你以为父亲的种种想法,我都不晓得?人家托朋友求亲,他不答应,你以为没有毁掉我满心的希望?

莉塞特	什么？那位陌生人来求亲，原来你……
吕散德	一个女孩子，随口乱讲心事，也许并不相宜；不过，我不瞒你说，要是许我做终身打算的话，我看中的人，还就是他。我们在一起没有交谈过半句话，他也没有对我开口说过爱我；可是，只要他在一个地方见得到我，眉目、举动，对我就都显出无限情意来。他央人求亲，我觉得非常正派，不知不觉，对他起了好感。不过，父亲心狠，你看，儿女之情，临了还不是一场空。
莉塞特	好啦，交我办。你瞒着不叫我知道，我在先埋怨你，可是丢了你，不管你的事，我狠不下这个心来。只要你打定主意……
吕散德	可是，父亲当家，你要我怎么着？万一他扬起脸来不睬我……
莉塞特	好啦，好啦，千万别像小傻瓜一样，由人摆弄，只要不坏名声，哪怕父亲专制，儿女还好做一点主张的。他要你怎么着？难道你没有活到嫁人的岁数？他以为你是石头雕的？好啦，我再说一遍，我要成全你的好事。从今以后，你的事有我关心，你看我会不会诡计多端……可是，我看见你的父亲来了，我们进去吧，你听我安排。

第 五 场

斯嘎纳耐勒

斯嘎纳耐勒	明明听得一清二楚，假装听不见，有时候倒也方便；人家

有事求我，我拿不定主意答应，有了这个聪明办法，也就搪塞过去了。父亲做儿女的奴才，天下有什么风俗比这更专制的？你千辛万苦赚下钱来，你尽心尽意把女儿带大，结果一样不留，拱手送给一个外姓男子，还有比这更不合理，更滑稽的？不，不。管你什么风俗不风俗，我偏要拿我的钱和我的女儿给自己留下来。

第 六 场

莉塞特，斯嘎纳耐勒。

莉塞特[①]　啊，不好啦！啊，丢人啦！啊，可怜的斯嘎纳耐勒先生！我到哪儿找你去？

斯嘎纳耐勒[②]　她说什么？

莉塞特[③]　啊，倒楣的父亲！你听到这事，怎么办呀？

斯嘎纳耐勒[④]　什么事？

莉塞特　我的可怜的小姐！

斯嘎纳耐勒[⑤]　我毁啦。

莉塞特　啊！

斯嘎纳耐勒[⑥]　莉塞特。

---

① 根据1734年版，补加："（在台上跑来跑去，假装没有看见斯嘎纳耐勒。）"
② 根据1734年版，补加："（旁白。）"
③ 根据1734年版，补加："（总在跑来跑去。）"
④ 根据1734年版，补加："（旁白。）"
⑤ 根据1734年版，补加："（旁白。）"
⑥ 根据1734年版，补加："（追赶莉塞特。）"

莉塞特	真不走运。
斯嘎纳耐勒	莉塞特。
莉塞特	真想不到！
斯嘎纳耐勒	莉塞特。
莉塞特	真要人命！
斯嘎纳耐勒	莉塞特。
莉塞特①	啊，先生！
斯嘎纳耐勒	什么事？
莉塞特	小姐。
斯嘎纳耐勒	啊，啊！
莉塞特	先生，先别哭成这样，我要笑的。
斯嘎纳耐勒	那你就快说。
莉塞特	小姐听了你的话，看你生她那样大的气，又急又怕，快步上楼，去了她睡觉的房间，一时想不开，就打开朝河开的窗户。
斯嘎纳耐勒	怎么样？
莉塞特	她眼睛朝天，说道："父亲生我的气，我没有法子再和他住下去啦，他不认我做女儿，我还是死了吧。"
斯嘎纳耐勒	她投河啦。
莉塞特	没有，先生；她慢腾腾关上窗户，过去躺到她的床上。她在床上哭呀哭的，哭得可厉害啦；猛不防她就脸白了，眼睛瞪圆了，心也不跳了，我一直这么抱着她。
斯嘎纳耐勒②	啊，我的女儿！

---

① 根据1734年版，补加："（站住。）"
② 根据1682年版，对话改成："斯嘎纳耐勒：啊！我的女儿，她死啦？莉塞特：没有死，先生，我拼命摇她……"

莉塞特　　我拼命摇她，总算把她摇醒过来啦。可是，隔上一阵子，她又昏过去啦，我看她活不过今天啦。

斯嘎纳耐勒　香槟人，香槟人，香槟人，快，去请医生来，请一大堆来：情形危急，少了就不行。啊，我的女儿！我的可怜的女儿！

第一幕间

　　香槟人舞蹈，叩四位医生的门。医生一边舞蹈，一边彬彬多礼，走进女病人的父亲的家。

第 二 幕

第 一 场

斯嘎纳耐勒，莉塞特。

莉塞特 先生，你请了四个医生，要那么多干什么？把人害死，一个医生不就够了？

斯嘎纳耐勒 住口。四个医生会诊，总比一个强。

莉塞特 难道没有这些医生帮忙，小姐不会安安静静死掉？

斯嘎纳耐勒 难道医生专治死人？

莉塞特 当然，我就认识一个人，证明不该讲："某人是害寒热和肺炎死的"，该讲："是四个医生和两个药剂师害死的"，理由可足啦。

斯嘎纳耐勒 瞎扯。别把这些先生得罪了。

莉塞特 真的！先生，我们的猫，从房顶跳到街上，没有跳好，三天不吃东西，脚和爪子也不能动弹，前不久，它又好啦。幸而没有猫医生，不然呀，它就完蛋啦。它们不会不给它洗肠、放血的。

斯嘎纳耐勒 听我说，你要不要住口？简直是胡说八道！他们来啦。

莉塞特 看着好啦，有你开眼的。他们要用拉丁话告诉你：你的女儿有病。

第 二 场

医生陶麦斯先生,代·佛南得莱斯先生,马克洛东先生,巴伊斯先生,斯嘎纳耐勒,莉塞特。

斯嘎纳耐勒　怎么样,先生们?

陶麦斯先生　我们仔细看过病人,毫无疑问,很不干净。

斯嘎纳耐勒　小女不干净?

陶麦斯　我是说,她有大量浊气,身体很不干净①。

斯嘎纳耐勒　啊,我听懂你的意思啦。

陶麦斯　不过……我们一道研究研究再说。

斯嘎纳耐勒　好,端座儿过来。

莉塞特②　啊!先生,你也来啦。

斯嘎纳耐勒③　你怎么认识先生的?

莉塞特　还是那一天,在侄小姐的好朋友家,见到他的。

陶麦斯　她的车夫怎么样啦?

莉塞特　好得很:死啦。

陶麦斯　死啦!

莉塞特　对。

陶麦斯　不会的。

---

① "不干净"impuretés 又作"淫"解,所以斯嘎纳耐勒错会意思,大吃一惊。
② 根据1734年版,补加:"(向陶麦斯。)"
③ 根据1734年版,补加:"(向莉塞特。)"

353

莉塞特	我不知道会不会,不过,我知道,这是真事。
陶麦斯	你听我说,他不会死。
莉塞特	我呀,我告诉你,他死啦,也埋啦。
陶麦斯	你弄错啦。
莉塞特	我看见的。
陶塞特	不可能。伊波克拉特①说:这一类病要十四天,或者,二十一天完事;他病了才只四天。
莉塞特	伊波克拉特爱说什么,说什么,反正车夫死了,也是真的。
斯嘎纳耐勒	住嘴,长舌妇!来,我们出去。先生们,我求你们细心研究一下。一般习惯,事后付钱,不过,我怕自己忘记,先付清了,这儿是……

〔他付诊费,他们一边收钱,一边摆出不同的姿势。

第 三 场

代·佛南得莱斯先生,陶麦斯先生,马克洛东与巴伊斯先生。

〔他们就座,咳嗽②。

代·佛南得莱斯先生 巴黎这地方,大得惊人,出诊一多,就得到处

---

① 伊波克拉特 Hippocrate (公元前 460—公元前 370) 是古代希腊最有声誉的医生,遗留著作多种,成为中世纪医学方面必读之书。
② 根据麦纳的解释:他们在装模作样,严肃讨论之前,先清清嗓子,心想斯嘎纳耐勒还在张望他们。

奔波。

陶麦斯先生 你们不知道，我有一匹好骡子，每天来来去去，谁也想不到要走多少路。

代·佛南得莱斯先生 我有一匹骏马，就不嫌累①。

陶麦斯先生 你们知道我的骡子今天走了多少路？我先去的是兵器库附近；从兵器库，又去了圣·日耳曼关厢尽头；从圣·日耳曼关厢，又去了烂泥洼紧里；从烂泥洼紧里，又去了圣·奥诺奈门；从圣·奥诺奈门，又去了圣·雅克关厢；从圣·雅克关厢，又去了黎塞留门；从黎塞留门，又来到此地；从此地，我还得去王家广场②。

代·佛南得莱斯先生 这些地方，我的马今天全走过；除此之外，我还去卢埃尔③看了一个病人。

陶麦斯先生 倒说，代奥夫拉斯特和阿尔代米屋斯两位医生争论，你赞成谁？我们医学界，人各一词，分成两派。

代·佛南得莱斯先生 我嘛，我赞成阿尔代米屋斯。

陶麦斯先生 我也是。大家看得出来，照他的说法，病人一样治死，代奥夫拉斯特的说法，显然也不高明，可是，说到最后，他不按照细节行事，就不该和前辈有异议才是。你以为怎么样？

代·佛南得莱斯先生 当然。必须永远遵守程序。

陶麦斯先生 除非是朋友，可以通融，否则，我这方面，一向认真到底。有一天，人家约我会诊，我们这边是三位，另一位

---

① 医生出诊，都骑骡子，骑马还是创举，当时只有盖诺一个人骑马，轰传一时。
② 几乎走遍巴黎四城。
③ 卢埃尔 Ruel 在巴黎西郊，离巴黎十四公里远近。1649 年 4 月，首相马扎里尼和法院"投石"政变的领袖，曾经在这里签订和约。

是外路医生①，我马上停止会诊，我就说：不照规矩办事，我决不答应继续下去。病家再怎么央求，病再怎么危急，我也决不让步：病人就在争论期间乖乖儿死了。

代·佛南得莱斯先生 做得对，羽毛未丰就想飞呀，那是飞不起来的。怎么才叫活着，就得教教他们。

陶麦斯先生 死人总归是死人，没有关系；可是疏忽程序，医生就要全体受到大害。

第 四 场

斯嘎纳耐勒，陶麦斯先生，代·佛南得莱斯先生，马克洛东先生与巴伊斯先生。

斯嘎纳耐勒 先生们，小女更气闷了，你们决定用什么药，就求你们快告诉我吧。

陶麦斯先生② 先生，请。

代·佛南得莱斯先生 不，先生，你请。

陶麦斯先生 你在说笑。

代·佛南得莱斯先生 我不先说。

陶麦斯先生 先生。

代·佛南得莱斯先生 先生。

---

① 外路医生，指不是巴黎大学医学院出身的医生，特别是派系不同的蒙彼利埃 Montpellier（法国南部）医学院出身的医生。
② 根据 1734 年版，补加："（向代·佛南得莱斯先生。）"

斯嘎纳耐勒　哎！求你们了，先生们，别再客气啦，病急着呐。

〔四个医生同时说话。〕

陶麦斯先生　令嫒的病……

代·佛南得莱斯先生　我们大家的意见……

马克洛东先生　经——过。仔——细。研——究……

巴伊斯先生　为了讨论……

斯嘎纳耐勒　哎！先生们，请你们一个一个讲。

陶麦斯先生　先生，令嫒的病，我们已经讨论过了，我个人的意见，就是，这是血太热的缘故，我的结论就是，尽快放血，越快越好。

代·佛南得莱斯先生　我呐，我说，病是浊气上升，过饱的结果，我的结论就是，让她服呕吐剂。

陶麦斯先生　我坚持呕吐剂要治死她的。

代·佛南得莱斯先生　我呐，坚持放血要害死她的。①

陶麦斯先生　看你这副神气，也配装聪明人。

代·佛南得莱斯先生　对，我配；随便哪一门学问，我敢同你比。

陶麦斯先生　记着你前几天治死的那个男人。

代·佛南得莱斯先生　记着你三天前送到阴曹地府的那位太太。

陶麦斯先生②　我对你说了我的意见。

代·佛南得莱斯先生③　我对你说了我的想法。

---

① 呕吐剂含有锑。这是一种化学剂，量重可以致人于死命，在当时是新的尝试。代·佛南得莱斯先生是新派医生代表，使用锑剂、骑马。陶麦斯先生是旧派代表，主张放血，认为血热，但是否认血液循环的新学说。他们的争执说明当时医学界的纠纷。

② 根据1734年版，补加："（向斯嘎纳耐勒。）"

③ 根据1734年版，补加："（向斯嘎纳耐勒。）"

陶麦斯先生　你要是不让令嫒马上放血的话,她是死定了①。

代·佛南得莱斯先生　你要是让她放血的话,她一刻之中就要没命的②。

第 五 场

斯嘎纳耐勒,医生马克洛东先生与巴伊斯先生。

斯嘎纳耐勒　相信哪一位好?方子完全相反,用谁的方子好?先生们,我求你们帮我拿个主意,心平气和告诉我,在你们看来,治小女的病,什么方子顶好。

马克洛东先生　(他说话口吃。)先——生。看。这样。毛——病。就,得,小——心。从——事。做。什么。事。也。别。那么。急。像——人——家。说——的。那——样。忙——中。有——错。我——们。的。师——傅。伊——波——克——拉——特。说——得——好。会——有。危——险。的。后——果。

巴伊斯先生　(这一位说话总是又急又不清楚。)是这样的,看病处方,必须小心在意;这和小孩子玩耍不一样,有了差池,想再补救,把治坏了的病再治好,就要大费周折:experimentum periculosum③。所以,我们就该按照规矩,

---

① 根据1682年版,补加:"(他走出。)"
② 根据1682年版,补加:"(他走出。)"
③ 拉丁文,意思是:"实验充满了危险"。

在事前加以讨论，从长考虑，斟酌病人的体气，检查得病的因由，然后决定应当用什么法子医治。

斯嘎纳耐勒① 一个说话活像牛走路，一个说话活像马在跑。

马克洛东先生 所——以。先——生。说。到。本——题。我——觉——得。令——媛。害——的——是。一——种。慢——性——病。要——是。不。加——以。治——疗。她。就——会。没——救——的。特。别。是。令——媛。的。病——象。表——示。这。是。一——种。有——煤——烟。性——质。和。叮——刺。性——质。的。恶——气。使。脑——膜。疼——痛。关——于。这。种。恶——气。我——们。在。希——腊——文。上。叫——做 at——mos②。来——自。下——腹。含——有——的。一——种。顽——强。粘——着。而。腐——烂。的。恶——气。

巴伊斯先生 这些恶气在下腹形成，实际已经潜伏了一个长久时间，经过热烤，化而为气，上到脑子里头，为非作歹。

马克洛东先生 所——以。想。要。抽——出。隔——离。抓——走。驱——逐。排——除。说——起——的。这——些。浊——气。就。得。厉。行。清。洗。不——过。事——前。先。用——上。一——些。止——痛。小。药。就。是。说。用——上。一——些。有。软——化。洗——涤。作——用——的。小。泻——药。止——痛——水。清。凉——糖——水。兑。在。药——汤。

---

① 根据1734年版，补加："（旁白。）"
② 意思是："气"。

里——头。

巴伊斯先生 然后我们再考虑清洗、放血,有必要的话,我们就多来几回也好。

马克洛东先生 然——而。这——不——是。说。经——过。治——疗。令——嫒。就——可——以。不。死。不——过。至——少。你。尽——过。一——番。心——力。你。也——可——以。安——慰。自——己。她。是。照。规——矩。死——的。

巴伊斯先生 照规矩死,总比不照规矩活强。

马克洛东先生 我——们。的。想——法。我——们。老——老。实——实。说——给——你——听。

巴伊斯先生 我们告诉你,就像告诉自己的兄弟一样。

斯嘎纳耐勒 (向马克洛东先生。)我。非——常。感——谢。你。
(向巴伊斯先生。)我对你的操心表示无限的感激。

第 六 场

斯嘎纳耐勒。

斯嘎纳耐勒 我现在比方才还要莫名其妙。哎嗐!我倒想起一个主意来了,我就该去买万应药水给她吃才是。许多人用过了都说好。

第 七 场

江湖医生,斯嘎纳耐勒。

斯嘎纳耐勒 喂!先生,请你给我一盒你的万应药水。我这就数钱给你。

江湖医生 (歌唱。)
世上金子有多少,谁说多少,
就能买下我这活命的法宝?
什么药也不及它棒,它治的病,
就是诉说一年,也诉说不了:
  癣、
  疥、
  头疮、
  寒热、
  鼠疫、
  痛风、
  天花、
  疝气、
  麻疹。
万应药水实在是灵!

斯嘎纳耐勒 先生,世上的金子,我相信,也不够买你的药水的;不过,这儿是一个值三十苏[①]的钱,请你将就收下了吧。

---

① 三十苏等于一个半法郎。

江湖医生　　（歌唱。）

　　　　　　我这宝贝秘方，其效如神，
　　　　　　卖你有限几文钱，只为行善。
　　　　　　老天嫌人不乖，拿病磨人，
　　　　　　可是有了这药，百病消散：

　　　　　　　　癣、

　　　　　　　　疥、

　　　　　　　　头疮、

　　　　　　　　寒热、

　　　　　　　　鼠疫、

　　　　　　　　痛风、

　　　　　　　　天花、

　　　　　　　　疝气、

　　　　　　　　麻疹。

　　　　　　万应药水的确少见！

第二幕间

　　几个特里勿阑与斯喀拉木赦、江湖医生的听差，兴高采烈地舞蹈。

第 三 幕

第 一 场

费勒龙先生、陶麦斯先生与代·佛南得莱斯先生。

费勒龙先生① 先生们,你们害不害羞,岁数也一大把了,居然那么胡涂,像年轻冒失鬼一样吵闹?这样吵闹下去,你们也不看看,给我们在社会上带来多大害处?我们的作家标新立异,一反前辈大师的教训,你们还嫌学者没有看够,再要老百姓看看我们的争执、吵闹,我们医道上的骗人把戏?拿我来说,我们中间有些人爱玩这种恶劣策略,我就丝毫不懂有什么意思。我们应当承认,由于这种种争论,我们近来受到莫大损害,再不当心的话,我们就会自己把自己毁了的。我说这话,不为自己着想;因为感谢上帝,我的小日子已经安排妥了。风也好,雨也好,雹子也好,死了的人反正死了,活着的人我也由他们骂去。可是这些争执,对医学没有好处,也是真的。上天既然

---

① 根据福吕特 F. Flutre 的解释:费勒龙先生是这两位医生的前辈,所以他们请他公断,他有权利申斥。

厚待我们，多少世纪以来，都有人迷着我们，我们不但不该乱闹派别，毁坏他们的好印象，而且就该安安静静，尽情利用他们的愚蠢才是。你们知道，想法子利用利用人类的弱点，不光是我们这些人。世上有一大半人，在这上头，苦下功夫，一个一个图谋对准别人的弱点，从中牟利。譬如说，好拍马屁的人，就想法子利用人爱奉承的心思，找些他们希望听到的空话恭维；这是大家看到的，他们靠这种本领，大发其财。炼金子的法师，想法子利用贪财的心思，答应那些相信他的人们，积金成山；算命的相士，看出那些容易受骗的人们的爱虚荣，有野心，就拿预言欺哄他们。可是人的最大的弱点，就是贪生：我们做医生的，就拿我们的浮言、谰语，从中牟利；我们晓得他们尊敬我们这种行业，由于怕死，自然也就懂得如何加以利用。我们之所以为人敬重，由于人有这种弱点，那么，我们就要永远叫人敬重才成。难得他们生病，我们在病人面前，就该同心协力，把好转说成我们的功劳，把我们医道上的错误扔给自然承当。我说，我们千万不要胡里胡涂，破坏自己的好事，要知道，幸而他们有这种偏见，许多人才有饭吃①。我们把他们送进坟墓，同时就拿他们的钱，在四周给自己置下一大片产业。

陶麦斯先生 你说的话，句句都是金玉之言；不过，我们也是血热了才争执起来的，有时候，就由不了自己。

费勒龙先生 好啦，先生们，收起怒气，现在就和好了吧。

代·佛南得莱斯先生 我同意。只要他承认我给这位女病人开的呕吐

---

① 下面的对话是根据 1682 年版添上的。

剂,我以后也就承认他给下一个病人开的随便什么方子。

费勒龙先生　话说得再好不过;你们总算明白过来啦。

代·佛南得莱斯先生　一言为定。

费勒龙先生　拉拉手吧。再会,下一次,要多加小心。

第 二 场

陶麦斯先生,代·佛南得莱斯先生,莉塞特。

莉塞特　什么?先生们,你们待在这儿,那边有人糟蹋医学,也不想着报仇?

陶麦斯先生　怎么?什么事?

莉塞特　方才有一个人,胆大妄为,寡廉鲜耻,混入你们的行业,不得你们允许,就一剑戳死了一个人。

陶麦斯先生　好,你取笑我们,可是,你总有一天要落在我们手里的。

莉塞特　我求到你们的时候,我许你们把我弄死,也就是了。

第 三 场

莉塞特,克利荡德①。

---

① 根据1734年版,人物是:"穿了医生衣服的克利荡德,莉塞特"。

克利荡德[①]	喂,莉塞特,你觉得我这样好吗?
莉塞特	好极啦,我盼你来盼得好不心焦。老天给了我一条顶软的心肠,我一看见一对情人,你想我,我想你,我就不由自已,起了行好的念头,热乎乎的,一心就想帮他们去掉苦恼。我拼了性命,也要从火坑救出吕散德,交到你手。我头一眼看见你,就喜欢上了你;我分得出谁是好人谁是坏人,她看中的人真是再好不过了。要相爱就得冒险。我们一道想出这个计谋,说不定就会帮我们打赢这一仗。我们也全准备好了。我们的对手不是一个顶有心计的人;我们这一回不成功,没有关系,我们总要千方百计弄成功的。你在那边等着我,我会来找你。[②]

第 四 场

斯嘎纳耐勒,莉塞特。

莉塞特	先生,好消息!好消息!
斯嘎纳耐勒	什么事?
莉塞特	你开心好啦。
斯嘎纳耐勒	有什么好开心的。
莉塞特	听我说,开心好啦。

---

① 根据 1682 年版,对话扩充:"喂,莉塞特,你说我的装束怎么样?你看我穿上这身衣服,骗得过老头子吗?你觉得我这样好吗?"
② 根据 1734 年版,补加:"克利荡德退到舞台深处。"

斯嘎纳耐勒　　告诉我听,到底是怎么回事,我也许会开心的。

莉塞特　　　不,我要你先开心,先唱,先跳。

斯嘎纳耐勒　　当真?

莉塞特　　　我发誓,不是骗你。

斯嘎纳耐勒① 好吧。拉、勒拉、拉、拉、拉、勒拉、拉。见他妈的鬼!

莉塞特　　　先生,小姐病好啦。

斯嘎纳耐勒　　我的女儿病好啦!

莉塞特　　　是的,我给你请了一位医生、一位了不起的医生,治病治得可神啦,一点也不像别的医生。

斯嘎纳耐勒　　他在哪儿?

莉塞特　　　我去请他进来。

斯嘎纳耐勒② 我倒要看看,他是不是比别的医生高明。

第 五 场

穿了医生衣服的克利荡德,斯嘎纳耐勒,莉塞特。

莉塞特③　　他就是。

斯嘎纳耐勒　　这位医生,胡子好短。

莉塞特　　　学问高低,不拿胡子量,聪明不聪明,也不看下巴。

斯嘎纳耐勒　　先生,人家告诉我,你有方子催人上厕所。

克利荡德　　先生,我的方子和别人的方子不同:他们是呕吐剂、放

---

① 根据 1734 年版,补加:"(他唱歌、舞蹈。)"
② 根据 1734 年版,补加:"(一个人。)"
③ 根据 1734 年版,补加:"(带克利荡德过来。)"

血、药水和灌肠；可是我呐，我治病靠说话，靠声音，靠文字，靠护符和星光戒指。①

莉塞特　　　我对你说什么来的？

斯嘎纳耐勒　他是一位大医生。

莉塞特　　　先生，小姐穿好了衣服，坐在椅子上，我带她来。

斯嘎纳耐勒　对，带她来。

克利荡德　　（切斯嘎纳耐勒的脉。）令嫒的病不轻。

斯嘎纳耐勒　你现在就晓得？

克利荡德　　是啊，父女之间，息息相关。

第 六 场

吕散德，莉塞特，斯嘎纳耐勒，克利荡德。

莉塞特②　　先生，她旁边有一张椅子。③好，让他们两个人待在那儿好了。

斯嘎纳耐勒　为什么？我要待在那儿。

莉塞特　　　你是说笑，还是怎么的？应该走开的：医生有许多话问，一个男人听了不相宜。

克利荡德　　（向吕散德，旁白。）④啊！小姐，我高兴极了！我就不知道对你说什么好！往常我望着你，没有机会说话，我

---

① 星光戒指是在星斗底下炼铸的戒指，具有法力。
② 根据1734年版，补加："（向克利荡德。）"
③ 根据1734年版，补加："（向斯嘎纳耐勒。）"
④ 根据1734年版，"旁白"一词改为"低声"。

	觉得像有千言万语，要说给你听；现在我可以自由自在，照我的心思和你说话了，我又一句话说不出来；我是喜出望外，反而不知道说什么好了。
吕散德	我也像你说的这样，心里一阵一阵欢喜，就是说不出话来。
克利荡德	啊！小姐，你要是真体会得出来我的种种感受，同时，许我照我自己的心推断你的心，我可太幸福啦！不过，小姐，我能够和你亲近，全靠这条妙计，我倒想知道，是不是你想出来这条妙计的？
吕散德	不是我想出来的，可是，我欢欢喜喜赞成来的。
斯嘎纳耐勒	（向莉塞特。）我觉得他同她讲话凑得很近。
莉塞特	（向斯嘎纳耐勒。）他观测她的相貌、脸纹，才这样近。
克利荡德	（向吕散德。）小姐，你待我的情义，会不会长久？
吕散德	倒是，你会不会变心？
克利荡德	啊！小姐，到死不变。我唯一的心愿就是娶你，我回头怎么做，你一看就明白了。
斯嘎纳耐勒[①]	好啊！我们的病人，我觉得，有点儿兴致勃勃啦。
克利荡德	我照我的医道治疗她，已经见了效验。精神对身体有莫大影响，病往往就是从这上头得的，所以，我的习惯就是，没有医治身体以前，先从精神方面下手。我也就是为了这个缘故，这才观测她的眼神、她的脸纹和她的手纹；我仗着上天给我的学问，看出她是精神方面有病，原因全是胡思乱思，一心就想嫁人。这种要嫁人的心思，在我看来，不但荒谬，简直滑稽。

---

① 根据1734年版，补加："（向克利荡德。）"

斯嘎纳耐勒① 真是一位能人!

克利荡德 我有生以来,过去也好,未来也好,对婚姻怀有极大的恶感。

斯嘎纳耐勒② 真是一位大医生!

克利荡德 可是,想拿病治好,就得顺着病人的心思,我看她精神错乱,不快医治,就会危险百出,所以,方才根据她的弱点,告诉她说:我到府上,就是为了求婚来的。她听见这话,马上面貌改变,脸色发亮,眼睛有神;你看好了,只要你肯让她这样多误会上几天,她就会清醒过来的。

斯嘎纳耐勒 妙啊,我是求之不得。

克利荡德 然后我再用别的药,把她这种怪想法完全治好。

斯嘎纳耐勒 对,妙不可言。好啦!女儿,这位先生有意要你,我已经告诉他,我同意啦。

吕散德 唉呀!会有这事?

斯嘎纳耐勒 是啊。

吕散德 当真?

斯嘎纳耐勒 是的,是的。

吕散德③ 什么?你有意思做我的丈夫?

克利荡德 对,小姐。

吕散德 我的父亲答应?

斯嘎纳耐勒 对,女儿。

吕散德 啊,这是真的话,我太幸福啦!

---

① 根据1734年版,补加:"(旁白。)"
② 根据1734年版,补加:"(旁白。)"
③ 根据1734年版,补加:"(向克利荡德。)"

克利荡德	小姐，一点不假。我爱你，不是从今天开始，我盼望的也就是做你的丈夫。我到府上，就是为了这事来的；你愿意听我一五一十，把实在情形说给你听的话，我就不妨告诉你：这身衣服不过是遮眼罩子，我冒充医生，也只是为了容易到你跟前，达到我的心愿。
吕散德	听你这话，你倒是真心爱我，我心里很受感动。
斯嘎纳耐勒①	哦，傻丫头！哦，傻丫头！哦，傻丫头！
吕散德	那么，父亲，你真是愿意这位先生做我的丈夫啦？
斯嘎纳耐勒	愿意。来，拿你的手给我。先生，你也拿手给我。
克利荡德	不过，先生……
斯嘎纳耐勒	（忍俊不禁。）不，不，这是为了……为了满足她。拉拉手。这就了事啦。
克利荡德	为了保证我永不变心，戴上我给你的这只戒指。②这是一只星光戒指，专治精神错乱。
吕散德	那么，为了手续周到，我们就连婚书也立了吧。
斯嘎纳耐勒	那就好，那就好。
克利荡德	唉呀！小姐，我是求之不得。（向斯嘎纳耐勒。）我去喊那给我写方子的人来，骗她当公证人看。
斯嘎纳耐勒	好极。
克利荡德	喂！我带来的公证人，叫他上来③。
吕散德	什么？你还带了一位公证人来。
克利荡德	是啊，小姐。
吕散德	我真高兴。

---

① 根据1734年版，补加："（旁白。）"
② 根据1734年版，补加："（低声，向斯嘎纳耐勒。）"
③ 根据1734年版，增补"低声"一词。

斯嘎纳耐勒　哦，傻丫头！哦，傻丫头！

第 七 场

公证人，克利荡德，斯嘎纳耐勒，吕散德，莉塞特。

〔克利荡德向公证人耳语。

斯嘎纳耐勒[①]　对，先生，帮这两个人立一份婚书。你就写吧。（公证人书写。）婚书写好了。我给她两万艾居[②]做陪嫁。写上吧。

吕散德　父亲，我谢谢你。

公证人　全写好啦：你们只要签一个字就成。

斯嘎纳耐勒　婚书立得真快。

克利荡德[③]　至少……

斯嘎纳耐勒　哎！不，我告诉你。我有什么不知道的？[④]好，拿笔给她签字。[⑤]好，签字，签字，签字。好，好，我回头再签。

吕散德　不，不，我要自己拿着婚书。

斯嘎纳耐勒　好吧！看[⑥]你满意了吧。

---

① 根据 1734 年版，补充动作："斯嘎纳耐勒（向公证人。）对，先生，帮这两个人立一份婚书。你就写吧。（向吕散德。）婚书写好了。（向公证人。）我给她两万艾居做陪嫁。写上吧。"
② 艾居是一种银币，通常指值三法郎的。还有一种值六法郎的。
③ 根据 1734 年版，补加："（向斯嘎纳耐勒。）"
④ 根据 1734 年版，补加："（向公证人。）"
⑤ 根据 1734 年版，补加："（向吕散德。）"
⑥ 根据 1734 年版，补加："（签过字以后。）"

吕散德 你就想不出我多满意。

克利荡德 我不单预先想到带一位公证人来，我还带了几位歌唱家，音乐家来，①庆贺喜礼，一同作乐。叫他们来吧，他们是我的亲随，我天天用他们的音乐②安定精神错乱的病人。

最后一场③

喜剧、舞剧与音乐。

全　体

世上没有我们，

就会人人有病，

只有我们才是

他们顶好的医生。

喜　剧

脾脏出来浊气，

人人病个不了，

你要不要我们

舒舒服服治好？

---

① 根据1682年版，这句话是："我还带了几位歌唱家、音乐家和舞蹈家来。"
② 根据1682年版，这句话是："我天天用他们的音乐和他们的舞蹈。"
③ 根据1744年版，人物分场改成：第八场　斯嘎纳耐勒，吕散德，克利荡德，莉塞特。
第三幕间　喜剧，舞剧，音乐，众竞技之神，笑神，游戏之神。

那就来看我们，

丢开古人拉倒。

全　体

世人没有我们，

就会人人有病，

只有我们才是

他们最好的医生。

〔在他们歌唱的时候，在众竞技之神、笑神与游戏之神舞蹈的时候，克利荡德带走吕散德。①

斯嘎纳耐勒　这是一种治病的快活方法。倒说，我的女儿和医生哪儿去啦？

莉塞特　他们结束婚礼去了。

斯嘎纳耐勒　怎么，婚礼？

莉塞特　可不！先生，你中了计啦，你以为是闹着玩儿的，其实是真的。

斯嘎纳耐勒　（舞蹈家拦住他的去路，硬要他也跳舞。）怎么，见鬼！放我走，我告诉你们。又来啦？瘟死这些人！②

---

① 根据 1734 年版，下文是"最后一场"，人物有："斯嘎纳耐勒，莉塞特，喜剧，音乐舞剧，众竞技之神，笑神，游戏之神"。
② 根据 1734 年版，补充动作："怎么，见鬼！（他打算追赶克利荡德和吕散德，舞蹈家拦住他的去路。）放我走，放我走，我告诉你们。（舞蹈家一直拦住他的去路。）又来啦？（他们硬逼斯嘎纳耐勒跳舞。）瘟死这些人！"